Nima T. Decker ist ein deutsch-italienischer Schriftsteller. Er wurde 1993 in Südtirol geboren und ist dort aufgewachsen. Zurzeit lebt er in Österreich, wo er seinem Studium nachgeht und an seinen weiteren Romanen arbeitet. Nima begeistert sich für aufwühlende Geschichten und Charaktere – und möchte seine Leser daran teilhaben lassen.

SCHWEIGEN DER SCHULD

NIMA T. DECKER

Überarbeitete Neuausgabe Dezember 2024

Copyright © 2024 dp Verlag, ein Imprint der
dp DIGITAL PUBLISHERS GmbH
Made in Stuttgart with ♥
Alle Rechte vorbehalten

Schweigen der Schuld

ISBN 978-3-98998-586-5
E-Book-ISBN 978-3-98998-579-7

Copyright © 2019, dp Verlag, ein Imprint der
dp DIGITAL PUBLISHERS GmbH
Dies ist eine überarbeitete Neuausgabe des bereits 2019 bei dp Verlag, ein Imprint der dp DIGITAL PUBLISHERS GmbH erschienenen
Titels Tränensammler (ISBN: 978-3-96087-684-7).
Copyright © 2019, dp Verlag, ein Imprint
der dp DIGITAL PUBLISHERS GmbH
Dies ist eine überarbeitete Neuausgabe des bereits 2019 bei dp Verlag, ein Imprint der dp DIGITAL PUBLISHERS GmbH erschienenen
Titels Stumme Schuld (ISBN: 978-3-96087-860-5).
Covergestaltung: Buchgewand
Umschlaggestaltung: ARTC.ore Design
Unter Verwendung von Abbildungen von
shutterstock.com: © Daniel Schmitt
Lektorat: Nadine Buranaseda, typo18, Bornheim
Satz: dp DIGITAL PUBLISHERS GmbH
Druck und Bindung: Books on Demand GmbH, Norderstedt

Für Christa

»Wie viel Zeit brauchst du noch?«
»Ein ganzes Leben.«
– N.T.D. 2016

Vorwort des Verlags

Dies ist eine überarbeitete Neuauflage des bereits erschienenen Titels Stumme Schuld von Nima T. Decker. Da wir uns stets bemühen, unseren Leser:innen ansprechende Produkte zu liefern, werden Cover sowie Inhalt stets optimiert und zeitgemäß angepasst. Es freut uns, dass du dieses Buch gekauft hast. Es gibt nichts Schöneres für die Autor:innen und uns, zu sehen, dass ein beständiges Interesse an ästhetisch wertvollen Produkten besteht.

Wir hoffen du hast genau so viel Spaß an dieser Neuauflage wie wir.

Dein dp-Team

−1−

Tommy

Mancherorts heißt es, Regentropfen seien wie Tränen, und wenn es regnet, teilt die Welt so ihr Leid mit. Lea hasste Regen. Und sie hasste Tränen. Letzteres sah sie bei ihrer Arbeit bereits viel zu oft.

Die Psychologin blickte von ihrem Notizblock auf. Dicke Tropfen prasselten gegen das Fenster. Wie passend. Seit Tagen regnete es ununterbrochen aus Wolken, die die Stadt in einen feuchten Schleier hüllten. Sie hingen unbarmherzig tief und ließen all das Wasser frei, das sie so lange in sich aufgenommen hatten. Oder das Leid – je nachdem, ob man dem Glauben schenken mochte. Lea beobachtete den Regen, der wild gegen die Scheibe peitschte, eine Zeit lang missmutig, schweifte kurz ab, schüttelte dann aber den Kopf, weil sie sich vom Klang der Tropfen nicht von ihren Gedanken abbringen lassen wollte. Warum war sie hier? Das fragte sie sich seit dem Anruf des Kriminalhauptkommissars an diesem Morgen, aber man hatte sie bis jetzt völlig im Dunkeln gelassen. Absichtlich. Lea atmete geräuschvoll durch die Nase. So hatte sie sich ihren ersten eigenen Fall für die Polizei nicht vorgestellt.

Seit anderthalb Jahren arbeitete sie nun schon in der Praxis von Dr. Stevens, um Erfahrung zu sammeln, aber dass ihr der Fall so vor die Füße fallen würde, damit hatte sie nicht gerechnet. Nicht zum ersten Mal in der letzten halben Stunde blickte sie zur Tür gegenüber und wartete, dass sich die Türklinke wie von selbst nach unten drückte. Aber sie rührte sich nicht. Bald würde sie mehr wissen. Das hatte man ihr jedenfalls gesagt. Der Kriminalhauptkommissar hatte sie mitten in einem Patientengespräch angerufen – auf ihrer privaten Nummer! – und ihr einen einmaligen Fall in Aussicht gestellt. Lea musste an das Telefonat denken, das sie vor wenigen Stunden geführt hatten.

Das Klingeln des Handys klang genauso eindringlich wie die Stimme am anderen Ende der Leitung. »Spreche ich mit Doktor Lindman?«

Für einen kurzen Augenblick war sie so verblüfft, dass sie einen Moment brauchte, um zu antworten. »Wie bitte?«

»Doktor Lindman, spreche ich mit ihr?«

»Am Apparat.«

»Gut. Hier ist Kriminalhauptkommissar Beck. Können Sie frei sprechen?«

»Wenn Sie so fragen, ich bin mitten in einer Sitzung mit einem Patienten.«

»Sagen Sie für heute alle Termine ab!«, würgte sie der Mann ab. »Bevor wir weiterreden, die wichtigste Frage zuerst: Haben Sie heute schon die Nachrichten gesehen?«

»Nein, wieso?«, wollte Lea wissen.

»Gut, dann tun Sie es auch nicht. Lassen Sie die Finger von allen Fernbedienungen, Zeitungen, Mobiltelefonen oder was weiß ich von Geräten, auf denen Sie Zugriff auf irgendwelche Medien hätten. Haben Sie verstanden?"

»Ja, aber ...«

»Keine Zeit dafür, Doktor Lindman, hören Sie mir genau zu. Ich habe einen außergewöhnlichen Fall, vielleicht sogar den Fall des Jahres, und will Sie als Psychologin dabeihaben. Wenn Sie Ihre Sache gut machen, wird es sich für Sie lohnen, das verspreche ich Ihnen. So leid es mir tut, weitere Informationen kann ich Ihnen am Telefon nicht geben. Sie werden mehr erfahren, wenn Sie herkommen.«

»Wohin soll ich kommen?«

»Aufs Polizeipräsidium natürlich. Aber Sie müssen sofort aufbrechen.«

»Sofort? Sie meinen, jetzt gleich?«

»Leider gebietet der Fall höchste Eile und duldet keinen Aufschub. Eine sprichwörtliche Jetzt-oder-nie-Situation. Also, wie entscheiden Sie sich, Doktor Lindman?«

Hätte sie ablehnen sollen? Natürlich nicht. Dieser Fall konnte ihr Sprungbrett zu einer eigenen Praxis sein. Darauf hatte sie zu lange hingearbeitet, um sich von kleinen Unannehmlichkeiten aufhalten zu lassen. Eines hatte Lea bei ihrer Ankunft allerdings ein flaues Gefühl im Magen bereitet: Der Aufmarsch der Journalisten vor dem Polizeipräsidium war enorm. Dutzende Reporter standen mit ihren Blitzlichtkameras vor den Gittern der Einfahrt und riefen wild durcheinander. Doch ehe Lea im Regen durch das Stimmengewirr auch nur ein paar Sätze verstehen konnte, hatte sie bereits ein reserviert dreinblickender Mann am Rande der Menge ins Visier genommen.

»Sind Sie Doktor Lindman?«, rief er ihr im tosenden Regen entgegen.

»Die bin ich«, antwortete sie nicht minder laut.

Er war ganz in Zivil, und nur seine ID-Karte, die ihn als Kommissar Mayer auswies, bestätigte seinen Dienstgrad. »Gut, bitte zeigen Sie mir Ihren Ausweis.«

Lea reichte ihm das Dokument.

Nachdem er ihre Identität geprüft hatte, hellte sich sein Gesicht etwas auf. »Sie also hat Doktor Stevens empfohlen! Endlich sind Sie da, alle warten schon auf Sie.«

»Können Sie mir verraten, was los ist? Als wir telefoniert haben, hatte es Ihr Chef nicht so mit Informationen. Und dass Doktor Stevens auch vor Ort ist, hat er mit keinem Wort erwähnt.«

»Er *war* hier. Darüber hinaus kann ich Ihnen keine Auskunft geben, sorry, Anweisung von oben.«

Lea hatte ohnehin nicht damit gerechnet. Als Mayer sie zum Hintereingang des Präsidiums führte, warf sie noch einmal einen Blick über die Schulter, direkt in das Blitzlichtgewitter. Beck hatte nicht untertrieben, es musste wirklich etwas Außergewöhnliches passiert sein. Etwas außergewöhnlich Schlimmes.

Mayer führte sie durch das Treppenhaus und vorbei an drei, vier Räumen, in denen es von Behördenmitarbeitern nur so wimmelte. Lea sah Gruppen von Polizisten in Uniform, die meistens dabei waren, von einem Kommissar in ähnlich legeren Jeans, wie Mayer sie trug und in denen das Hemd hastig hineingesteckt war,

Dienstanweisungen entgegenzunehmen. Lea versuchte gar nicht erst, etwas von dem Gerede aufzuschnappen. Einerseits senkten Mayers Kollegen sofort ihre Stimmen, sobald sie die beiden erblickten, andererseits wollte sich Lea nicht selbst im Weg stehen und übereifrig sein. Auch wenn es schwer war, sie musste sich wohl an Becks Anweisungen halten, wollte sie für den Fall infrage kommen. Nachdem Mayer sie durch einen Gang zu einem Vorraum gebracht hatte, bat er sie mit einer knappen Geste, gegenüber der einzig anderen Tür Platz zu nehmen.

»Und jetzt?«, fragte Lea an Mayer gerichtet, der sich schon wieder zum Gehen wandte.

Sein Zeigefinger hob sich in ihre Richtung. »Sie warten.« Der Zeigefinger senkte sich auf seine Brust. »Ich gehe. Beck wird wissen wollen, dass Sie hier sind.« Mayer nickte ihr aufmunternd zu. »Noch etwas Geduld, Doktor Lindman, bald wissen Sie mehr.«

Dann verschwand er durch die andere Tür und ließ Lea allein. Egal. Durch das Fenster hinter ihr konnte sie wenigstens einen Blick auf den Innenhof werfen. Wenn es doch nur nicht regnen würde. Die Äste eines Baums wogten im Wind hin und her, und auch die Fensterscheibe bekam einiges an Wasser ab. Kaskadengleich peitschte es gegen das Glas und gab ein lautes Trommeln von sich.

Lea seufzte. Sie hasste Regen.

Nach einer gefühlten halben Stunde hatte das Warten schließlich ein Ende. Schnelle Schritte näherten sich der gegenüberliegenden Tür, und Lea richtete sich auf, noch bevor die Türklinke mit einem hektischen Ruck nach unten gedrückt wurde.

»Kriminalhauptkommissar Beck«, stellte sich der ältere Mann im dunklen Anzug vor.

Lea schätzte ihn auf Ende fünfzig, und sein durch und durch weißes Haar bekräftigte ihre Annahme. *Das also ist der Mann, mit dem ich telefoniert habe.*

»Sind Sie die Psychologin?«, fragte er und reichte ihr die Hand. Sein Griff war fest, nicht zu stark, dass er ihre Hand quetschte, aber dennoch stark genug, um Lea gebannt zu halten.

»Das ist richtig. Wir haben telefoniert«, antwortete sie.

Beck nickte. »Gut, dass Sie da sind. Wir haben keine Zeit zu verlieren.« Er ließ ihre Hand los, machte einen kleinen Schritt von ihr weg und schaute sie eindringlich an. »Zuerst das Allerwichtigste: Was wissen Sie?«

Lea sprach aus, worüber sie sich den ganzen Vormittag den Kopf zerbrochen hatte. »Ich habe keine Ahnung.«

Der Kriminalhauptkommissar nickte erneut und beobachtete sie noch eindringlicher. »Sie haben seit heute Morgen keine Medien verfolgt? Keine Nachrichten, kein Internet, keine Anrufe, die die Zusammenarbeit seitens der Polizei mit Ihnen hätte aufklären können?«

»Nein, ich habe wirklich keine Ahnung, warum Sie mich herbestellt haben«, sagte sie, diesmal mit deutlicherem Unmut in der Stimme, sodass es Beck auch hören konnte.

»Ich kann Ihren Verdruss über die Unklarheit der Umstände sehr gut nachvollziehen, Doktor Lindman, aber seien Sie versichert, dass es absolut nötig ist, sollten Sie den Fall übernehmen. Den ersten Psychologen mussten wir bereits abziehen ... Sie kennen Doktor Stevens, nehme ich an.«

Das war eine starke Untertreibung. »Doktor Stevens war mein Doktorvater, zurzeit assistiere ich ihm bei seinen Fällen. Aber das konnten Sie mit Sicherheit auch schon in Erfahrung bringen.«

»Natürlich ...«

»Und natürlich war ich nicht Ihre erste Anlaufstelle, Hauptkommissar Beck.«

Nach Mayers Worten hatte Dr. Stevens sie empfohlen. Warum wusste sie nichts davon?

»Ich will offen sein«, fing Beck diplomatisch an, »Sie waren nicht meine erste Wahl. Doktor Stevens ist unser Kriminalpsychologe, hätte er sich nicht so für Sie eingesetzt, wären Sie auch nicht meine zweite gewesen. Dafür schienen Sie uns einfach zu unerfahren zu sein.« Er machte eine Pause, ein abschätzender Blick streifte sie. Hielt er sie für zu jung? »Wie alt, sagten Sie, sind Sie noch gleich?«

Aha. Bingo. »Ich sagte gar nichts«, entgegnete Lea kühl. Beck sollte aufhören, sie hinzuhalten, und endlich anfangen, zu erzählen, was Sache war. »Wenn Sie wissen möchten, ob ich mich einem eigenen Fall gewachsen fühle, lautet die Antwort Ja. Und ich bin siebenundzwanzig.« Ihr war natürlich bewusst, welchen Eindruck sie gerade machte, aber wenn sie schon ohne jegliche Hintergrundinformationen – wie es normalerweise üblich war – hierher zitiert und wie ein kleines Kind ob ihrer Fragen im Dunkeln gelassen wurde, dann hatte man von ihr nicht mehr zu erwarten. Hauptkommissar hin oder her.

Schon rechnete Lea damit, dass Beck sie wieder wegschickte, als sich ein Lächeln auf sein faltiges Gesicht legte. »Sie haben Feuer, Doktor Lindman. Das werden Sie brauchen«, sagte er und wirkte versöhnlicher. »Verzeihen Sie mir meine Skepsis, unsere Nerven in der Abteilung liegen blank. Stundenlang haben wir ihn zu verhören versucht, aber wir schaffen es nicht, auch nur ein Wort aus ihm herauszubekommen.«

Ihm? Lea wurde hellhörig. »Also handelt es sich um einen Mann?«

»Um einen Jungen, um genau zu sein«, erwiderte Beck.

Lea war verwirrt – so ein Aufstand wegen eines Jungen? »Aus welchem Grund mussten Sie Doktor Stevens abziehen?«, fragte sie.

»Er hat zu viel gewusst. Deshalb kann ich auch Ihnen im Moment nicht mehr sagen.«

»Was können Sie mir denn sagen? Nach unserem Gespräch bin ich so schnell hergekommen, wie ich konnte, aber niemand macht den Mund auf. Warum bin ich hier, wozu brauchen Sie mich?«

»Sie sollen ein erstes psychologisches Gutachten erstellen. Das ist Ihre Aufgabe. Deshalb sind Sie hier.«

»Ich verstehe nicht ganz, ich kann ein psychologisches Gutachten nur erstellen, wenn ich den Patienten kenne, um den es geht.«

»O, Sie werden ihn kennenlernen, aber alles zu seiner Zeit. Was ich Ihnen zu diesem Zeitpunkt sagen kann, ist, dass es sich um einen siebzehnjährigen Jungen handelt.«

Großartig, einfach großartig. Ihr erster eigener Fall und gleich wurde es ihr unnötig schwer gemacht. »Wie soll ich ohne Hintergrundinformationen solch einen Fall angehen? Das sind ziemlich wenige Angaben, um überhaupt eine Analyse zu beginnen.«

»Doktor Lindman, stellen Sie Ihr Licht bloß nicht unter den Scheffel. Doktor Stevens hat Sie uns mit Nachdruck empfohlen, von Ihrem Einfühlungsvermögen sprach er in den höchsten Tönen. Mir ist sehr wohl bewusst, dass es nicht leicht wird. Aber Sie müssen sich schon selbst ein Bild machen.« Beck drehte sich um, ging durch die Tür und bedeutete ihr, ihm in den Raum zu folgen, aus dem er gekommen war.

Lea wusste nicht recht, was genau sie erwartet hatte, aber vermutlich nicht den klischeehaften Verhörraum, wie es ihn in jeder Krimiserie gab. Er war zweigeteilt, sie befand sich mit Beck in jenem Teil, in dem man das ganze Geschehen ungestört überwachen konnte. Eine Wand, in der ein lang gezogenes Glasfenster eingefasst war, trennte die beiden vom eigentlichen Geschehen im anderen Teil. Der Tisch darin war ein simples Gestell aus Resopalplatte und Metallbeinen. Hinein kam man durch eine Tür links vom Glas, die Wände waren mattgrau gestrichen, wohl, um eine gewisse Distanz zu dem zu halten, was in solchen Räumlichkeiten gefragt und besprochen wurde. Eine Neonröhre, die an zwei kurzen Stahlseilen hing, sandte ihre kalten Lichtwellen über den Tisch in jeden Winkel des Raums.

Er war nicht leer. Beck trat vor die Scheibe und winkte Lea zu sich. Zwei Männer unterhielten sich dahinter mit einem Jungen. Mit *dem* Jungen. Einen der beiden, Kommissar Mayer, kannte sie bereits, den anderen hatte sie jedoch noch nie gesehen. Der trug wie

Mayer Jeans – die Farbe war einen Stich dunkler – und Hemd, jedoch war seines weitaus zerknitterter als das seines Kollegen. Darüber hing ihm eine abgewetzte Lederjacke locker am Leib, die ihn in der Kombination ziemlich verwegen aussehen ließ. Den Eindruck verstärkte vor allem sein mittellanges Haar, das weniger sorgfältig gekämmt war als das von Mayer und in puncto Sittsamkeit bei Weitem nicht gegen die akkurate weiße Mähne des Hauptkommissars ankam.

Vielleicht waren sie doch nicht so dringend auf Lea angewiesen, wie es Beck ihr weismachte, denn anscheinend war das Verhör schon in vollem Gange. Zumindest sah es danach aus, als würden sie sich unterhalten, denn Lea konnte kein einziges Wort von dem hören, was in dem Raum gesprochen wurde.

»Halbdurchlässiger Spiegel«, brummte Beck und nahm ihr damit die Frage aus dem Mund. Er tippte kurz gegen das Glas. »Feine Sache, so was.«

Wäre Lea allein gewesen, hätte sie die Hände trichterförmig an die Lippen gelegt und irgendetwas gerufen, um festzustellen, ob die anderen tatsächlich nichts hörten oder nur so taten, als könnten sie Lea und den Hauptkommissar hinter der Scheibe nicht erkennen, ließ es aber doch lieber bleiben. Er schien nicht die Art Vorgesetzter zu sein, der solch ein Experiment zu schätzen wusste, deshalb verließ sie sich einfach darauf, dass sie hier tatsächlich geschützt vor den Blicken der anderen waren.

Bumm! Ein stummer Schlag mit der Faust auf den Tisch von Mayers Kollegen ließ Lea zusammenzucken und ihre Aufmerksamkeit wieder auf die Szene vor sich richten. Der Kommissar gab ein überzeugend einschüchterndes Bild ab, den Jungen allerdings schien dessen Aufbrausen kaum zu berühren. In Wahrheit ließ es ihn völlig kalt. Wüsste es Lea nicht besser, fiele es ihr schwer, zu glauben, dass *er* der Grund war, dass vor und im Polizeipräsidium so ein Wirbel gemacht wurde, und es ließ sich nicht vermeiden, dass ihr eine zentrale Frage immer wieder vor das geistige Auge trat: *Was hat er getan?*

Sie musterte seine Züge genau, konnte jedoch nichts Außergewöhnliches feststellen. Er sah aus wie ein ganz normaler Teenager. Schlaksige Statur, zerzaustes kastanienbraunes Haar und dunkle Augen, unter denen Schatten lagen. Ob das von Müdigkeit oder von etwas anderem herrührte, konnte sie auf die Schnelle nicht beurteilen. Das Auffälligste an ihm war, dass er so unauffällig wirkte – nun, bis auf seine Kleidung natürlich. Er trug einen graublauen Overall, der ihm vermutlich von der Polizei zur Verfügung gestellt worden war. Blieb der Verdächtige in Untersuchungshaft, war es nicht unüblich, dass die Kleidung konfisziert wurde und der zu Verhörende erst umgekleidet werden musste.

Der Psychologin fiel in diesem Augenblick auf, dass die Männer die Einzigen waren, die sprachen, die Lippen des Jungen hatten sich bisher kein einziges Mal bewegt, was die Kommissare jedoch nicht weiter kümmerte. Mayer hatte lässig auf seinem Stuhl Platz genommen, der andere mit der Lederjacke war inzwischen aufgestanden und baute sich vor dem Jungen auf, seinen Metallstuhl weit nach hinten geschoben. Anders als die beiden konnte sich der Verdächtige nicht zurücklehnen. Er saß ihnen reglos gegenüber, und erst jetzt entdeckte Lea die Handschellen, die seine Arme auf den Tisch zwangen.

»Kommissar Bachmann«, Beck deutete auf den Mann in der Lederjacke, »und Mayer vernehmen ihn noch. Die da drinnen können uns weder sehen noch hören.« Er lenkte Leas Aufmerksamkeit auf ein neben dem Fenster eingelassenes Bedienfeld. »Jedenfalls nicht, solange wir es nicht wollen. Umgekehrt hingegen …« Er drückte einen Knopf, dann ließen die Lautsprecher an den Wänden ein kurzes Knacken ertönen. Nach einem knappen akustischen Übergang waren männliche Stimmen zu hören, und Lea konnte das Gespräch mitverfolgen, das den Lippenbewegungen der Kommissare im Verhörraum deutlich zuzuordnen war.

»Will wohl immer noch nicht mit uns reden, was?«, sagte Bachmann über den Kopf des Jungen hinweg.

»Sieht nicht so aus, als würde er in nächster Zeit mal den Mund aufmachen.« Mayer nickte zustimmend. Anders als sein Partner schien er etwas gelangweilter von der ganzen Situation zu sein. »Womöglich will er auch einfach nicht mit *uns* reden«, meinte er und zuckte mit den Schultern.

»Meinst du?« Bachmann setzte ein verdutztes Gesicht auf. »Wieso sollte er nicht mit mir reden wollen?«

Mayer verzog den Mund wie jemand, dessen Aufgabe es war, eine unbequeme Wahrheit zu verkünden. »Versteh das jetzt nicht falsch, aber … na ja, du kannst schon manchmal ein ziemliches Arschloch sein«, erklärte er im diplomatischen Ton.

Bachmann winkte unwirsch ab. »Das sagt meine Frau auch immer. Aber woher will *er* das wissen? Der kennt mich doch gar nicht!« Er baute sich seitlich vor dem Jungen auf und stierte ihn an. »Stimmt das? Hältst du mich für ein Arschloch?«

Die Spannung, die auf den wenigen Zentimetern zwischen den beiden wuchs, war selbst im Vorraum zu spüren. Lea schaute zu Beck, der all das aufmerksam verfolgte. Wie viel Freiraum gab er seinen Kommissaren bei der Befragung des Jungen? Würde er überhaupt eingreifen? Die Sekunden verstrichen unerträglich langsam, doch der Junge hielt Bachmanns durchdringendem Blick stand. Keiner der beiden schien den Drang zum Blinzeln zu verspüren, keiner wollte sich die Blöße geben und der Erste sein, der den Augenkontakt brach.

Ganz bedächtig, beinahe träge, wandte der Junge den Kopf gerade nach vorne, weg von Bachmanns imposanter Darstellung. Seine Augen blieben zwar noch kurz auf den Kommissar gerichtet, schlossen sich aber, und als seine Lider wieder aufschlugen, ging sein Blick ins Leere. Bachmann zog die Luft scharf ein und lief vor Wut rot an. Fast schien es, als überlegte er, dem Jungen eine runterzuhauen, gab sich dann aber mit der reinen Vorstellung zufrieden.

Schließlich drehte er sich zu Mayer um, ging zu seinem Stuhl zurück und klatschte dabei in die Hände. »Aus dem Jungen ist nichts rauszukriegen. Dabei glaube ich, dass er so viel zu erzählen hätte.«

Lea hielt die beiden für ein eingespieltes Team. Gewiss arbeiteten die Kommissare schon lange zusammen und waren bestens aufeinander abgestimmt. Und ihr Eindruck bestätigte sich – Mayer machte prompt an der Stelle weiter, wo Bachmann aufgehört hatte.

»Mit Sicherheit! Jugendliche in seinem Alter haben doch ständig was zu erzählen. Mein Kleiner textet mich immer zu, bis mir die Ohren abfallen.«

»Die Jugend von heute weiß eben, was abgeht«, warf Bachmann ein. »Was waren wir doch für Idioten, als wir so jung waren. Haben den ganzen Tag nur Blödsinn angestellt.«

»Wie sieht es bei dir aus?«, fragte Mayer den Jungen. »In letzter Zeit mal irgendwas angestellt, das du loswerden möchtest?« Er machte eine kurze Pause. »Komm schon, Junge, ich weiß es doch! Willst du nicht mit uns darüber reden?«

Es trat eine Stille ein, die erst wieder von Bachmann durchbrochen wurde. »Er? Niemals ... Sicher hat er eine triftige Erklärung für alles. Wahrscheinlich hatte er einfach einen schlechten Tag.«

»War das der Grund?«, fragte Mayer mitfühlend. »Hattest du einen schlechten Tag?« Gespannt wartete er auf eine Regung des Jungen, der sie weiterhin strikt ignorierte und zwischen den beiden Kommissaren hindurch an die Wand schaute.

Bachmann bemühte sich, gelassen zu wirken, was ihm aber einiges abverlangte, denn sein ganzer Oberkörper war angespannt, wie unter Strom.

Was die beiden hinter dem Spiegel im Sinn hatten, war Lea natürlich klar. Sie versuchten, den Jungen zu reizen, ihn in Sicherheit zu wiegen und aus der Reserve zu locken. Es war gut durchdacht und mochte bei so manchen sicher zum erwünschten Ergebnis führen, aber nicht bei diesem Jungen. Lea schüttelte kaum merklich den Kopf – *so werden sie ihn nie zum Reden bringen.* Die beiden Kommissare auf diese Art auf ihn anzusetzen, würde nicht die Lösung sein.

Schließlich hielt es Bachmann nicht mehr aus. »Junge, mach den Mund auf!«, platzte es aus ihm heraus, und er fuchtelte dabei wild mit dem Arm durch die Luft. »Hey, wir verstehen dich. Wir haben es genauso gehasst wie du. Immer die gleiche Scheiße, Tag für Tag! Manchmal wäre ich auch gerne hingegangen und hätte ...« Weiter kam er nicht, und Lea erfuhr nie, was genau der Kommissar getan hätte.

Beck hatte sich prompt eingeschaltet und den Knopf der Sprechanlage gedrückt. Sofort waren die Stimmen aus den Lautsprechern verstummt, dann betätigte er den benachbarten Knopf und mischte sich lautstark ein. »Das genügt jetzt! Kommen Sie raus.« Er ließ den Schalter los und wandte sich an die Psychologin. »Die beiden sind gut, das muss ich den Kollegen lassen. Aber manchmal reden sie einfach zu viel.«

Als die beiden Kommissare zu ihnen traten, stellte Beck ihr die beiden noch einmal vor. Bachmann nickte nur knapp, fast schon verstimmt, Mayer hingegen begrüßte sie mit einem Lächeln. Sie schienen ihre Rollen aus dem Verhörraum nicht abgelegt zu haben.

»Bachmann war bei der Verhaftung des Jungen beteiligt«, erklärte Beck, »Mayer haben wir erst später hinzugezogen, als wir angefangen haben, ihn zu befragen.«

»Da drinnen ist es wohl nicht so gelaufen wie geplant«, sagte Lea und schüttelte beiden die Hand. »Das Verhör, meine ich.«

»Scheiße, nein ...« Bachmann ließ ein trockenes Lachen hören. »Ein Verhör kann man das kaum nennen.«

»Die Befragung verlief bisher ziemlich einseitig«, räumte Mayer ein.

Lea beschlich das Gefühl, dass er der Umgänglichere der beiden war, sein Partner hingegen trat ihr etwas zu forsch auf. »Hat er sich Ihnen zu irgendeinem Zeitpunkt mitgeteilt?«

»Keine Chance. Wir nehmen ihn seit Stunden in die Mangel, aber ohne Erfolg«, antwortete Mayer.

»Er weigert sich, zu reden?«, hakte sie nach.

Mayer schüttelte den Kopf. »Er weigert sich, mit *uns* zu reden. Seit seiner Verhaftung hat der Junge kaum ein Wort gesagt.«

Kaum? »Also hat er bereits mit Ihnen gesprochen?«

»Nur flüchtig, Doktor Lindman. Am Anfang hat er andauernd gesagt, dass er nur mit jemandem redet, der nicht weiß, was vorgefallen ist«, erklärte Mayer.

»Und Sie haben trotzdem versucht, ihn zum Sprechen zu bewegen?«, fragte Lea und unterdrückte die Anklage in ihrer Stimme nicht. Nicht zu fassen. Wenn sie ihn weiterhin bedrängten, war es vorauszusehen, dass sich der Junge immer mehr verschloss. Auf diese Art würden sie rein gar nichts aus ihm herausbekommen.

»Natürlich haben wir es weiter versucht. Wie gesagt, ohne Erfolg«, verteidigte sich Mayer. Mit einer Rüge der Psychologin hatte er nicht gerechnet. Hilfesuchend blickte er zum Hauptkommissar, doch Beistand fand er nicht bei ihm, sondern bei Bachmann, der die Arme vor der Brust verschränkte.

»Das ist immerhin unser Job. Nur aus dem Kleinen ist nichts rauszubekommen, noch nicht«, sagte er. »Unglaublich, dass er kein Wort verliert über das, was passiert ist. So einen hat man nicht alle Tage.«

»Bachmann ...«, mahnte Beck den Kommissar.

»Und diese Augen ...«, fuhr Bachmann fort, ohne sich um den Einwurf seines Vorgesetzten zu kümmern. »Ist euch schon mal aufgefallen, wie er mich ansieht? Keine Ahnung, warum wir überhaupt unsere Zeit mit ihm vergeuden. Der Fall ist doch glasklar. Der Staatsanwalt hat alles, was er braucht, was will er da noch ein Gutachten? Immerhin wissen wir, was er getan hat! So viele Tote, und alle ...«

Es gibt also Tote! Leas Gedanken überschlugen sich, und sie versuchte, sich aus den wenigen Informationen, die sie aufgeschnappt hatte, so gut sie konnte, ein Bild zu machen. War der Junge ein Mörder? Oder waren andere Umstände verantwortlich dafür? Sie blickte durch den halbdurchlässigen Spiegel. Noch immer saß er teilnahmslos auf seinem Stuhl. Wenn sie ihn so sah, traute sie ihm kaum einen Mord zu. Aber Lea wusste, dass der Schein trügen konnte. Stille Wasser sind tief. Und dieser Junge war sehr still.

»Bachmann!«, bellte Beck den Kommissar an, der sich um Kopf und Kragen redete. »Noch ein Wort über den Fall und ich sorge persönlich dafür, dass Sie noch vor Ende der Woche wieder Streife fahren. Also halten Sie den Mund!«

Bachmann biss sich auf die Lippe und schien einen Augenblick lang hin- und hergerissen, weiterzureden, entschloss sich aber dagegen und begnügte sich damit, Lea finster anzufunkeln. Es lag auf der Hand, dass er es ganz und gar nicht komisch fand, vor einer Außenstehenden derart abgemahnt zu werden. Hinzu kam, dass sie der Grund war, weshalb er nicht offen über den Fall sprechen durfte. Lea wollte vermeiden, dass die Emotionen hochkochten – das Letzte, was sie jetzt gebrauchen konnte, war ein Kommissar, der sein Revier verteidigen wollte.

Schließlich war es Mayer, der zu schlichten versuchte. »Wie auch immer«, warf er ein. »Auch Doktor Stevens hat er schnell die kalte Schulter gezeigt. Sie haben sich kurz unterhalten, aber als ihm klar war, dass wir ihn über die Geschehnisse aufgeklärt hatten, war Schluss. Von da an hat er den Doktor wie Luft behandelt.« Er nickte kurz in Richtung Verhörraum. »Eines muss man ihm lassen: Er zieht das wirklich durch – der Junge hat Schneid.«

Bachmann gab einen verächtlichen Laut von sich. »Der hat Schiss, nichts weiter«, ätzte er. »Deshalb will er Zeit schinden und stellt Forderungen. Und wir lassen uns auch noch darauf ein!« Er redete sich in Rage, Zornesröte kroch seinen Hals empor.

Mit dem Temperament wird er womöglich wirklich noch vor Ende der Woche Streife fahren, dachte Lea.

Bachmann wurde laut. »Chef, lassen Sie mich fünf Minuten mit ihm allein und ich bring ihn zum Reden. Scheiße noch mal, ich bring ihn zum Singen!«

»Das Einzige, was Sie erreichen werden, ist, dass Sie ihn noch mehr einschüchtern. Dann wird er sich niemandem mehr öffnen, auch mir nicht«, warf Lea ein.

»Das sehe ich genauso«, lehnte Beck den Vorschlag des Kommissars ab. »Die einzige Person, die sich ab jetzt mit dem Jungen unterhält, ist Doktor Lindman. Sie ist die Expertin, deshalb ist sie hier.« Und an Lea gewandt fügte er hinzu: »Was das Gespräch mit ihm angeht, haben Sie freie Hand. Nur beschaffen Sie mir das

Gutachten. Ich will die ganze Geschichte und alles, was dahintersteckt!« Es folgte ein schneller Griff in seine Hosentasche. »Das werden Sie brauchen.« Er reichte Lea ein Diktiergerät.

Den Missmut darüber, der sich in ihrem Gesicht abzeichnete, verbarg Lea nicht. Sie hielt nicht viel von solchen Hilfsmitteln.

»Es muss sein«, meinte er nur.

Lea akzeptierte das, aber eine Sache war ihr dermaßen wichtig, dass sie sie dem Hauptkommissar sogleich nahelegte. Er willigte ein, Bachmann allerdings zeigte sich von ihrem Vorschlag ganz und gar nicht begeistert.

»Ihm die Handschellen abnehmen?«, platzte es aus ihm heraus. »Haben Sie den Verstand verloren?«

»Er ist noch fast ein Kind«, hielt sie kühl dagegen. »Was ich bisher gesehen habe, zeigt mir, dass er sich mir nur öffnen wird, wenn wir ihn nicht wie einen Verbrecher behandeln.«

»Aber genau das ist er!« Der Kommissar schien mit seinen Nerven am Ende. »Haben Sie überhaupt die leiseste Ahnung, was der Junge da drinnen getan hat?« Er fuchtelte mit der flachen Hand vor seinem Gesicht, aber Lea ließ sich nicht aus der Ruhe bringen.

»Nein, eben nicht. Und es liegt auch in Ihrem Interesse, dass es vorerst so bleibt! Oder möchten Sie dem Staatsanwalt erklären, dass er auf sein Gutachten warten muss, nur weil einer der Kommissare den Mund nicht halten konnte?«

Das hatte gesessen. Bachmann schnappte nach Luft und wollte bereits zu einer bissigen Bemerkung ansetzen, als ihm Beck erneut ins Wort fiel. »Schluss jetzt, alle beide!«, rief er. »Bachmann, gehen Sie raus, und holen Sie sich einen Kaffee.«

»Danke, Chef, aber ich hatte schon einen doppelten ...«

»Dann holen Sie gefälligst mir einen! Nur machen Sie, dass sie Land gewinnen, ich will Sie hier nicht sehen, solange Sie Ihr Temperament nicht im Griff haben, verstanden?« Seine Stimme klang endgültig.

Von der erneuten Rüge tiefrot im Gesicht, blickte Bachmann zu Boden und brummte etwas vor sich hin, von wegen, er habe sein Temperament immer im Griff.

Beck schien das anders zu sehen. »Ob Sie mich verstanden haben?«, wiederholte er.

»Schon gut, ich hab's kapiert.«

Mayer klopfte seinem Partner aufmunternd auf die Schulter. »Komm, ich könnte auch eine Pause vertragen. Sollen sich die anderen mit dem Jungen herumschlagen.« Er schob ihn langsam Richtung Tür, und bevor sie sich hinter ihnen schloss, warf Mayer Lea noch einen entschuldigenden Blick zu.

»Nehmen Sie ihm sein Verhalten nicht übel«, bat Beck. »Seit der Verhaftung des Jungen hat er sich rund um die Uhr mit dem Fall befasst, und bis jetzt kam nichts dabei raus. Ich kann seine Frustration verstehen, mir geht es nämlich genauso.«

Lea winkte ab, sie war nicht nachtragend, dennoch musste die Sache jetzt richtig angegangen werden. »Ich schlage vor, Sie lassen mich das tun, weshalb mich Doktor Stevens empfohlen hat. Lassen Sie mich mit dem Jungen reden, und Sie bekommen Ihr Gutachten.«

Beck nickte bedächtig. »Ich werde Sie mit ihm allein lassen, keiner wird sie beide stören. Sie können ihm sogar die Handschellen abnehmen.« Er hielt ihr einen kleinen Schlüssel vor die Augen und ließ ihn in ihre ausgestreckte Hand fallen. Er schaute sie eindringlich an. »In einem allerdings gebe ich Bachmann recht: Lassen Sie sich von seiner ruhigen Art nicht täuschen! Hätten Sie unsere Informationen, würden Sie darauf bestehen, dass er die Handschellen anbehält.«

Natürlich würde ich das, dachte Lea und lächelte schief. Beck schien das zu wundern, denn noch bevor sie die Klinke zur Tür des Verhörzimmers in der Hand hatte, fragte er, woran sie dachte.

»Dass Sie gut daran taten, mir nichts zu sagen«, antwortete sie.

−2−

Ein flüchtiger Blick. Es war die einzige Regung, die der Junge zeigte, als Lea den Raum betrat. Ansonsten saß er so, wie er es schon in Gegenwart der Kommissare getan hatte, und verlor seinen Blick wieder an der Wand ihm gegenüber. Hinter ihr fiel die Tür mit einem leisen Klicken zu. Lea wurde sich schlagartig der Isolation bewusst, in der sie beide sich nun befanden. Es gab nur noch den Jungen und sie, daran konnte auch das lang gezogene Glas nichts ändern, in dem sie, anstatt nach draußen blicken zu können, nur sich selbst sah. Hier drinnen wurde es zu einem ganz gewöhnlichen Spiegel, aber sie wusste ja, dass es keiner war. Beck stand mit seinen Kommissaren auf der anderen Seite und beobachtete alles, was sie tat. Ein beklemmendes Gefühl, und es behagte ihr ganz und gar nicht.

Wenn es ihr schon so erging, wie fühlte sich erst der Junge? Üblicherweise kamen Patienten in eine Praxis und fanden sich in einem sicheren Umfeld wieder. Hinter dem Schleier von Anonymität und Geborgenheit erzählten sie dann – und nur dann – von auferlegten Zwängen, zerreißenden Konflikten, geheimsten Sehnsüchten und tiefsten Ängsten. Und es war der Herangehensweise des Psychologen geschuldet, ob sie sich öffneten, das war Lea bewusst, aber die Räumlichkeit war ein nicht zu unterschätzender Faktor dabei.

Deshalb war Lea vom Erfolg ihres Unternehmens noch nicht völlig überzeugt. Der Raum wirkte trostlos und kalt vom weißen Licht. Er war nicht zur Gemütlichkeit konzipiert, sondern sollte einschüchtern, in Unbehagen versetzen. Verdächtige und Straftäter – nicht immer voneinander zu trennen – sollten sich isoliert fühlen, ausgeliefert, verlassen. Dadurch konnte ihr Widerstand gebrochen werden, um die benötigten Informationen zu erlangen. Meistens jedenfalls. Lea ließ den Jungen nicht aus den Augen.

An dir haben sich Bachmann und Mayer die Zähne ausgebissen. Was hast du getan, das dich heute da sitzen lässt? Und warum?

Lea stellte Bachmanns Stuhl beiseite und setzte sich auf den verbliebenen dem Jungen gegenüber. Ihre Mappe und das Diktiergerät schob sie erst einmal beiseite, beides brauchte sie noch nicht. Erst jetzt, als sie dem Jungen so nah war, sah er sie direkt an. *Soll ich ihm jetzt schon die Handschellen abnehmen?* Vielleicht wäre es besser, zu warten, auch wenn es sonst nicht ihre Art war – Beck hatte recht, sie durfte ihm ihr volles Vertrauen nicht so früh schenken, selbst wenn er so aussah, als könnte er keiner Fliege etwas zuleide tun. Immerhin, die Presseleute vor dem Polizeipräsidium waren sicher nicht ohne Grund aufgefahren. Lea bekam eine Gänsehaut und spürte, wie sich ihre Nackenhaare aufstellten. Saß sie wirklich einem Verbrecher gegenüber? In ihrer Vorstellung hatten die stets anders ausgesehen. Grobschlächtige Gestalten, böswillig funkelnde Augen, spitzzüngige Münder ...

Die braunen Augen, in die Lea gerade blickte, wirkten ganz und gar nicht wie die eines Killers. Kein Aufbegehren, kein Widerstand lagen darin. Nur Trauer und Schmerz, verborgen hinter einer Maske des Schweigens.

»Mein Name ist Doktor Lindman.« Lea versuchte nicht, dem Jungen die Hand zu reichen, denn sie wusste, er würde sie nicht ergreifen, selbst wenn es ihm mit den Handschellen möglich gewesen wäre. Soweit waren sie noch nicht. »Keine Angst, ich bin nicht von der Polizei«, sagte sie und ließ ihre Worte einen Augenblick wirken. »Ich arbeite als Psychologin, ich bin nur hier, um mit dir zu reden.«

Der Junge zeigte keine Regung, sie wusste also nicht, ob er sie verstanden hatte, aber er wandte die Augen auch nicht von ihr ab, ähnlich wie er es bei Bachmann getan hatte.

Also machte sie weiter. »Ich weiß, dass du bereits mit einem Kollegen, Doktor Stevens, gesprochen hast. Und dass du ihn abgewiesen hast.« Wieder eine Pause, diesmal, um ihren nächsten Worten mehr Bedeutung zu verleihen. »Ich möchte, dass du mir vertraust.«

Der Junge legte den Kopf schief und öffnete den Mund, nur um ihn wieder zu schließen. Er schien abzuschätzen, ob er das, was sie ihm erzählte, für bare Münze halten konnte. Doch das konnte er. Ganz egal, was Beck von dem Jungen hören wollte, an erster Stelle kamen für Lea die Patienten. Das war zwar nicht das übliche therapeutische Gespräch, wie sie es aus der Praxis ihres Doktorvaters kannte, aber sie konnte trotzdem erkennen, dass der Junge Hilfe brauchte.

Dafür musste er sich ihr allerdings zuerst öffnen. Sie konnte niemandem helfen, den sie nicht wenigstens in Ansätzen kannte oder verstand. Manche ihrer Kollegen behaupteten zwar, Menschen auf den ersten Blick einschätzen zu können, aber davon hielt Lea überhaupt nichts. Ihr erster Eindruck unterschied sich oft von dem, was sie nach einiger Zeit des Gesprächs in Erfahrung brachte. Der Mensch und dessen Psyche – vor allem in einem so jungen Alter wie dem des Jungen – waren zu komplex und zu vielen Reizen und Wünschen unterworfen, als dass man sich nach kurzer Zeit ein Urteil, weder über das eine noch das andere, erlauben konnte. Deswegen schenkte sie auch dem wenigen, das Bachmann gesagt und angedeutet hatte, kaum Beachtung. Sie wollte sich selbst ein Bild von dem Jungen machen.

»Mir wurde berichtet, du willst nur mit jemandem reden, der nichts von dir weiß. Deshalb hast du auch Doktor Stevens weggeschickt, nicht wahr? Du hast geglaubt, er würde dich verurteilen.« Lea machte eine kurze Pause. »Wenn du Angst haben solltest, dass mir dein Fall bereits bekannt ist, kann ich dich beruhigen. Weder weiß ich, was, noch warum du getan hast, was dich heute hier in Handschellen sitzen lässt«, fuhr sie fort und erkannte, wie sich seine Anspannung zu lösen begann. »Ich kenne nicht mal deinen Namen.«

Seine Augenbrauen zogen sich kurz zusammen, wieder öffnete er den Mund, und wieder schloss er ihn gleich darauf. Er machte es ihr wirklich nicht leicht. Immerhin zeigte er irgendeine Regung. Sie musste ihn fordern, ihn aus der Reserve locken. Lea hatte ihn bald so weit, das immerhin konnte sie spüren.

»Erzähl mir, was passiert ist«, bat sie leise. Er schwieg. »Du kannst mir vertrauen.«

Immer noch Stille. Dann ...

»Tommy.« Seine Stimme war anders, als Lea erwartet hatte. Nicht eingeschüchtert oder verängstigt, vielmehr aufgeklärt, als hätte er sich mit seiner Situation abgefunden. »Mein Name ist Tommy.« Der Satz klang, als hätte er ihn bereits viele Male sagen müssen.

Er war völlig ruhig, und doch fiel ihr etwas auf. Seine rechte Hand war zur Faust geballt – vielleicht eine Kompensation für die Blöße, die er gerade gezeigt hatte. Vielleicht auch mehr. Aber dass er ihr seinen Namen genannt hatte, war schon einmal ein guter Anfang. Ein Vertrauensbeweis, den sie jetzt erwidern musste. Lea griff in ihre Anzugtasche und holte den Schlüssel hervor, den ihr Beck gegeben hatte. Sie beugte sich zu Tommy nach vorne.

»Warum machen Sie das?«, fragte er.

Sie schloss die Handschellen auf und legte sie neben sich auf den Tisch. »Weil du mir vertrauen sollst.«

»Kann ich das?« Er rieb sich die Handgelenke.

»Das kannst du.«

»Die haben Ihnen also nichts gesagt?«, wollte er wissen und nickte dabei in Richtung Spiegel.

Jetzt musste sie aufpassen. Er hatte sich etwas geöffnet, ein falsches Wort ihrerseits und er würde sich wieder in die Sicherheit des Schweigens zurückziehen.

»Die Kommissare haben mir nichts von dir erzählt, falls du das meinst«, antwortete sie. »Gar nichts. Sie haben nichts von dir verraten.« Lea hoffte, dass er es bald von sich aus tun würde.

»Dann wissen Sie nicht, was passiert ist?«, flüsterte er. »Was ich getan habe?«

»Ich habe keine Ahnung«, bestätigte sie. Tommys Anspannung schien sich noch mehr zu lösen, seine Schultern senkten sich leicht, und sein Atem ging ruhiger. Anscheinend hatte ihm das am meisten zu schaffen gemacht, und es war genau das gewesen, was er hatte hören wollen. Damit konnte Lea arbeiten. »Wie gesagt, ich weiß nicht, warum du hier bist. Und ich weiß auch nicht, was du getan hast«, fuhr sie fort. »Das ist die Wahrheit.«

»Aber Sie wollen es wissen?«, fragte er leise.

»Ja«, gab Lea zurück, »darum bin ich da. Und um dir zu helfen.« Bei diesen Worten verspürte sie ein leichtes Stechen in der Brust. *Kann ich ihm überhaupt helfen? Hier drin?*

Deshalb hatte sie nie mit Jugendlichen arbeiten wollen. Es bedrückte sie zu sehr, zu sehen, was mit ihnen passieren konnte. Vor allem mit jenen, die sich in so einem Raum wiederfanden. Manche hatten ihr Leben weggeworfen, anderen war keine Wahl geblieben. Sie ahnte, dass sie schon bald erfahren würde, wo sich Tommy einordnen ließ. Manche gestehen es sich nicht ein oder verleugnen es, wollen es nicht wissen. Aber Tommy war anders. Und sie wusste, dass er es wusste.

»Sie wollen mir helfen ... Das können Sie.«

»Wie?«

»Lassen Sie mich reden. Vorurteilslos«, erwiderte Tommy. »Hören Sie mich an und Sie werden verstehen«, fügte er hinzu und sah sie gespannt an.

War das wirklich alles, was er wollte? Dass ihm jemand zuhörte, ohne zu urteilen? Nun, ganz so abwegig war das nicht. Lea kannte das von ihrer Arbeit. Die anderen redeten, und sie hörte zu. Nachdem sie es eingeschaltet hatte, signalisierte das Diktiergerät mit einem leisen Ton, dass es bereit war, aufzunehmen. Sie griff nach ihrer Mappe, schlug sie auf und setzte den Stift ans Papier.

»Ich werde dir zuhören«, sagte sie und startete die Aufnahme. »Und ich verspreche dir, ich werde dich nicht verurteilen, egal, was du mir erzählst.«

Tommy entgegnete nichts darauf, sondern schaute ihr nur tief in die Augen. Es schien, als versuchte er wieder, darin zu lesen, ob sie tatsächlich meinte, was sie sagte. Irgendwas an ihr schien ihm dieses Vertrauen zu geben. Er riss sich von ihrem Anblick los. Dann begann er, zu reden.

–3–

Von Löwen und Lämmern

Draußen wurde es zunehmend dunkler. Tommy blickte den Gang entlang, an dessen Ende die Treppe ins Erdgeschoss der Schule führte und den Blick nach draußen freigab. Der Notausgang stand wie alle Türen offen, um den frühen hohen Temperaturen in diesem Jahr Herr zu werden. Tommy trug nur eine kurze Hose und ein T-Shirt, mehr brauchte es nicht. Doch so wie sich der Gang verdunkelte und die Lampen an den Decken immer mehr von Nutzen waren, fragte er sich, ob er angemessen gekleidet war. Denn schon länger hieß es, dass ein Sturm aufziehen würde, und nun hatten die ersten Ausläufer der Regenwolken die Stadt erreicht. Im Gegensatz zu seinen Mitschülern freute sich Tommy darauf. Er mochte Regen. Es gab keinen besonderen Grund dafür. Weder wurde er gerne nass, noch mochte er den Duft, den der Regen verströmte, wenn er erst einmal gefallen war. Aber er mochte ihn.

Tommy befand sich im Kunstflügel im ersten Stock der Schule, sein Klassenzimmer lag ein Stockwerk höher. Hier war es recht ruhig, die Schulglocke hatte noch nicht zum zweiten Mal geläutet, und die nächste Unterrichtsstunde würde erst in ein paar Minuten beginnen. Für seine Mitschüler und ihn stand Kunst auf dem Stundenplan, die letzte Stunde vor dem Wochenende, aber es würde noch dauern, bis seine Kunstlehrerin die Türen für sie aufsperrte. Sie hatte einen gewöhnlichen Namen, der gar nicht zu ihr passte. Deswegen nannten alle sie nur Frau S.

Die Mappe mit den neuen Zeichnungen, an denen er schon seit Wochen gearbeitet hatte, war sicher unter seinen Arm geklemmt. An diesem Tag wollte er sie Frau S. endlich zeigen, doch er stand unter Strom, so gespannt war er, was sie dazu sagen würde. Im Gegensatz zu den anderen Lehrern war Frau S. relativ jung und ging offen mit ihren Schülern um, genau deswegen mochte Tommy sie, und er schätzte ihre Meinung. Bevor sie sich entschieden hatte, zu unterrichten, war sie nämlich selbst Künstlerin gewesen, hatte in Ateliers ausgestellt und sich in der Szene einen Namen gemacht.

Eine Gruppe Schüler ging an ihm vorbei und verschwand tuschelnd die Treppe hoch. Meistens war auch Ben bei ihm, aber der war gerade damit beschäftigt, Herrn Thomaser von seiner Mitarbeit zu überzeugen. Sein Freund hatte in den letzten Klausuren nicht allzu gut abgeschnitten und erhoffte sich, den Mathelehrer noch vor dem kommenden Sprechtag gnädig stimmen zu können.

Tommy stand vor dem Schwarzen Brett und las einen der vielen Zettel, die von Lehrern oder Schülern neu angeschlagen worden waren. Es war wie ein Ritual für ihn geworden – jedes Mal vor dem Kunstunterricht entfernte er sich von seinen Klassenkameraden und sah nach, ob es etwas Interessantes gab. Meistens war das nicht der Fall, aber man konnte ja nie wissen, und ab und an war wirklich etwas Lesenswertes dabei. Das Angebot reichte von Schülern, die sich etwas dazuverdienen wollten, über Plakate von Abschlussbällen à la *Matura Matata*, *Al Dente – Bald sind wir durch* und *Auf rauen Wegen zu den Sternen* bis hin zu geplanten Klassenfahrten. Ein Zettel stach Tommy besonders ins Auge. Es handelte sich um einen Aufruf für einen Lateinkurs, irgendein Lehrer war so freundlich und half Schülern, die anfallenden Halbjahresprüfungen zu bestehen. *Maximal 20 Teilnehmer*, stand darauf, darunter zwei Tabellen, in denen sich die Schüler eintragen konnten. Beide waren bereits voll, und manche hatten ihren Namen sogar zwischen die Zeilen gequetscht.

Tommy staunte nicht schlecht. Anscheinend brauchten viele seiner Mitschüler ein besseres Verständnis der toten Sprache, um das Jahr zu bestehen. Was ihm aber so lange an das Schwarze Brett fesselte, war nicht etwa der Eifer seiner Schulkameraden, sondern ein Zitat. Ganz unten, am Rand des Blatts, hatte jemand in krakeliger Schrift sein Latein zum Besten gegeben. *Nihil facilius quam lacrimas arescere.* Daneben in derselben Handschrift die Übersetzung: *Nichts trocknet leichter als Tränen.* Für ihn war das nur schwer nachzuempfinden. Tommy konnte sich nämlich nicht erinnern, wann er das letzte Mal geweint hatte. Ob er überhaupt jemals geweint hatte?

Seine Mutter hatte immer erzählt, dass er schon seit der Geburt ein sehr ruhiges Kind gewesen sei. Manchmal hätte er geschrien, ja, aber nie sei auch nur eine einzige Träne über seine Wangen gelaufen. Das befreiende Gefühl, sich von allem zu lösen und in aller Öffentlichkeit fallen zu lassen, das Weinen vor Trauer und Schmerz, Angst oder Leid hatte Tommy nie erfahren. Auch wenn er diese Gefühle schon oft gehabt hatte, kannte Tommy es nur aus Filmen – oder von seiner Mutter. Seine Mutter weinte oft.

Feuchte Augen, zum Zerreißen angespannte Lider, den salzigen Geschmack auf der Zunge – er hatte es noch nie erlebt, und er fragte sich, ob er es jemals erleben würde.

»Was für ein Trottel! Habt ihr gesehen, wie er ihn fertiggemacht hat?«

Es war das reißerische Lachen von Luka, das Tommy aus den Gedanken und weg vom Schwarzen Brett riss. Er hatte nicht bemerkt, wie sich der Gang zum Kunstraum gefüllt hatte. Seine Mitschüler warteten in einer Traube vor der Tür darauf, dass Frau S. endlich aufsperrte. Die Jungs vertrieben sich die Zeit mit Späßen. Dahinter saßen ein paar Mädchen aus seiner Klasse im Schneidersitz gegen die Wand gelehnt und ließen ihrem von Zeit zu Zeit aufkommenden Missbehagen über die Schule freien Lauf. Unter ihnen war Michela, Lukas Freundin, wie immer die Lauteste.

»Es kann denen doch scheißegal sein, was ich anziehe«, lästerte sie mit überheblicher Stimme. Nein, es war ihre normale Stimme, denn Tommy konnte sich

nicht erinnern, jemals einen anderen Tonfall bei ihr gehört zu haben. »Eine Kleiderordnung wird sich nie
durchsetzen. Ich will zeigen, was ich habe. Was hat sich
da der Direktor einzumischen?«, fuhr sie fort, grinste
frech und presste die Hände auf ihre Brüste. »Nur weil
er sie nicht anfassen darf, will er sie nicht mal mehr sehen?«

Sie war sich durchaus bewusst, welche Wirkung ihr
Verhalten auf die Jungs in ihrer Nähe hatte. Manch einer hielt in seiner Blödelei inne und starrte unverhohlen auf jenen Vorbau, den Michela mit den Händen umfasst hielt. Daniel und Patrick pfiffen laut und klatschten sich ab.

Luka schien es nicht zu stören, wie die anderen seine
Freundin anstarrten. Mit ihm war sie zusammen, kurz
nachdem er in die Klasse gekommen war. Zwar hatte
Michela schon mit mehreren Mitschülern geflirtet,
aber jetzt gehörte sie zu ihm, das wusste Luka wie jeder
andere an der Schule. Und jenen, die es nicht wussten,
machte es Luka klar – nicht selten mit Gewalt. Robert,
ein älterer Schüler, hatte Michela einmal in der Stadtdisko angetanzt. Die Nacht endete für ihn mit einer blutigen Lippe, einem lockeren Zahn und einem tiefblauen
Auge. Ja, für den Direktor war Luka wahrlich kein Unbekannter, jedenfalls was Schlägereien anging. Aber zu
drastischen Maßnahmen gegen ihn kam es nie. Luka
verstand es zu gut, die Tatsachen zu verdrehen, und
drohte anderen gezielt, dass sie zu eingeschüchtert waren, um etwas zu melden. Bei den Lehrern schleimte er
sich indessen in genau jenem Maße ein, um sie völlig
auf seiner Seite zu wissen.

Tommy war wohl der Einzige, der Michela keine Beachtung schenkte, seine Aufmerksamkeit war ganz auf ihren Freund gerichtet.

»Hast du von Ben geredet?«, fragte er Luka, der sich zu ihm umdrehte und ihn mit zusammengezogenen Augenbrauen ansah. Mit einem Mal war sein reißerisches Lachen einem drohenden Blick gewichen.

»Was geht dich das an, Tom?«

Da war sie, die übliche Kälte, die ihm Luka schon immer entgegengebracht hatte. Mit dem gewohnten Antasten im neuen Schuljahr damals hatte es angefangen. Jeder suchte sich in einer Klasse die Gruppe aus, in die er am besten passte, und Luka hatte seine schnell gefunden. Daniel und Patrick passten zu ihm wie die Faust aufs Auge. Gab es eine Sportveranstaltung oder einen Wettbewerb an der Schule, konnte man sicher sein, dass sie unter den Besten zu finden waren. Und Luka, das musste ihm Tommy neidlos anerkennen, war nun mal im Sport der Beste und gut in so ziemlich allem, was mit Bewegung zu tun hatte. Er war eine Sportskanone – und ein Arschloch. Er nahm nie ein Blatt vor den Mund, und seine arrogante und aufmüpfige Art hatte vielen seiner Mitschüler schnell imponiert.

Tommy aber nicht.

Luka war ihm von Anfang an feindselig begegnet und hatte aus seiner Abneigung ihm gegenüber nie einen Hehl gemacht. Mit der Zeit war Tommy klar geworden, sie hatten sich gar nicht mögen können, dafür waren sie zu verschieden. Sie beide waren keine Freunde, und sie würden auch niemals welche werden.

Tommy wollte die Sache nicht auf sich beruhen lassen. »Was ist mit Ben? Was war los?«, fragte er ruhig. Er wollte Luka zwar keinen Anlass geben, ausfallend zu werden, nur fand sich der meist von selbst. Auch an diesem Tag.

»Kann dir doch scheißegal sein, worüber wir reden!«, blaffte Luka zurück.

Tommy wusste nicht, woher der Hass auf ihn rührte, aber er war da. Und die Gruppe um Luka übernahm ihn, ohne Fragen zu stellen. Patrick und Daniel hatten sich schon hinter Luka aufgebaut, und zusammen gaben sie ein einschüchterndes Trio ab. Etwas abseits gesellte sich Tobi dazu. Tobi, der Vierte im Bunde, der dicklich und kleiner war als die anderen und immer etwas schwerfällig wirkte, glotzte noch halb zu Michela, die nach wie vor die Hände auf ihren Busen presste. Er passte gar nicht zu den dreien, aber er stammte aus einer reichen Familie, und das nutzten sie aus. Wenn es einmal vorkam, dass ihn Tommy allein antraf, konnte er sich eigentlich ganz gut mit Tobi unterhalten, aber sobald die anderen dazukamen, zog er in ihrem Hass nach. Er war ein klassischer Mitläufer.

»Ich will nur wissen, ob du über Ben geredet hast«, verlangte Tommy.

»Und wie ich über den geredet habe.« Luka grinste über die Schulter. »Ich schwör's euch«, sagte er zu Patrick und Daniel, »noch ein Wort vom alten Thomaser und Ben hätte so gezittert, den hätte man als Presslufthammer auf dem Bau verwenden können.« Er ließ ein kaltes Lachen hören, in das die anderen einstimmten. »Das Beste war, als er angefangen hat, zu heulen«, redete er weiter und erhob die Stimme, dass es jeder hören konnte. Er ahmte einen weinerlichen Tonfall nach und legte die Hände an die Wangen. »Herr Thomaser, Herr Thomaser, bitte lassen Sie mich nicht durchfallen«, rief er. »Ich tue auch alles, was Sie verlangen.«

Jetzt lachten auch schon andere aus der Klasse. Michela stimmte schrill ein. Damit hatten Bens Probleme jetzt die Aufmerksamkeit der ganzen Klasse auf sich gezogen. Tommy spürte heiße Wut in sich aufsteigen. Dass sie sich auf Kosten von Ben lustig machten, gefiel ihm ganz und gar nicht, ja, er hasste es.

»Luka, hör auf damit!«, warnte er, und es fiel ihm immer schwerer, nicht die Beherrschung zu verlieren. Am liebsten hätte Tommy ihm eine verpasst, aber ihm war klar, dass er es nicht mit Luka aufnehmen konnte – und der wusste es natürlich auch.

Deswegen funkelte Luka ihn nur an, grinste noch breiter und machte in seiner Imitation weiter. »Herr Thomaser, bitte geben Sie mir noch eine Chance«, er nahm eine unterwürfige Haltung ein, »ich tue alles, was Sie verlangen, nur lassen Sie mich nicht durchfallen! Ich kraule Ihnen auch die ...«

»Halt dein dreckiges Maul!«, fuhr Tommy ihn an. Er hatte genug.

Das Grinsen auf Lukas Gesicht verschwand, dafür baute er sich bedrohlich vor Tommy auf. »Was hast du gesagt?«, fragte er und stieß mit den Händen hart gegen Tommys Brust, dass er das Gleichgewicht verlor und nach hinten stolperte. »Ich hab dich gefragt, was du gesagt hast, du Wichser«, wiederholte er höhnend, gab ihm jedoch keine Möglichkeit, zu antworten.

Er stieß wieder zu, dass Tommy gegen das Schwarze Brett prallte und ihm der Kopf dröhnte. Seine Zeichenmappe entglitt ihm. Er wollte nach ihr greifen, als Luka der Mappe einen Tritt versetzte und sie über die Stufen der Treppe hinunter segelte. Dabei verteilte sich der Inhalt, alle Zeichnungen, an denen Tommy so lange gearbeitet hatte, für jeden sichtbar auf dem Boden bis ins Erdgeschoss. Die anatomischen Skizzen von Körpern und Gesichtern, die abstrakten Landschaften und nicht zuletzt das Projekt für Kunst, in das er so viel Zeit investiert hatte.

Viele aus der Klasse lachten, als sie das Schauspiel verfolgten, am lautesten Michela, der es gefiel, ihren Freund so dominant auftreten zu sehen.

Nur Tommy lachte nicht.

»Was ist dein Problem?«, fuhr er Luka an. Wutentbrannt warf er sich gegen ihn.

Doch der drängte Tommy ohne größere Mühe zurück und presste ihn gegen die Wand. Dann, ohne dass er etwas dagegen tun konnte, schlang Luka die Arme um Tommys Hals, verschränkte die Hände und zwang ihn mit dem Gesicht nach unten. Blut schoss in Tommys Kopf, sein ganzer Körper zitterte, und er versuchte, sich aus der Umklammerung zu befreien, doch gegen den soviel kräftigeren Luka kam er nicht an. Sein Griff war so stark und unerbittlich, dass es in seinen Ohren zu rauschen begann.

»Jetzt hast du ihn, jetzt hast du ihn«, nahm er gedämpft Daniels Rufen wahr. Er feuerte Luka an, und er hörte dunkel, wie Patrick anfing, ihn wie bei einem Ringkampf anzuzählen. »Neun ... acht ... sieben ...« Das Lachen in seinem Kopf wurde lauter.

»Ich will von dir hören, was du gesagt hast«, raunte Luka. »Na los. Sag es noch mal. Trau dich, du kleiner Scheißer!«

»Fick dich«, keuchte Tommy. Er bekam kaum noch Luft, als Luka seinen Griff lockerte und ihn nur noch mit der Linken am Hals festhielt.

Reflexartig schloss Tommy die Augen und erwartete schon den Haken von Luka, der die Faust weit zum Schlag ausgeholt hatte. Doch jener Aufprall blieb aus, und als er die Augen wieder öffnete, sah er auch, warum.

Frau S. hatte just in diesem Moment die Tür aufgeschlossen und forderte die Ansammlung von Schülern, die vor dem Klassenzimmer stand, auf, hineinzukommen. Luka ließ die Hand blitzschnell sinken, während seine Freunde die Szenerie vor der Lehrerin abschirmten.

»Wir sind noch nicht fertig, Tom«, drohte Luka. Feindselig starrte er ihn an, und Tommy konnte sehen, wie sehr sich Luka wünschte, die Faust in sein Gesicht zu graben.

Ohne ein weiteres Wort drehte sich Luka zu seiner Truppe um und ging mit ihr in die Klasse. Frau S. grüßten sie dabei übertrieben höflich. Die Kunstlehrerin hatte von dem, was vor ihrer Tür stattgefunden hatte, offenbar nichts mitbekommen.

»Kommst du, Tommy?«, fragte Frau S. und lächelte ihm zu.

Erst jetzt wurde ihm bewusst, dass er wie angebunden zwischen Treppe und Tür stand. »Klar, Frau S.«, antwortete er und versuchte, so gut er konnte, zurückzulächeln. Anscheinend war er nicht sehr überzeugend.

»Ist alles in Ordnung?«, erkundigte sie sich.

Er wollte nicht, dass die Lehrerin Wind von dem Vorfall bekam. Es war eine Sache zwischen Luka und ihm und sollte es auch bleiben.

»Ja, ich muss nur schnell meine Zeichnungen einsammeln.« Auf ihren verwirrten Blick hin deutete Tommy zur Treppe, auf der noch einige Blätter von ihm lagen.

»Herrje, wie ist das denn passiert?«, fragte sie mit besorgter Miene und wollte zu ihm hingehen.

Doch er hob abwehrend die Hände. »Alles bestens, ich bin nur ausgerutscht, und die Mappe ist die Stufen hinuntergesegelt. Ich komme gleich.« Er hoffte, sein spielerisches Lachen, bei dem er sich diesmal mehr ins Zeug legte, und sein verlegenes Kratzen am Hinterkopf ließen sie an die Lüge in seinen Worten glauben.

»Na gut, aber mach schnell. Ich kümmere mich derweil um die anderen. Man kann ja nie wissen, was sie sonst anstellen«, erwiderte sie und zwinkerte ihm zu. »Heute fangen wir endlich mit dem Impressionismus an. Du wirst die Bilder lieben, die ich vorbereitet habe.«

»Ich kann es kaum erwarten«, sagte Tommy. Er drehte sich um und fing an, seine Zeichnungen aufzusammeln. Als er die Tür hinter sich in die Angeln fallen hörte, erstarb das Lachen auf seinem Gesicht schlagartig.

Scheißluka.

Der Streit mit ihm war noch nicht aus der Welt, dafür kannte er ihn zu gut. So nachtragend, wie Luka war, würde ihm noch einiges bevorstehen.

Eigentlich war es nicht seine Art, Frau S. warten zu lassen. Nur der Gedanke, mit Luka eine Stunde lang im selben Raum zu sein, gefiel ihm in diesem Moment noch weniger, daher ließ sich Tommy mehr Zeit mit dem Aufsammeln seiner Zeichnungen, als nötig gewesen wäre. Er strich die Blätter gerade und ordnete sie wieder in die Mappe. Hastig blätterte er sie durch. Eines fehlte! Das Projekt für Frau S.! Jene praktische Arbeit, die sie vor einem Monat aufgegeben hatte und die mehr oder weniger die Endnote bestimmen würde. Tommy fluchte in sich hinein. Noch einmal blätterte er durch die Mappe, langsam und konzentriert diesmal, aber er fand sie nicht. Sie ist nicht da, dachte er, und sein Herz fing zu rasen an. All die Tage, an denen er gemalt hatte, all die Arbeit, die er in das Bild investiert hatte – umsonst.

»Suchst du das hier?«, fragte plötzlich eine Stimme hinter ihm, und Tommy drehte sich um.

Es war Mia, Bens kleine Schwester, die die Klasse einen Jahrgang unter ihm besuchte. Sie lächelte. In ihrer Hand hielt sie ein Blatt, das sie behutsam zusammengerollt hatte.

»Danke dir«, sagte Tommy, als er es vorsichtig entrollte und erkannte, dass es sein Bild war. Es war ein Wunder, dass das Papier nicht zerknittert worden war. Ihm fiel ein Stein vom Herzen.

»Es lag irgendwo da hinten«, meinte Mia, während er das Bild vorsichtig zu den anderen in die Zeichenmappe legte. »Ich hab's auch nicht angesehen.« Sie reckte Zeige- und Mittelfinger nach oben. »Ich schwör's.«

»Ich glaub dir.« Tommy lachte, und auch Mia zeigte ihm ihr strahlendstes Lächeln. »Danke dafür.«

»Na ja, ich hab schon kurz mit mir gerungen, und einen Augenblick lang war ich echt in Versuchung.« Sie errötete. »Aber ich weiß ja, wie genau du das nimmst. ‚Niemand darf die Zeichnungen sehen, bevor sie nicht vollendet sind‘«, ahmte sie seine Stimme nach.

»Da hast du recht. Es soll einfach perfekt sein, wenn ich es jemanden zeige, weißt du?«

»Klar verstehe ich das. Du willst dich mit deinen Kritzeleien ja nicht blamieren. Ich bin schon sehr gespannt darauf, aber ich kann dir nicht versprechen, nicht zu lachen.«

Ein paar Sekunden standen sie da und sahen sich an.

»Was machst du hier eigentlich?«, fragte er schließlich.

»Was meinst du?«

»Hast du keinen Unterricht?«

Ihr Blick fiel auf die Wanduhr im Gang hinter ihm, und sie schreckte auf. »Au Backe, ich hab jetzt Bio beim Dander!« Sie stupste ihn mit dem Finger gegen die Brust. »Du bist schuld, wenn ich zu spät komme!« Ihre Miene verzog sich gespielt vorwurfsvoll.

»Tut mir leid. Wenn du schnell bist, trägt er dich vielleicht nicht ein.«

Mia drehte sich um und lief durch die Eingangshalle zu ihrer Klasse. »Das musst du wieder gutmachen!«, rief sie gedämpft über die Schulter, ehe sie hinter einer Biegung verschwand. Wie, sagte sie nicht. Dann war es wieder still.

In der Klasse war es bis auf die Stimme von Frau S. ebenfalls ruhig. Sie stand neben dem Pult und hatte mit ihrem Vortrag bereits begonnen. Der Raum war abgedunkelt, und nur die Projektion des summenden Beamers warf einen Lichtstrahl auf die Leinwand hinter ihr. Gerade zeigte er das Bild eines kleinen Bootes auf einem See im Sonnenuntergang. Tommy nahm auf einem der letzten beiden freien Stühle Platz. Anscheinend war Ben noch immer nicht aufgetaucht. *Was ist mit ihm los? Warum braucht er so lange?* Allmählich machte sich Tommy ernsthafte Sorgen um seinen Freund.

Aus heiterem Himmel traf ihn von irgendwoher eine Papierkugel am Kopf, prallte ab und fiel zu Boden. Tommy hob sie auf und sah nach, was in roten Buchstaben auf dem Fetzen geschrieben stand.

Du bist tot.

Er brauchte sich nicht umzudrehen, um zu wissen, von wem die Drohung stammte. Auch die leise, unterdrückte Lache in der letzten Reihe kannte er nur zu gut. Natürlich war es Luka.

Tommy wollte sich nichts anmerken lassen, als er das Papier in sein Mäppchen steckte. Er versuchte, wieder dem Unterricht zu folgen, doch das spöttische Tuscheln hinter ihm war nicht gerade leicht zu ignorieren. Schließlich konzentrierte er sich ganz auf Frau S., erst das wirkte.

Wie sie angekündigt hatte, ging es um die Maler des Impressionismus. Monet, Degas, Pissarro, Renoir und viele mehr. Gebannt hing er an ihren Lippen und betrachtete auf der Leinwand Gemälde von sich im Bild auflösenden Seerosen, verspielten Balletttänzerinnen und unwirklichen Sonnenuntergängen mit wirbelvollen Seen. Frau S. hatte seinen Geschmack genau getroffen, er liebte die Bilder.

Zehn Minuten vor Schluss erschien Ben schließlich doch noch zur Stunde. Er murmelte Frau S. eine knappe Entschuldigung zu – sie war schon beim Post-Impressionismus angelangt – und setzte sich direkt, die leisen Lacher aus der hinteren Reihe nicht beachtend, auf den leeren Platz neben Tommy.

»Van Gogh war ein Mensch, der die Kunst liebte, vielleicht sogar mehr als das Leben selbst«, hörte er Frau S. gerade erklären, da wandte er sich schon seinem Freund zu.

»Was ist passiert, Ben?«, flüsterte er. »Ich dachte, du wolltest nur kurz mit Herrn Thomaser reden?«

Ben starrte stur nach vorne auf die Leinwand, seine Augen, die im Schein des Lichtstrahls feucht glänzten, entgingen Tommy nicht. Er ließ sich Zeit, ehe er antworte.

»Das hab ich auch«, gab Ben schließlich leise zurück. Mehr sagte er nicht dazu, und Tommy merkte, dass Ben nicht weiter darauf eingehen wollte.

Tommy beließ es erst einmal dabei und richtete seine Aufmerksamkeit wieder auf Frau S.

»Kaum einer konnte wie er mit Farben die Leiden und Leidenschaften der Menschen ausdrücken.« Sie sah ihn durchdringend an.

Hatte sie etwas mitbekommen? Falls ja, ließ sie sich nichts anmerken. Schließlich kam sie zur letzten Seite ihres Vortrags.

»Zu Lebzeiten verkannt, erlangte van Gogh Berühmtheit und Anerkennung erst nach seinem Ableben. Der

Tod hat ihn befreit ... Vielleicht.« Frau S. drückte den Schalter neben der Tür, und die Lampen wurden wieder hell. »Weiß jemand, wie er gestorben ist?«, fragte sie und blickte in die Runde.

Niemand schien es zu wissen. Schließlich war es Tommy, der antwortete. »Selbstmord«, sagte er in die Stille hinein. »Er hat sich umgebracht.«

Die Glocke läutete, die Stunde war zu Ende.

Tommy tat es seinen Mitschülern gleich und packte seine Sachen zusammen. Anders als zwischen den Schulstunden waren die Tische nach dem Läuten zum Schulende immer in Rekordzeit wie leergefegt. Vereinzelte »Auf Wiedersehen« und »Schönen Tag noch, Frau S.« waren zu hören, auch ein »Mahlzeit«, gefolgt von unterdrücktem Lachen, drang an sein Ohr. Er reihte sich hinter die anderen ein und wollte gerade mit Ben das Klassenzimmer verlassen, da hielt ihn Frau S. auf.

»Tommy, bleibst du bitte noch kurz?«

Ben warf ihm einen fragenden Blick zu, aber Tommy bedeutete ihm, schon einmal vorzugehen.

»Worum geht es denn?«, fragte er und trat zu ihr ans Pult.

Sie verzog keine Miene.

Etwa wegen des Flüsterns von vorhin?

Ein Hauch ihres Parfüms drang ihm in die Nase. Der Duft hatte etwas an sich, er wusste nicht, was es war, das seine Mundwinkel leicht nach oben zog, und er musste sich zusammenreißen, um bei der Sache zu bleiben. Er schluckte schwer. Dass er ihr die Mappe zeigen wollte, war spätestens jetzt komplett vergessen.

»Ich habe sie mir angesehen«, sagte sie und strahlte.

Was? Er verstand nicht, was sie meinte, aber als Tommy sie lachen sah, entspannte er sich. Für einen Moment hatte er schon befürchtet, sie würde ihn wegen der Flüsterei tadeln.

»Deine Bilder. Ich habe sie mir angesehen«, wiederholte sie. »Ich weiß, ich habe sie schon lange, aber gestern Nacht bin ich endlich fertig geworden.« Sie holte eine große Umschlagmappe unter dem Pult hervor.

Nun erlaubte auch er sich ein befreites Grinsen, denn er erinnerte sich.

Vor einem halben Jahr hatte er sie im Lehrerzimmer aufgesucht, und Frau S. hatte ziemlich überrascht gewirkt, als Herr Dander sie an die Tür geholt hatte. Noch überraschter war sie gewesen, als Tommy sie mit einer Tasche voller Zeichnungen erwartet hatte. Es waren mehr als zwanzig gewesen, und er war schon lange gespannt, endlich ihre Meinung dazu zu hören. Dass sie die Bilder alle vor ihm auf dem Pult ausbreitete, machte ihn unglaublich nervös, und dass sie noch kein Wort gesagt hatte und sie nur still neben ihm ansah, machte es nicht besser.

So lange hatte er an jedem gearbeitet, und wenn sie ihm jetzt sagen würde, dass er sein Glück trotzdem nicht in der Kunst finden konnte, würde eine Welt für ihn zusammenbrechen.

»Nun«, begann sie ernst. Das Lachen war von ihrem Gesicht verschwunden. »Deine Bilder sind ...«

»Ja?«

»Deine Technik ist ...«

»Ja?«

»Du hast großes Talent«, sagte sie schließlich lachend. Tommys Knie gaben fast nach vor Erleichterung. »Großes sogar. Die Fortschritte, die du von Bild zu Bild machst, sind erstaunlich. Wenn ich an deine ersten Zeichnungen zurückdenke …« Wieder schenkte sie ihm ein Lachen und nahm sich eine der Skizzen, um sie besser begutachten zu können. »Aber wie du jetzt malst. Manche davon sind wirklich gut.«

»Danke, Frau S. Ohne Sie wäre ich sicher nicht so motiviert gewesen. Jetzt muss die Welt sie nur noch sehen«, scherzte er.

»Da hast du recht, das muss sie – und vielleicht wird sie das schon früher, als du denkst«, erwiderte sie. »Was, wenn ich dir sage, dass es einen bestimmten Grund gab, warum ich so lange für die Bilder gebraucht habe?«

»Und welchen?«, fragte Tommy neugierig.

»Ein alter Freund kommt mich bald besuchen. Er hat ein Atelier, in dem ich im Sommer ab und an arbeite. Ich wollte dich erst um deine Erlaubnis fragen, aber wenn du möchtest, behalte ich die Skizzen und Bilder noch länger und zeige sie ihm. Vielleicht hat er einen Platz dafür.«

»Ist das Ihr Ernst? Natürlich will ich das! Das ist großartig, danke!«, rief er.

»Keine Ursache, Tommy«, winkte sie ab. »Ich bin selbst gespannt auf seine Meinung.« Sie nahm eine weitere Zeichnung in die Hand. Es war die erste, die er für sein Kunstprojekt angefertigt hatte.

Das Blatt wurde von einem Auge ausgefüllt, in dessen Pupille sich ein blauer Planet widerspiegelte. Der Blick war nicht leicht einzuordnen. Das Auge war von einer kühlen Distanz und Sinnlichkeit zugleich – das Auge einer Frau.

»Warum zeichnest du?«, fragte Frau S., nachdem sie ihn lange schweigend angesehen hatte. »Was lässt dich so malen?«

Die Frage traf ihn unvorbereitet. Um ehrlich zu sein, hatte er noch nie darüber nachgedacht. Tommy zögerte und ließ sich mit seiner Antwort Zeit. Er griff nach dem Bild und fuhr mit den Fingerspitzen langsam über die Ecken, als könne er das Papier und das Gezeichnete darauf aufnehmen.

»Ich zeichne, um ...«, setzte Tommy an und schloss den Mund, nur um ihn wieder zu öffnen. »Ich weiß es nicht«, sagte er schlicht. Er wusste es wirklich nicht.

»Wenn ich etwas in meiner kurzen Künstlerkarriere gelernt habe, dann, dass Kunst immer ihren Grund hat. Manche nähern sich der Kunst, um ihre Gedanken auf Papier zu bannen, andere, um diese Gedanken aus ihren Köpfen zu verbannen.«

Sie war Tommy inzwischen so nah, dass er sich im Blau ihrer Iris wiederfinden konnte. Das Blau ihrer Augen sah jenem Blau auf der Skizze nun zum Verwechseln ähnlich.

»Willst du wissen, warum ich gemalt habe?«, fragte sie leise. »Es hat mich von dem fortgebracht, was ist, und brachte mich dem näher, was nicht ist oder nie sein wird.« Ihre Augen funkelten. »Flüchtest du dich in die Kunst, Tommy?«

Er blieb still. Auf solch eine Frage war er noch weniger vorbereitet gewesen. Was sollte er darauf antworten?

»Was war vorhin wirklich los?«, wechselte sie abrupt das Thema. »Vor dem Unterricht?«

»Was meinen Sie?«

»Du weißt, was ich meine«, antwortete sie. »Ich bin mir sicher, deine Zeichnungen sind nicht einfach so hinuntergefallen. Wir Lehrer sind nicht blind. Ging es um Luka? Ich habe seinen Blick bemerkt, als du hereingekommen bist. Hatte er etwas damit zu tun?«

»Es ist nichts«, wich er ihr aus. »Wirklich. Ich schaffe das allein.«

»Also war doch etwas?«

Vehement schüttelte er den Kopf. Darüber wollte er nicht reden. Nicht mit ihr. Nicht über Luka. Er hatte jetzt auch kein Interesse mehr, ihr die neuen Bilder zu zeigen. Schnell nahm er seine Schultasche.

»Ich weiß, ich bin deine Lehrerin«, fing Frau S. an, »aber wenn du Probleme hast, zu Hause oder in der Schule, möchte ich, dass du weißt, du kannst jederzeit zu mir kommen.« Sie sah ihn mit einem Blick an, den er nicht einzuordnen vermochte. War es Mitleid? Ihm war es unangenehm, so von ihr betrachtet zu werden, und er konnte es nicht länger ertragen.

So sollte es nicht sein. Nicht mit ihr.

»Danke, dass Sie sich meine Bilder angesehen haben«, meinte er knapp, ging zur Tür und griff nach der Klinke. »Auf Wiedersehen, Frau S. Schönes Wochenende.«

»Tommy …«, sagte sie nun deutlich leiser. Ihre Lippen waren zu schmalen Linien geworden. Sie wirkte traurig, und es schien, als wolle sie noch mehr sagen, überlegte es sich jedoch anders. »Vergiss bitte nicht, deinen Eltern über den Sprechtag nächste Woche Bescheid zu

geben. Ich freue mich, ihnen deine gelungenen Zeichnungen zu zeigen.«

Tommy wandte den Blick nicht von der Tür ab. »Mein
Vater wird nicht kommen«, war alles, was er sagte.

–4–

Als Tommy die Treppen zur Eingangshalle hinunterging, bemerkte er, dass Ben auf ihn gewartet hatte. Er hatte ihn nicht kommen hören, also klopfte Tommy seinem Freund auf die Schulter und bedeutete ihm, dass sie gehen konnten.

»Was hat Frau S. von dir gewollt?«, fragte Ben, als beide durch die Glastüren auf den Schulhof traten.

»Ach, nichts Weltbewegendes.« Tommy berichtete ihm von dem Atelier.

Ben stieß einen lang gezogenen Pfiff aus. »Das ist doch super! Glückwunsch, Mann, ich freue mich für dich!«

Tommy allerdings quittierte Bens Reaktion nur mit einem Nicken, dann zuckte er mit den Schultern.

»Dich scheint es ja nicht sonderlich zu freuen«, bemerkte Ben und betrachtete ihn skeptisch von der Seite. »Was ist los mit dir?«

Tommy blieb stehen, und Ben tat es ihm nach zwei weiteren Schritten gleich.

»Das war nicht der einzige Grund.«

»Was meinst du, Tommy?«

»Luka.«

»Was ist mit ihm?«

»Wir haben uns geprügelt, vor der Klasse ... Besser gesagt, wir waren kurz davor, uns zu prügeln.«

»Was für ein mieser Wichser!«, fluchte Ben. »Man sollte ihn ...«, er machte mit den Händen Bewegungen in der Luft, als wollte er jemanden würgen, »zusammen mit dem alten Thomaser!«

Der Lehrer! Den hatte Tommy beinahe vergessen. »Genau, wie lief es eigentlich mit dem?«

»Schlecht«, sagte Ben tonlos. »Er hat durchblicken lassen, dass ich das Jahr wohl wiederholen muss. Jedenfalls so, wie es jetzt steht.« Langsam, nebeneinander hergehend, ließen sie die Schultore hinter sich. »Er hat mir angeboten, dass ich nach dem Elternsprechtag noch eine letzte mündliche Prüfung machen kann.«

»Und?«

»Ich habe ihn gefragt, ob er mir nicht stattdessen seine Aufgaben schriftlich stellen kann, und ich setze mich ans Pult.«

Tommy verstand sofort, warum Ben das wollte. Er hatte ihn bereits in unzähligen Prüfungen erlebt. Sprach er vor der Klasse, wurde er schnell nervös und vergaß Sachen, die er sonst mühelos beherrschte.

»Lässt er sich darauf ein?«, wollte er wissen, worauf Ben den Kopf schüttelte.

»Keine Chance. Du kannst dir ja vorstellen, wie er reagiert hat. Hat mich voll angemacht, der Alte. Er ist richtig laut geworden und hat gesagt, von wegen ich sei keine Ausnahme und muss die Übungen an der Tafel machen wie jeder andere auch.« Er verstummte, und Tommy spürte die stille Verzweiflung in seinem Schweigen.

Er konnte ihn verstehen, er wusste, das war in Herrn Thomasers Augen Gerechtigkeit gegenüber den Mitschülern, doch wenn man einen Fisch daran maß, wie er auf einen Baum kletterte … Mitfühlend sah er zu seinem Freund.

»Ich weiß nicht, wie ich das schaffen soll«, sagte Ben seufzend. »Wenn ich mehr Zeit hätte, aber so doch nicht! Meinst du, er will, dass ich fliege?«

»Klar will er, dass du fliegst. Und er ist nicht der Einzige «, hörten sie Lukas Stimme in diesem Moment hinter sich. Er schloss zu ihnen auf. Wie üblich folgten ihm Patrick und Daniel, Tobi bildete das Schlusslicht. »Wir alle schmeißen eine Riesenparty, wenn sie dich aus der Klasse werfen!«, höhnte er und zeigte in die Runde.

Warum kommen sie erst jetzt aus der Schule? Tommy hatte geglaubt, da er noch mit Frau S. geredet hatte, wären Ben und er die Letzten gewesen.

»Na, du Mathegenie, hast du dem Thomaser einen lutschen müssen, dass er dich noch mal rannimmt?«, fragte Daniel.

»Welches Genie?«, warf Patrick mit einem dümmlichen Grinsen ein. »Ich sehe nur zwei Homos – der eine schwuler als der andere.«

»Schwul? Obwohl Frau S. ihn nach der Stunde zu sich holt?« Daniel stieß Patrick mit dem Ellenbogen gegen den Arm und legte die Finger, die er zu einem V geformt hatte, an die Lippen. Dann ließ er die Zunge auf und ab kreisen.

Alle lachten auf, nur Ben, Tobi und Tommy nicht. Tobi schien den Witz nicht verstanden zu haben.

»Dass er bei ihr keinen hochkriegen kann, weiß die Kunstschlampe ja nicht.«

»Halt dein Maul, Patrick!«, rief Tommy. Seit Jahren war er die Demütigungen gewohnt, aber er wollte

nicht, dass Frau S. in ihre Streitigkeiten mit hineinge-
zogen wurde. Sie war tabu.

»Schaut, wie er sie verteidigt. Patrick hat wohl einen
Nerv getroffen«, meldete sich Luka grinsend zu Wort.
Er wandte sich wieder an Tommy. »Ich kann es dir
nicht mal verübeln. Selbst eine Schwuchtel wie du
kriegt vielleicht einen hoch bei so einer Alten. Frau S.
ist reif. Ich sag's euch, ich würde sie so lange rannehh-
men, bis die Ritze wund ist.«

Tommy kochte vor Wut, doch er musste ruhig bleiben. Wenn er nicht darauf einging, würde Luka das
Thema vielleicht fallen lassen. Und er behielt recht,
auch wenn es die Sache nicht besser machte.

»Apropos wund, Ben – wie fühlt sich dein Arsch an?«,
frotzelte Luka. »Du hast so lange beim Thomaser gebraucht, ich kann mir nicht vorstellen, dass ihr zwei
nur geredet habt. Immerhin hast du Rotz und Wasser
geheult, dass man kaum gehen konnte, ohne auszurut-
schen, so nass war der Boden.« Er streckte den Unter-
arm aus und ballte seine Hand zur Faust. »Zeig mal, wie
tief der alte Thomaser in dir drin war!«

Für Lukas Truppe gab es nun kein Halten mehr, sie
japsten vor Lachen.

»Wenn es überhaupt Tränen waren«, warf Patrick
ein. »Vielleicht hat er es auch nur laufen lassen.«

»Bah, wie eklig bist du?«, rief Daniel.

»Auf jeden Fall wird sich Mami nicht über die Unter-
hose freuen.« Luka grinste noch breiter. »Und Papi
nicht über die Mathenoten.«

»Weil deine so viel besser sind?«, fuhr Tommy ihn an.
Luka brauchte nicht groß anzugeben, er kam ebenfalls
nur knapp an einer Nachprüfung vorbei. Aber Herr

Thomaser mochte ihn, so wie die meisten übrigen Lehrer auch.

»Kein Plan, was du meinst«, erwiderte Luka knapp. »Ich bin nicht derjenige, der sich nächste Stunde beim Thomaser bücken muss. Soll ich dir einen Tipp geben, Ben? Schau, dass du schön tief unten bist!« Er hielt sich die Hände vor die Hüfte, als würde er einen unsichtbaren Körper vor sich halten, und machte dabei rhythmische Stöße aus dem Becken heraus. »So wie deine Mutter bei mir gestern Nacht.«

»Du nimmst aber auch, was du kriegen kannst, Luka! Bei der Vorstellung wird mir schlecht!«, spottete Patrick.

»Kotzen könnt ich auch«, meinte Luka gelassen, »aber wenn sie so bettelt, gibt man ihr halt einen Gnadenfick. Sein Vater wird's ihr nicht mehr besorgen können.«

Die Worte verfehlten ihre Wirkung nicht – Ben war tiefrot im Gesicht und zitterte vor Wut.

»Schaut, er zieht wieder die gleiche Nummer ab wie vorhin beim Thomaser! Passt auf, Leute, gleich heult er wieder!«

Tommy hasste Luka.

Er hasste alles an ihm.

»Wie läuft es denn bei dir zu Hause?«, fragte er, um von Ben abzulenken. »Was ist denn mit deiner Mutter?« Eigentlich wollte er sich nicht auf dieses Niveau herablassen, aber jetzt war es ihm egal. Alles, was er wollte, war, Luka dieses dreckige Grinsen aus dem Gesicht zu wischen.

»Was soll mit ihr sein?«, fragte Luka, und alle merkten, wie die Stimmung kippte. Mit einem Schlag lag ein bedrohliches Knistern in der Luft. Niemand lachte mehr.

»Dein Vater arbeitet doch in der Stahlindustrie.«

»Na und?«

»Weißt du nicht, was man darüber sagt? Überall nur Männer, die mit harten Sachen hantieren. Ich an deiner Stelle würde mir mehr Sorgen um die Befriedigung deiner Mutter machen.«

»Halt dein Maul, du Wichser!«, fuhr Luka ihn an. »Mein Vater sitzt bald im Vorstand!«

»Hat er sich hochgefickt?«, warf Ben ein, der seine Stimme mitsamt seinem Mut wiedergefunden hatte. »Gibt es denn viele Frauen in diesem Vorstand?«

Tommy und er prusteten los vor Lachen. Es tat einfach gut, zu sehen, dass Luka diesmal rot anlief.

»Willst du sagen, dass mein Vater eine Schwuchtel ist?«, rief er. Er ließ seine Schultasche fallen, die er lässig über seine Schulter getragen hatte, und machte ein paar drohende Schritte auf Ben zu.

»Hey, Leute«, rief Tobi, »die Lehrer kommen!«

Luka warf sich die Tasche schnell wieder über. »Heute ist euer Glückstag.« Er deutete mit dem Zeigefinger auf sie. »Aber ihr seid dran, alle beide!« Dann ging er voraus, und die anderen folgten ihm.

Tommy und Ben standen noch da und sahen zu, wie sich Luka durch die Gruppe der Lehrer bewegte und sie höflich grüßte.

Alle grüßten zurück. Warum sollten sie auch nicht?, dachte Tommy voller Hass. Sie hatten ja keine Ahnung.

Als sie endlich wieder allein waren, beschlossen sie, Mia aus dem Café abzuholen, in dem sie sich oft nach dem Unterricht trafen. Es war nicht weit von der Schule entfernt und wurde von einer rundlichen alten Dame namens Maria geführt. Sie verdiente recht gut an den Schülern, die nach dem Unterricht schnell etwas aßen oder noch auf ein Getränk mit ihren Freunden blieben.

Außerdem kamen sie dort an Zigaretten. Maria nahm es mit dem Gesetz nicht so genau und verkaufte die kleinen Packungen unter der Theke auch an Jugendliche.

Tommy erkannte Bens Schwester schon von Weitem. An einem Stehtisch draußen vor dem Café unterhielt sie sich gerade mit einem Jungen. Als Mia die beiden bemerkte, winkte sie ihnen freudig zu, trank ihre Latte Macchiato in einem großen Schluck aus, verabschiedete sich und schloss zu den beiden auf.

»Du hättest dir mit dem Kaffee ruhig Zeit lassen können«, Tommy lächelte breit, »wir wollten euch nicht stören.«

»Du meinst Alex?«, winkte sie ab. »Er ist nur ein Freund.«

»Gut für ihn«, sagte Ben finster und schlug gespielt ernst die Faust in seine Hand. »Und besser, wenn es so bleibt.«

Tommy und Mia lachten auf, sie konnten sich Ben einfach nicht als draufgängerischen Schläger vorstellen, denn sie wussten beide, er könnte nie auch nur einer Fliege etwas zuleide tun.

»Keine Sorge, Brüderchen«, gab Mia zurück, umarmte Ben von der Seite und drückte ihm einen Kuss auf die Wange. »Du weißt, du bist der einzige Mann in meinem Leben.« Sie zwinkerte Tommy verschwörerisch zu.

Der Streit mit Luka war nun vergessen. Er war trotz oder vielleicht gerade wegen des bewölkten Himmels bester Laune, und sie scherzten auf dem Heimweg weiter, bis sie an Tommys Haus angekommen waren und er den Schlüssel ins Schloss steckte.

»Vergiss nicht – Sonntag Abendessen bei uns«, erinnerte ihn Ben, ehe er die Haustür aufdrückte.

»Und wehe, du kommst nicht!«, drohte Mia mit erhobenem Zeigefinger. »Ich koche nämlich.«

»Du meinst, du hilfst Mutti beim Kartoffelschälen?«, neckte Ben sie, wofür er von seiner Schwester einen Klaps gegen die Schulter bekam.

»Wenn du extra kochst, komme ich auf jeden Fall«, meinte Tommy lachend. »Was gibt es denn Leckeres?«

»Das weiß ich noch nicht«, antwortete Mia. »Lass dich überraschen, es wird dir schon schmecken.«

»Ich nehm dich beim Wort.« Und an Ben gewandt: »Schau dir Mathe schon mal an. Sonntag bringe ich meine Mappe mit, und dann sehen wir ja, wo du noch Probleme hast.« Er winkte den beiden zum Abschied und zog die Tür hinter sich zu.

Tommy hörte seinen Magen knurren. Seit der letzten großen Pause hatte er nichts mehr gegessen, und das machte sich jetzt bemerkbar. Er ließ den Flur hinter sich, ging durchs Wohnzimmer und wollte gerade die Küchentür öffnen, da entdeckte er seine Mutter auf dem Sofa.

Sie lag zusammengekauert auf der Seite und schlief ruhig atmend mit den Händen unter dem Kopf. Der Fernsehsessel mit dem breiten Fußteil wäre dem viel zu kleinen Sofa wohl vorzuziehen gewesen, aber sie benutzten ihn nie – ein ungeschriebenes Gesetz in ihrem Haus. Tommy hatte geglaubt, sie hätte sich schon oben ins Elternschlafzimmer gelegt, wie sonst auch nach einer solchen Nacht. Wenn er jetzt anfinge, in der Küche herumzuwerkeln, würde er sie mit Sicherheit aufwecken.

»Hallo, Schatz«, murmelte seine Mutter unvermittelt. »Schön, dass du da bist.« Sie klang ziemlich verschlafen.

»'tschuldigung, hab ich dich geweckt?«, fragte Tommy leise, doch als Antwort bekam er erst einmal ein lang gezogenes Gähnen.

»Das Sofa sah so bequem aus«, sagte sie schließlich und richtete sich auf. »Eigentlich wollte ich mich nur kurz hinsetzen und auf dich warten. Dabei bin ich wohl eingenickt.« Sie sah völlig abgekämpft aus. Dunkle Augenringe prägten ihr Gesicht, und ein leichtes, aber stetiges Wippen ihres Kopfes zeigte ihm, dass sie sich nur unter großer Anstrengung wach halten konnte.

»Wann bist du heimgekommen?«, fragte er.

»Erst vor einer Stunde. Es gab viel zu tun.« Sie gähnte erneut. »Wie war die Schule?«

»Ganz okay«, antwortete Tommy knapp. Zwar schätzte er es, dass sie sich dafür interessierte, aber er wollte seine Mutter mit manchen Problemen nicht belasten. Luka gehörte dazu. Sie hatte genug eigene Sorgen.

»Du hast bestimmt Hunger«, meinte sie und raffte sich vom Sofa auf. »Ich mach dir schnell was.« Sie ging an ihm vorbei in die Küche und begann, Lebensmittel aus dem Kühlschrank zu räumen.

Als sie eine Pfanne auf dem Herd heißmachen wollte, entwand Tommy sie ihr sanft, aber bestimmt. »Lass mich das machen, Mum«, sagte er und gab ihr einen Kuss auf die Wange. »Du siehst müde aus. Tu mir den Gefallen und leg dich schlafen, bitte.« Den letzten Satz hatte er ausgesprochen, um seinen Worten die sanfte Härte zu nehmen.

Seine Mutter wischte sich durchs Gesicht und seufzte. »Ich sehe müde aus? Das hört eine Frau gerne.« Sie blickte traurig.

»Du weißt, wie ich das meine.«

»Natürlich, du hast ja recht. Eigentlich kann ich kaum noch stehen. Peter hat mir heute wieder eine Doppelschicht aufgebrummt.«

»Kannst du nicht etwas kürzer treten?«, fragte Tommy und sah sie sorgenvoll an. Eigentlich wollte er, dass sie die Arbeit ganz sein ließ, solche Nachtschichten taten ihr nicht gut. Und dann noch zwei hintereinander.

»Wir sind auf das Geld angewiesen, das weißt du.« Sie schüttelte den Kopf. »Seit dein Vater ...« Sie hielt inne und wandte den Blick ab. »Lassen wir das. Ich werde mich wieder schlafen legen.«

»Tu das. Ruh dich aus.« Tommy umarmte sie und schob sie behutsam aus der Küche. »Gute Nacht, Mum«, sagte er, obwohl helllichter Tag war. Er beobachtete, wie sie langsam über die knarrenden Treppenstufen nach oben zum Schlafzimmer ging.

Nachdem sie die Tür hinter sich geschlossen hatte und es ruhig im Haus wurde, räumte er die frischen Sachen zurück in den Kühlschrank. Dort entdeckte er eine Frischhaltedose mit Nudeln vom Vortag, aber darauf hatte er jetzt keinen Appetit. Im Vorratsschrank über dem Spülbecken fand er, wonach er suchte. Eine Packung Toastbrot, von der er gleich vier Scheiben nahm und sie nacheinander in den Toaster schob. Nach zwei Minuten sprangen die Hälften nach oben, die er reichlich mit Schinken und Käse belegte. Anschließend klappte er alles zusammen und schlang sie in großen Bissen hinunter. Es gab nichts Besseres für den schnellen Hunger.

Nach dem Essen machte er es sich auf dem Sofa bequem und wollte gerade den Fernseher anschalten, als er hörte, wie die Klinke zur Haustür energisch nach unten gedrückt wurde.

Tommy hielt sofort inne und erstarrte in der Bewegung. Das wohlige Gefühl eines gefüllten Magens war mit einem Schlag verschwunden.

So früh hatte ihn Tommy nicht erwartet. Polternd kam er durch den Flur – seine Schritte hallten dumpf gegen die Schränke und brachten die Gläser darin zum Klirren – und stellte sich schwankend in den Türrahmen.

»Hallo, Dad.«

Sein Vater grüßte ihn nicht, sondern starrte ihn mit rot geäderten Augen an, was ihm ziemliche Mühe bereitete, denn sein Blick war schief und unstet. »Was tust du hier?«

Was sollte man auf solch eine Frage antworten? Vor allem, wenn sie der eigene Vater stellte. »Ich bin gerade erst von der Schule gekommen.«

»So spät?«, fragte er mit der Stimme eines Mannes, der nicht sein erstes und nicht sein letztes Bier an diesem Tag getrunken hatte. Er klopfte mit dem Finger gegen das Glas seiner Armbanduhr. »Scheißteil. Schon wieder hängen geblieben.«

Was Tommy mehr beschäftigte als die kaputte Uhr, war, warum sein Vater schon zu Hause war. Eigentlich sollte er an diesem Tag ein Vorstellungsgespräch haben. Das erste seit Wochen. Tommy fragte nach.

»Haben mich nicht genommen, die Schweine«, fluchte der Vater über die Schulter und kramte einen Sechserpack Dosen aus dem Kühlschrank. Laut knackend öffnete er die erste und nahm einen großen Schluck. Bier rann seine Mundwinkel hinunter.

Eine Stimme in Tommys Kopf wollte seinen Vater anschreien, er solle mit dem Trinken aufhören, aber er wusste es besser. Sein Vater trank wann und so viel er wollte – das tat er schon seit langer Zeit.

»Mann, bin ich geil. Ich hätte richtig Bock auf ’nen schnellen Fick«, sagte er. Tommy hasste es, wenn er so sprach, aber für seinen Vater war es ein Thema wie jedes andere. »Was gibt's zu essen?«, schob er hinterher.

»Es sind noch Nudeln von gestern da. Stehen im Kühlschrank.«

»Den Fraß kann ich nicht mehr sehen«, knurrte er, zerdrückte die Dose und warf den Metallklumpen gegen den Mülleimer. Er fluchte laut und öffnete die nächste. »Wo, zum Teufel, steckt deine Mutter?«

»Oben«, antwortete Tommy kurz angebunden. Er wollte sich nicht länger mit seinem Vater unterhalten. Nicht in diesem Zustand.

»Sie soll was kochen«, murrte der.

»Mum hat sich gerade erst hingelegt.« Der flackernde Blick, den ihm sein Vater zuwarf, deutete von Unverständnis. »Sie schläft«, fügte er hinzu.

»Ach, tut sie das?«, erwiderte der Vater kalt.

»Ja. Sie hatte heute Nacht eine Doppelschicht und ...«, setzte Tommy an.

»Sie soll aufstehen«, ignorierte der Vater Tommys Einwand.

»Warum?« Tommy sah das dreckige Grinsen auf dem Gesicht seines Vaters und bereute die Frage sofort.

»Deine Mutter hat Pflichten, denen sie nachkommen soll«, antwortete er und griff sich in den Schritt.

Tommy wusste, was jetzt folgte. Er hatte es schon oft genug erlebt. Dennoch versuchte er, es zu verhindern.

»Sie hatte eine harte Nacht«, sagte er schnell. »Peter hat ihr eine Doppelschicht gegeben. Wir sollten sie schlafen lassen.« Als er die Augen seines Vaters aufblitzen sah, merkte er, dass er einen Fehler begangen hatte. Er hätte den Chef seiner Mutter nicht beim Vornamen nennen sollen!

»Peter hat es ihr gegeben, sagst du?«, flüsterte er. Es war völlig aus dem Zusammenhang gerissen, aber das spielte keine Rolle. Sein Vater stapfte bereits durch das Wohnzimmer und machte sich daran, die Treppe hoch zum Elternschlafzimmer zu schwanken.

Tommy schloss für einen Moment die Augen. Er fühlte sich machtlos – und konnte nur eines tun.

»Lass sie schlafen ... Tom.«

Noch ehe er das letzte Wort ausgesprochen hatte, wusste Tommy, dass er eine Grenze überschritten hatte. Sein Vater hatte noch nicht die oberste Stufe erreicht, als er sich langsam umdrehte. Tommy erkannte den tiefen Schmerz, der in seinem Blick lag. Und neben dem Schmerz erkannte Tommy noch etwas anderes: Hass, der sich seit Jahren schleichend entwickelt hatte. Tommy trat einen Schritt zurück. Er wagte es nicht, seinen Vater noch mehr zu reizen. Anders als Tommy, der es nicht mochte, von allen mit seinem Vornamen angesprochen zu werden, hasste es sein Vater, wenn es der eigene Sohn tat. Es war die eine Beleidigung, die in diesem Haus unausgesprochen bleiben musste. Sein Vater hatte es nie erwähnt, doch er musste bemerkt haben, wie der Spitzname seines Sohnes dessen Vornamen – seinen eigenen – verdrängt hatte. Und jedes Mal, wenn Tommy ihn mit seinem Namen ansprach, vergrößerte es die Distanz zwischen ihnen, und er wusste, dass es ihn verletzte.

»Was hast du gesagt?«, schnaufte sein Vater tief und umklammerte mit der Rechten das Treppengeländer so fest, dass es knirschte.

Tommy stand nur stumm da und rührte sich nicht. Ein falscher Satz aus seinem Mund, ein weiteres Wort und sein Vater würde zu ihm hinunterkommen. Würde seine Mutter in Ruhe lassen, sie schlafen lassen. Doch er schwieg.

Und sein Vater ging nach oben.

–5–

Über ihren Köpfen hatte sich die Klimaanlage angeschaltet und brachte leise brummend kühle Luft in den drückend heißen Raum. Lea atmete tief ein. Während Tommy erzählt hatte, hatte sie ihn genau beobachtet und auf alles geachtet, was er gesagt hatte, und darauf, wie er es gesagt hatte. Sie war gespannt gewesen, ob er ihr eine Lüge auftischte. Der Junge wäre nicht der Erste gewesen, der im Gespräch mit einem Psychologen nicht die Wahrheit sagte.

Doch schon nach wenigen Worten hatte sie das Gefühl bekommen, dass sie ihm glauben konnte. Alles, was er erzählte, jedes Wort seiner gerade begonnenen Geschichte. Sie bekam ein flaues Gefühl im Magen.

»Hat er …?«, setzte sie an. *Hat er sie vergewaltigt?* Sie wollte es nicht aussprechen. Einige Augenblicke schaute er sie nur an, und sie erkannte, dass Tommy auch so verstanden hatte.

»Nein«, antwortete er. »An diesem Tag hat er sie nur geschlagen.«

»Nur geschlagen?«

»Glauben Sie mir, es war einer der besseren Tage.« Die Klimaanlage kam kurz ins Stocken, fing sich und brummte weiter träge vor sich hin. »Er war zu betrunken. Das heißt nicht, dass er es nicht versucht hätte«, stellte Tommy klar. »Sie haben gestritten, und ich hab sie schreien hören.«

Lea nickte stumm. Es zu erleben, war schlimm genug, erneut darüber zu reden, manchmal noch schlimmer. »Dein Vater, trinkt er oft?«

»Früher kaum. Irgendwann fing es an. Und nachdem er seinen Job verloren hatte jeden Tag. Und jede Nacht. Die Zeit, die er sonst gearbeitet hätte, hat er dann in Bars verbracht.«

Lea zuckte unwillkürlich zusammen. Warum sprach Tommy in der Vergangenheit? Sie beschloss, vorerst nicht darauf einzugehen, und fragte: »Welchen Beruf hat dein Vater?"

»Er war auf dem Bau. Als meine Mutter ihn kennenlernte, wollte er immer ein eigenes Haus bauen.« Tommy redete mehr mit sich selbst. »Eines Tages ist er betrunken zur Arbeit erschienen. Es kam zum Streit, und sie haben ihn gefeuert.«

Lea beugte sich vor. »Was ist passiert?«

»Er hat seinem Vorarbeiter den Kiefer gebrochen. Der Mann musste ins Krankenhaus und konnte lange Zeit nur durch einen Strohhalm essen. Als er wieder sprechen konnte, hat er meinen Vater auf Schmerzensgeld verklagt. Mum hat ihm als Entschuldigung einen Kuchen gebacken und wollte ihn am Krankenbett besuchen. Als mein Vater das rausfand, hätte sie fast selbst eines gebraucht. An dem Abend hat er sie das erste Mal geschlagen.«

»Und deine Mutter hat das hingenommen?«

Tommy zuckte mit den Schultern. »Sie konnte nicht anders. Mum hat der Zeit hinterhergetrauert, die sie früher einmal hatten. Sie hat nie loslassen können.«

»Und du? Hast du losgelassen?«

»Mir blieb nichts anderes übrig. Ich habe meinen Vater, so wie sie ihn kannte, nie kennengelernt.«

»Was meinst du? Was hat sich geändert?«, erkundigte sich die Psychologin.

»Einfach alles. Meine Mutter wollte schon immer Kinder ... Mehrere«, fügte er hinzu. »Für sie war es klar, dass sie sich um sie kümmern wird, dass sie zu Hause bleiben würde, um sie aufwachsen zu sehen. Eine Familie. Das war ihr Traum. Aber er hat sich nur bedingt erfüllt.«

Sie wollte fragen, aus welchem Grund, doch sie spürte, dass er es ihr auch so erzählen würde.

»Sie müssen wissen, ich kam zu früh«, fuhr Tommy fort. »Jedenfalls für meinen Vater. Wenn es nach ihm gegangen wäre, hätte sie noch gut zehn Jahre warten können. Als er schließlich bereit war, erhielt sie die Diagnose. Sie konnte keine Kinder mehr bekommen. Es hat sie fast umgebracht. Mum hat lange Zeit nur auf dem Sofa geschlafen. Damals hat mein Vater zu trinken angefangen. Er hat seinen Job verloren und begann, sie immer öfters zu schlagen.« Der Junge sah sie mit ausdruckslosen Augen an.

»Das tut mir leid«, sagte sie.

»Er schlug sie auch, weil sie nicht mehr mit ihm geschlafen hat. Eines Abends hat er sich einfach genommen, was er wollte. Ich bin davon wach geworden. Ihr Weinen in dieser Nacht werde ich nie vergessen.«

»Ist sie nicht zur Polizei gegangen?«

Tommy schüttelte den Kopf. »Mum wollte das nicht. Seitdem hat sie wieder bei ihm geschlafen, aus Angst und um ihn zu besänftigen.«

»Vergeht er sich öfters so an ihr?«

»Lange Zeit nicht mehr. Er muss selbst gespürt haben, dass etwas zerstört war. Außerdem war sie nicht mehr oft daheim. Um von ihm wegzukommen, hat sie sich einen Job gesucht.«

»Vor allem, um nachts von ihm wegzukommen, meinst du?«, hakte Lea nach.

»Genau. Deswegen hat sie sich als Reinigungskraft bei einer Firma beworben. Die ersten Monate hat sie sich für jede Nachtschicht gemeldet, die zu haben war. Allmählich wurde es zur Gewohnheit.«

»Wie hat dein Vater darauf reagiert? Ich kann mir vorstellen, dass es ihm nicht gefallen hat.«

Tommy nickte. »Ganz und gar nicht. Er hat wohl geahnt, warum sie sich Arbeit gesucht hat, aber er konnte nichts dagegen tun. Seit seiner Entlassung ist er bei mehreren Stellen rausgeworfen worden, und bei den übrigen Bewerbungen kam er über das Vorstellungsgespräch nicht hinaus.«

»Also lässt er sie allein arbeiten?«

Tommy sah sie irritiert an. »Wir haben das Geld gebraucht.« Er lachte bitter auf. »Vielleicht hat er sich sogar eingeredet, sie macht es, weil sie ihn liebt. Und wissen Sie, was das Schlimmste war? Auf eine gewisse Art hat sie das.«

Liebst du ihn?, wollte sie wissen, aber es kam ihr nicht richtig vor. »Hast du ihn geliebt?«, fragte sie stattdessen.

Wieder blickte er sie lange nur schweigend an. »Ich weiß es nicht«, gab er schließlich zur Antwort.

Lea musste etwas probieren ... »Immerhin bist du nach ihm benannt, Tom«, merkte sie vorsichtig an.

»Mein Name ist Tommy!«, stieß er hervor. Da war er wieder, der leichte Trotz in seiner Stimme – der Satz war einstudiert.

»Dein Vater sieht das vielleicht anders.«

»Mum hat den Namen ausgesucht. Sie hat ihn mir gegeben, weil sie ihn liebt, nicht mein Vater.«

»Aber der Name verbindet euch. An dem Tag, als er die Treppe hochging, warum hast du ihn Tom genannt?«

»Weil er es gehasst hat, so von mir genannt zu werden.«

»So wie du? Luka nennt dich auch so«, warf sie ein, und bei der Erwähnung dieses Namens blitzten seine Augen auf.

»Er hat immer gewusst, wie er mich verletzen konnte.«

»Erzähl mir von ihm.« Leas Anspannung wuchs. *Auch Luka scheint für Tommy Vergangenheit zu sein. Was hat das alles zu bedeuten?*

»Unser Verhältnis war besonders«, sagte er. »Kennen Sie das Gefühl, wenn man jemanden trifft und dessen Art lässt einem den Menschen sofort sympathisch finden? Luka und ich. Es war wie Liebe auf den ersten Blick. Nur dass wir uns gehasst haben.«

»Hass ist ein starkes Wort«, meinte Lea.

»Glauben Sie mir, es war Hass. Luka hat mich gehasst, seit dem Tag, an dem wir uns das erste Mal trafen. Anfangs dachte ich, er konnte mich nur nicht leiden. Mit der Zeit wusste ich es besser.«

Lea horchte auf. »Wie meinst du das?«

»Luka kam in der zweiten Klasse zu uns. Seine Familie war hergezogen, weil sein Vater einen hohen Posten in einer Stahlfirma übernommen hatte. Von der ersten Stunde an hat er sich in der Klasse durchgesetzt. Schon nach einer Woche hatte er mehr Freunde als ich in den Jahren davor.«

»Hat dich das gestört?«

»Nicht wirklich, ich hatte ja Ben. Lukas Feindseligkeit mir gegenüber hat sich allerdings auch auf ihn übertragen.«

»Aber es muss doch irgendetwas passiert sein, dass er dich – euch – nicht mochte.«

»Sie denken, es gab einen Grund?« Tommy schüttelte bedauernd den Kopf. »Es gab keinen. Er hat mich einfach nur gehasst. Später habe ich erfahren, wie sehr – und Ben leider auch.«

Tausend Gedanken schossen Lea durch den Kopf. Der Lautsprecher ertönte, und die Stimme des Hauptkommissars brachte sie zurück in die Gegenwart.

»Doktor Lindman, kommen Sie bitte kurz?«

Lea bedeutete Tommy, dass sie gleich wieder bei ihm sein würde, und ging hinaus. Im Vorraum wartete bereits die kleine Runde auf sie. Beck stand immer noch vor dem Venezianischen Spiegel, da wo sie ihn die ganze Zeit über vermutet hatte, und auch Mayer war mit Bachmann zurückgekehrt.

»Der Junge redet endlich«, merkte Beck mit seiner tiefen Stimme an. »Das haben Sie gut gemacht.«

Mayer nickte ihr mit nach oben gerichteten Daumen zu, Bachmann jedoch funkelte sie nur an.

»Doch Sie dürfen sich nicht von ihm irritieren lassen«, fuhr Beck fort.

Lea nickte stumm. Ihr war bewusst, dass ihr die Anspannung anzusehen war. Ja, sie hatte es geschafft, das Schweigen des Jungen zu brechen, aber ihr war auch klar, dass er vieles zurückhielt. Und es würde noch viel mehr kommen – wenn sie es richtig anstellte. Das Gespräch befand sich in einer kritischen Phase. Sie hatte, das glaubte sie zumindest, einen kleinen Teil von Tommys Vertrauen erlangt. Jetzt musste sie am Ball bleiben, um es nicht wieder zu verlieren.

»Aber es ist ein Anfang«, sagte Mayer.

Alle betrachteten den Jungen, der nun wieder allein im Verhörraum saß.

»Ja, das ist es. Ihm muss etwas Schlimmes widerfahren sein, das spüre ich.«

»Sie meinen sicher, dass er etwas Schlimmes getan hat, Doktor Lindman«, brummte Bachmann.

»Vielleicht wissen Sie es nicht, Kommissar Bachmann, aber das eine schließt das andere nicht aus.«

Bachmann schüttelte abschätzig den Kopf. »Sie sind viel zu weich und lassen sich von dem Jungen einlullen. Während ihr zwei ein nettes Pläuschchen haltet, macht uns der Staatsanwalt Feuer unterm Hintern. Außerdem steigen uns die Reporter aufs Dach. Wir wollen das Gutachten, die da draußen nur eine Schlagzeile für ihre Titelseite. Diese Geier!« Sein Finger fuhr wild hoch Richtung Tommy. »Sie wollen auch wissen, was er getan hat und warum. Aber anders als uns geht es denen nur um eine Story, die sich gut verkaufen lässt!«

Lea beobachtete durch das Glas, wie Tommy ihren Schreibblock, den sie auf dem Tisch liegen gelassen hatte, zu sich zog. Er ignorierte ihre Notizen und blätterte eine leere Seite auf. Langsam setzte er den Stift an und starrte einige Momente auf das Papier. Dann, ohne auch nur einen Strich gezeichnet zu haben, legte er den Block wieder beiseite und schob ihn von sich fort.

»Ich sollte wieder zu ihm rein«, sagte sie.

»Gleich«, hielt Beck sie zurück. »Aber vorher hören Sie mir zu. Ich gebe Bachmann recht. Ich rate Ihnen, kritisch zu bleiben. Machen Sie nicht den Fehler und glauben, dass Sie den Jungen so leicht verstehen.«

»Das tun Sie nämlich nicht«, sagte Bachmann mit harter Stimme. »Jedenfalls nicht, nur weil er ein bisschen von seiner Vergangenheit erzählt. Er stellt sich als Opfer dar. Das ist er nicht.«

Auch Mayer schien diesmal die Meinung seines Partners zu teilen. »Versuchen Sie, uns zu verstehen ... Der Junge ist aus einem bestimmten Grund hier, vergessen Sie das nicht.«

Wie sollte ich, wenn es das Einzige ist, wovon die Kommissare sprechen? Hören sie dem Jungen überhaupt zu?

»Lassen Sie mich wieder reingehen. Lassen Sie ihn seine Version der Geschichte erzählen. Ich muss es selbst herausfinden.«

Beck schien kurz abzuwägen, stimmte ihr aber doch zu. »In Ordnung, machen Sie weiter.«

Sie nickte in die Runde, kehrte in den Verhörraum zurück und setzte sich wieder dem Jungen gegenüber. »Wo waren wir stehen geblieben, Tommy?«, fragte sie.

Seine Antwort war tonlos. »Bei den Tagen, an denen sich alles geändert hat.«

–6–

Canossa

Am Samstagmorgen wachte Tommy früh vom Klingeln seines Weckers auf. Müde tastete er im Dunkeln und brachte ihn mit einem Schlag zum Verstummen. Gähnend unternahm er den halbherzigen Versuch, seinen Oberkörper in eine vertikale Lage zu bringen. Mit einem dumpfen Aufprall ließ er sich zurück in die Kissen fallen. Er haderte mit sich selbst, doch dann erinnerte er sich, dass er den Wecker nicht ohne Grund gestellt hatte. Er musste zeitig aufstehen, denn er hatte viel vor.

Na gut, eigentlich nur eine Sache, dachte Tommy, aber die wird mich mehr oder minder den ganzen Tag beschäftigen. Er wollte an seinem Bild, die neue Aufgabe in Kunst, weitermalen.

Schnell zog er sich an. Weder sein Vater noch seine Mutter waren schon auf, was ihn aber nicht weiter störte. Nach einem schnellen Frühstück machte er sich an die Arbeit. Sein Schreibtisch war im Handumdrehen leer gefegt – das meiste Zeug landete auf seinem Bett, der Rest im Schrank. Das Genie beherrscht das Chaos, lachte er in sich hinein und packte seine Unterlagen aus.

Gerade als er den weichen Bleistift über das Papier gleiten lassen wollte, klopfte es kaum hörbar an seine Tür. Tommy hielt inne. Ein weiteres Klopfen, wieder sehr leise. Die Türklinke wurde nach unten gedrückt, und seine Mutter zog sie einen Spaltbreit auf.

»Guten Morgen, Tommy«, flüsterte sie genauso leise, wie sie hereingekommen war.

Der Klang ihrer Stimme beunruhigte ihn und ließ ihn aufhorchen. Tommy blickte zu seiner Mutter, und was er sah, bestätigte seinen Verdacht. Er spürte heiße Wut in sich aufsteigen. Ihre rechte Gesichtshälfte war angeschwollen, aber es war nicht die Schwellung, die seinen Zorn hervorrief. Da wo sich ein blauer Fleck hätte abzeichnen sollen, befanden sich mehrere Schichten Make-up. Jemandem, der nicht wusste, was gestern vorgefallen war, wäre es vielleicht – mit großer Wahrscheinlichkeit sogar – gar nicht aufgefallen. Aber Tommy fiel es auf.

»Wie lange willst du das noch mitmachen?«, fragte er.

Sie wich seinem Blick aus. »Ich weiß nicht, was du meinst. Ich muss wohl zu lange auf einer Seite gelegen haben ...«

»Blödsinn!«, fuhr er sie an. »Wieso schminkst du darüber? Er hat dich geschlagen! Soll er doch sehen, was er damit anrichtet.« Sie ging nicht darauf ein, und erst jetzt fiel Tommy auf, dass er ihr noch keinen guten Morgen gewünscht hatte. Es hätte sich sowieso nicht richtig angefühlt, denn es war kein guter Morgen. Nicht für sie.

»Dein Vater ist noch nicht wach«, wich sie aus und bedeutete ihm, keinen Lärm zu machen. »Lassen wir ihn schlafen.«

»Klar«, sagte er und dämpfte seine Stimme. Was sollte er sonst auch dazu sagen?

»Ich muss in die Stadt fahren. Begleitest du mich?« Ihre Lippen glichen schmalen Linien.

»Was brauchst du denn?«

»Ich mach nur ein paar Besorgungen.«

»Haben wir nichts mehr? Es ist noch genug Brot da, und unten im Kühlschrank sind immer noch die Nudeln, die sollten wir ...«

»Ich muss einkaufen gehen.« Die Stimme seiner Mutter bebte nach wie vor, klang jedoch endgültig. »Begleitest du mich?«, wiederholte sie, und ihre Augen schimmerten.

Tommy wusste, dass seine Mutter etwas brauchte, nur wusste er nicht, wie er es ihr hätte geben können. Er fühlte sich schuldig wegen gestern. Wieder sah er ihr geschwollenes Auge. Wäre er doch nur nicht so feige gewesen! Sein Vater hätte ihn schlagen sollen, nicht sie! Er konnte in ihrer Nähe kaum atmen. Wie eine Faust klammerten sich seine Schuldgefühle dunkel um sein Herz und drückten eisern zu.

»Mum, ich muss an meinem Bild arbeiten ...«, meinte er ausweichend. »Nächste Woche muss es fertig werden.« Noch ehe er den Satz beendet hatte, wusste er, dass er sie enttäuscht hatte.

»Schon gut«, erwiderte sie leise. »Ich werde allein gehen, bleib ruhig zu Hause und mal weiter.«

»Mum ... ich ...«

»Ist in Ordnung, Tommy, ich schaff das schon. Ich brauche dich nicht.« Dass sie das sagte, verletzte ihn, aber er hatte es nicht anders verdient.

»Wann kommst du wieder?«, fragte er, aber sie ging nicht darauf ein. »Wir können später etwas unternehmen, wenn du magst.«

»Bist du da nicht zum Abendessen bei Ben eingeladen?«

»Nein, das ist erst morgen.«

»O, okay. Aber es wird sich nicht mehr ausgehen, ich habe abends wieder Dienst.«

»Du musst arbeiten? Heute?« Immerhin war Wochenende.

»Es hat sich kurzfristig ergeben.« Von wegen. Tommy ahnte, dass sie sich freiwillig hatte einteilen lassen, nur um von hier wegzukommen.

»Mum, ich ...«, begann er, aber sie fiel ihm erneut ins Wort.

»Ist schon gut, Tommy. Ich wünsch dir viel Spaß.« Ohne ihn noch einmal anzusehen, ging sie hinaus und schloss die Tür hinter sich.

Tommy fühlte sich elend und nahm sich vor, es irgendwann wiedergutzumachen. Jetzt aber wollte er sich nicht damit befassen, also sperrte er sein Zimmer ab, damit ihn sein Vater nicht behelligte.

Und dann malte er. Den ganzen Tag über mischte er Farben und trug sie auf das Papier auf, mischte neue und überdeckte die alten. Farben wurden zu Mustern, Muster bildeten Formen, und aus Formen wurde Gestalt. Als er nach elf am Abend schließlich die Pinsel beiseitelegte, war seine Mutter noch nicht nach Hause zurückgekehrt. Tommy trat ans Fenster und blickte in die Nacht hinaus. Der Platz vor der Einfahrt, wo sie das Auto immer abstellte, war leer.

Das Malen hatte ihn hungrig gemacht. Tommy überlegte, ob er die Nacht durchmachen sollte. Abwägend betrachtete er seinen Bleistift, der im Laufe der letzten Stunden deutlich kürzer geworden war. Nein, heute nicht, beschloss er und legte den Stift wieder weg. In der Küche wärmte er sich die Nudeln auf, bekam jedoch kaum einen Bissen herunter. Er machte es sich auf dem Sofa vor dem Fernseher bequem und schaltete durch das Abendprogramm.

Tommy schaute kaum fern. Er konnte dem Programm kaum etwas abgewinnen. Außerdem beanspruchte der Vater, kaum war er zu Hause, das Wohnzimmer für sich allein. Daran gab es nichts zu rütteln. Und Tommy war es eigentlich auch egal, sein Vater sollte machen, was er wollte, solange er ihn nur in Ruhe ließ.

Ihn und seine Mutter.

Tommy wurde immer schläfriger und spürte, dass ihm die Augen bald zufallen würden. Für einen Moment überlegte er, in sein Zimmer zu wechseln, dann war er auch schon auf dem Sofa eingeschlafen. Dunkle Träume überfielen ihn, doch waren sie nur von kurzer Dauer. Was ihn schließlich weckte, war ein Schlag gegen seine Wange.

»Ob du auch eins magst, hab ich gesagt!« Beides, der Schlag und die fordernde Stimme seines Vaters, ließ ihn blitzschnell die Augen aufreißen.

Die Gestalt seines Vaters ragte über ihm auf. Er hielt ihm eine Dose Bier hin. Tommy nahm sie wortlos entgegen und stellte sie auf der Couchlehne ab.

»Warst du wieder aus?«, fragte Tommy, aber die Antwort roch er auch so.

»Im *Strike* war nichts los. Und der Wolff ist nach 'ner Stunde heim zu seiner Alten. Ich sag dir, die hat ihn ganz schön bei den Eiern. Mir passiert das nicht.« Der Vater ließ sich auf den Sessel fallen, seinen Thron. »Jetzt wo das Weib weg ist, haben wir endlich unsere Ruhe. Machen wir einen Männerabend!« Er prostete ihm zu und nahm einen großen Schluck Bier. »Trink, Sohn«, grölte er, »sonst bleibt der Spaß aus!«

Der würde auch so ausbleiben, aber um ihn zufriedenzustellen, folgte Tommy seiner Aufforderung. Außerdem wollte er, dass es schnell vorbei war. Wenn er nur lange genug mitspielte, konnte er schon bald wieder in sein Zimmer gehen. Jetzt würde ihn sein Vater ohnehin noch nicht gehen lassen.

»Spaß!«, rief der erneut. »Warum sollten wir keinen haben? Die Schlampe hält sich ja auch nicht zurück. Sie ist schon den ganzen Tag weg.«

»Hör auf, sie so zu nennen«, sagte Tommy leise. »Wenn du Zeit mit mir verbringen willst, hör auf, so über sie zu reden!«

Sein Vater rülpste laut und fuchtelte mit dem Arm, dabei verschüttete er etwas Bier auf dem Teppich. »Da hat ja jemand seine Eier gefunden. Wo waren die die ganze Zeit?«

Er griff sich die Fernbedienung und zappte durch die Kanäle, bis er schließlich bei einem Sportsender landete. Gerade lief die Wiederholung eines Ligaspiels. Ein Sprecher kommentierte mit aufgeregter Stimme den Spielverlauf. Sein Vater mischte mit wilden Rufen mit, nachdem er eine weitere Dose Bier geöffnet hatte. Er hatte noch nicht bemerkt, dass Tommy sein Bier nicht anrührte.

»Zieh an, du Flasche. Jetzt lauf schon!«, blökte er, als ein junger Mann im rot-blauen Trikot den langen Pass seines Mitspielers in den Lauf nicht mehr erreichte. »Auf die Bank mit dir! Du nutzloser Penner! Schiri, hau den Typen raus!«

Tommy ließ ihn reden. In ein paar Minuten würde das Spiel zu Ende sein, sein Vater hätte seinen Spaß gehabt, und er konnte sich wieder auf sein Zimmer verziehen. Doch wie so oft kam es anders. Das Spiel wurde von Werbung unterbrochen, Werbung ganz bestimmter Natur. Es war schon nach zwölf. Auf dem Bildschirm räkelten sich nackte Frauen auf Smartphonedisplays. Von jung bis alt war alles vertreten, nur eines blieb gleich. Unter jeder Frau leuchtete ein Werbebanner mit der anzurufenden Nummer.

»Geile Titten!«, rief sein Vater.

Seine Augen wanderten gierig über den Körper einer jungen, südländischen Frau, die sich, langsam tanzend, eines Kleidungsstücks nach dem anderen entledigte. Kurz bevor sie ihren Slip nach unten streifte, legte sie sich lasziv auf ein Himmelbett und ließ einen weißen Seidenschal über die harten Knospen ihrer Brüste gleiten. Sie hätte seine Schwester sein können, fand Tommy. Sie sah nicht viel älter aus als die Mädchen, die mit ihm zur Schule gingen. Sein Vater schien das weniger zu stören, im Gegenteil.

»Was ich mit der alles anstellen könnte! Der würde ich ihn reinhämmern, bis sie schreit!«

Das Bild mit der Tänzerin auf dem Himmelbett verschwand und zeigte nun eine etwas erfahrener aussehende Frau in schwarzem Latex. In der Hand hielt sie eine Lederpeitsche, die sie autoritär in die Hand klatschen ließ.

»Die ist schon etwas härter zu knacken«, kommentierte sein Vater die Szene, aber Tommy sah, dass seine Augen nicht weniger gierig als zuvor über den Körper der Frau schweiften. »Aber gib mir fünf Minuten, und sie kommt wie jede andere auch. Dann bettelt sie drum.« Er wartete auf eine Reaktion von Tommy. »Ich habe schon viele Fotzen gehabt! Aber eines sag ich dir, die Weiber sind alle gleich. Die wissen genau, was sie zwischen den Beinen haben! Erst verdrehen sie uns Männern den Kopf, und wenn sie uns am Ende im Griff haben, lassen sie uns nicht mehr ran. Weißt du, wann sie ihre Beine erst wieder öffnen?«

Tommy schwieg.

Der Vater rieb Daumen und Zeigefinger aneinander. »Schlampen tun alles für Geld. Deine Mutter ist da keine Ausnahme. Arbeit, von wegen ... Sicher kniet sie gerade vor ihrem Chef und hat den Mund voll.«

Er sagte das beiläufig, aber Tommys Kopf fühlte sich schon wieder heiß an. Er hasste jedes Wort, das aus dem Mund seines Vaters kam.

»Wenn sie Geld riechen«, fuhr der ungerührt fort, »lassen sie einen immer ran, merk dir das, Sohn. Es ist der Schlüssel, der ihr Schloss öffnet.«

Tommy hatte nichts dazu zu sagen. Sein Vater konnte ihm viel erzählen, doch er kannte die Wahrheit. Seine Mutter wollte ihn nachts schon lange nicht mehr.

»Ich seh schon, du brauchst was Stärkeres.« Sein Vater ging zum Schrank und griff nach einer Flasche Whisky und zwei Gläsern. In beide schenkte er etwas von der goldbraunen Flüssigkeit ein und hielt Tommy eines vor die Nase. »Trink!«

»Ich will das Zeug nicht«, lehnte er ab.

»Du trinkst!«

Tommy befürchtete, sein Vater würde nicht eher lockerlassen, also nahm er vorsichtig einen Schluck. Der Alkohol war stark und brannte in der Kehle. Auch wenn er sich vor seinem Vater keine Blöße geben wollte, konnte er nicht verhindern, dass sich seine Mundwinkel nach unten zogen. Das schallende Lachen seines Vaters, das darauffolgte, stieß ihm bitterer auf als der Alkohol.

»Wie willst du jemals eine Pussy lecken, wenn du nicht mal den Whisky runterbekommst? Oder schmecken dir die etwa auch nicht?« Ohne dass es Tommy erwartet hatte, packte ihn der Vater im Nacken und drückte seinen Kopf in Richtung Fernseher. »Bist du eine Schwuchtel? Oder ein Mann? Und jetzt trink aus!« Er deutete auf die Frau in Latex, die sich auf einen lederüberzogenen schwarzen Stuhl gesetzt hatte und die Hand gegen ihre Scham rieb. »Sonst wirst du das da unten nie kriegen.« Er ließ Tommy wieder los und richtete sich auf. »Die Schwester von deinem Freund, von dem du so oft erzählst. Wie hieß die noch gleich? Kia? Pia?« Wieder zog er das dreckige Grinsen, das Tommy so sehr hasste. »Kriegst du es von ihr?«, fragte er mit einem Seitenblick auf die Frau im Fernseher.

Tommy sah rot. »Und selbst?«, flüsterte er.

Zwei Worte. Zwei Worte von ihm reichten aus, um seinen Vater an seiner Wut teilhaben zu lassen – und er bezahlte dafür. Seine Wange brannte heiß von dem Schlag, den er bekam. Benommen fiel ihm das Glas aus der Hand, dass sich der Whisky über den Teppich ergoss.

»Was hast du gesagt?«, fragte sein Vater mit harter Stimme wie sonst auch, nur klang diesmal ein leichtes Zittern nach.

Tommy triumphierte innerlich und fasste all seinen Mut, um weiterzusprechen. »Du kriegst es nicht mehr. Du kriegst es nicht, und wirst es auch nie mehr kriegen. Mum liebt dich schon lange nicht mehr.«

Ehe in dieser Nacht noch mehr geschehen würde, sprang Tommy vom Sofa auf, stürmte an seinem Vater vorbei und ließ ihn wie angewurzelt im Wohnzimmer stehen. Er hastete die Treppe hinauf und erst als er den Schlüssel seiner Zimmertür umdrehte, erlaubte er sich, tief durchzuatmen. Zum Glück war ihm der Vater nicht nach oben gefolgt. Und zum Glück war seine Mutter nicht zu Hause. Es war besser für sie.

–7–

Am nächsten Tag rückte das Abendessen bei Ben nur langsam näher. Um seinen Vater aus dem Weg zu gehen, hatte Tommy sein Zimmer kaum verlassen. Seine Mutter hatte er an diesem Tag auch noch nicht zu Gesicht bekommen. Zwar stand das Auto wieder in der Einfahrt, aber sie musste noch im Bett liegen, und sie aufzuwecken und um den Schlaf zu bringen, war das Letzte, was er wollte, nachdem er sie gestern so vor den Kopf gestoßen hatte. Das Essen lieferte ihm außerdem einen guten Grund, aus dem Haus zu kommen. Und er mochte die Winters. Für Tommy war es bittere Realität, dass er sich bei Bens Familie oft wohler fühlte als zu Hause.

Die Matheunterlagen schnell eingepackt, machte er sich am späten Nachmittag auf den Weg. Das Haus der Winters lag ein paar Minuten entfernt, trotzdem ließ er das Fahrrad stehen und ging zu Fuß. Bei dem Wetter hatte er keine Lust, zu fahren, denn mit den dunklen Wolken war ein frischer Wind aufgekommen, der ihm unnachgiebig um die Ohren peitschte.

Beim Haus seines Freundes angekommen, öffnete ihm schon nach dem ersten Läuten eine strahlende Mia die Tür.

»Da bist du ja endlich«, begrüßte sie ihn etwas außer Atem.

Ihre Wangen glühten, und Tommy fragte sich, ob es nur an der wohligen Wärme lag, die aus dem Haus strömte. Seine Augen wanderten nach unten, und er konnte sich ein Grinsen nicht verkneifen. Mia trug eine Kochschürze, die mit kleinen roten Herzen übersät war.

»Du siehst ... herzig aus.«

Mia beugte sich mit hochgezogenen Augenbrauen zu ihm. »Die Schürze hab ich von Mutti«, sagte sie hinter vorgehaltener Hand. »Ich zieh sie immer an, wenn ich mit ihr koche, sie freut sich dann immer so.«

»Das hab ich gehört!«, hallte prompt eine Stimme aus dem Inneren des Hauses.

»Wenn man vom Teufel spricht ...«

»Und das auch, junge Dame! Mia, Schatz, hol den Jungen endlich rein. Sonst friert er uns noch auf der Straße fest, bei den verrückt kalten Apriltagen wäre das kein Wunder.«

»Ist gut, Mutti«, rief sie zurück und verdrehte die Augen.

Tommy folgte Mia in die Küche, um ihre Mutter zu begrüßen.

»Schön, dass du da bist, Tommy. Wir freuen uns immer sehr, wenn du zu uns kommst.« Sie drückte ihn kurz, aber herzlich an sich. »Hast du auch ordentlich Appetit mitgebracht?«

»Als ich erfahren habe, dass Mia kocht, habe ich extra eine Mahlzeit ausgelassen. Ich hab Riesenhunger«, antwortete er, und es war nicht einmal gelogen. Tommy hatte tatsächlich seit gestern Abend nichts gegessen, nur der Grund war ein völlig anderer.

»Ach, Mia kocht heute?«, fragte Frau Winter mit gespieltem Erstaunen und wischte sich die Hände an ihrer Schürze ab. »Davon weiß ich ja gar nichts.« Sie griff in den großen Topf, der auf der Kochinsel stand, und hielt Tommy eine Kartoffel unter die Nase. Mit der Rechten bot sie ihm ein Küchenmesser an. »Willst du mir nicht zur Hand gehen? Die Kartoffeln sind immer noch nicht geschält ...«

»Mutti!«, rief Mia entrüstet und fischte nach dem Messer, ehe Tommy zu einer Antwort ansetzen konnte. »Ich mach das schon.« Sie wandte sich zu ihm um. »Danke, aber wir kommen klar. Wir brauchen dich nicht.«

»Schon gut, schon gut«, sagte Tommy lachend und hob die Hände. »Ich würde es nie wagen, euch beim Kochen zu stören!«

Diesmal war es Mias Mutter, die ihm verschwörerisch zuzwinkerte. »Ben wartet sicher schon auf dich. Geh hoch und schau nach ihm. Sein Vater ist noch auf der Arbeit, also wird das mit dem Essen noch dauern.«

»Hat er Dienst? Heute?«, fragte Tommy. Bens Vater arbeitete im Krankenhaus und war in letzter Zeit selten zu Hause.

Frau Winter nickte und seufzte. »Schon seit sechs Uhr in der Frühe.«

»Und auch noch an einem Sonntag«, murrte Mia.

»Als Oberarzt kann man sich die Zeiten leider nicht aussuchen.« Frau Winter holte sich ein zweites Messer aus der Schublade und half ihrer Tochter, die Kartoffeln zu schälen.

Tommy ging den Flur zurück zur Treppe und zu Bens Zimmer im Dachgeschoss.

»Da bist du ja endlich«, rief er, als Tommy die Tür öffnete. »Schön, dass du da bist, Mann.« Ben klopfte ihm freudig auf die Schulter, verzog dann aber das Gesicht. »Du bist aber nicht nur wegen des Essens hier, oder?«, meinte er hoffnungsvoll und deutete auf den Berg von Unterlagen, die sich bereits auf seinem Bett stapelten.

»Ich? Niemals!«, erwiderte Tommy und warf ihm seine Tasche in die Arme. »Eigentlich nur wegen deiner Schwester«, setzte er nach. »Nein, ich bin hier, um dir wieder mal den Arsch zu retten.« Auch wenn sie lachten, wussten sie, dass es nicht nur Spaß war. Bens mündliche Prüfung rückte immer näher.

Keine fünf Minuten später saßen sie auf Bens Bett und arbeiteten sich durch die Blätter, die sie seit Schuljahresbeginn zusammengetragen hatten. Tommys Mappe war deutlich dicker als die von Ben und auch viel ordentlicher. Tommy war selbst nicht der Fleißigste, doch im Gegensatz zu Ben hatte er immerhin alle Unterlagen.

»Kein Wunder, dass du dich nicht auskennst. Du hast kaum mitgeschrieben. Bei den Integralfunktionen fehlen dir die Grundsätze, und von den Ortslinien hast du nur das, was der Thomaser letztens in den ersten zehn Minuten an die Tafel geschrieben hat.« Tommy deutete auf die wahllos sortierten Blätter in Bens Hand. »Du weißt schon, dass das Prüfungsstoff ist, oder?«

Ben nickte schnell, in seinem Gesicht stand pure Verzweiflung. Schließlich kam Tommy zu dem Schluss, dass die Mitschriften seines Freundes kaum zu gebrauchen waren. Er überflog seine eigenen Unterlagen und ließ den dicken Stapel Blätter durch seine Finger gleiten, um sie Ben zu reichen.

»Mannomann, du hast recht. Ohne dich bin ich geliefert. Du musst mir helfen, Tommy!« Verzweifelt ließ er die Schultern hängen. »Noch ein Jahr länger an der Schule halte ich nicht aus. Wenn ich die Klasse wiederholen muss, hänge ich mich lieber gleich auf!«

»Hast du deinen Eltern überhaupt schon gesagt, dass du am Dienstag Prüfung hast?« Und ihnen erzählt, was passiert, wenn du durchfällst?, wollte Tommy hinzufügen, verkniff es sich aber.

»Nur meiner Mutter. Vater war ja immer auf der Arbeit«, antwortete er und druckste herum. »Ich habe nicht vor, es ihm zu sagen.« Er zeigte mit den Daumen nach unten. »Du weißt, wie er ist. Arbeit und Familie, immer muss alles perfekt sein … Wenn er Wind von meinen Noten bekommt, sperrt er mich ein und schmeißt den Schlüssel weg. Dann sehe ich erst wieder Tageslicht, wenn in meinem Mathezeugnis eine Eins steht – und wir beide wissen, wie wahrscheinlich das ist.«

Eine Weile herrschte Schweigen im Zimmer. Auch Tommy war es unangenehm, in welcher Lage sich sein Freund befand.

»Na, jetzt weißt du ja, was du zu tun hast«, sagte er schließlich und deutete auf die Unterlagen. »Okay, vergiss deine Schmierereien und lern nur noch aus meiner Mappe. Dann hast du vielleicht 'ne Chance.«

»Aber das ist so viel …«, setzte Ben an.

»Willst du die Prüfung schaffen oder nicht?«, unterbrach ihn Tommy.

»Schon, aber eigentlich ist das Stoff für Wochen!«

»Eben. Also halt dich ran. Du hast zwei Tage. Ich hole uns was zu trinken.« Er stand auf. Im Türrahmen blieb er stehen. »Ähm, das Gäste-WC ist immer noch da, wo es war?«

Bens Grinsen hätte ihm die Antwort ersparen können.

»Immer noch da, wo du es schon letztes Mal kontaminiert hast.«

»Sehr geistreich. Lass lieber die Späße und fang an, zu lernen.«

»Da hast du recht. Ach ja, Tommy? Eins noch, was viel Wichtigeres als Mathe ...«

»Hm?«

»Für mich 'ne Cola, ja?«

Tommy verdrehte die Augen. Nachdem er die Tür hinter sich geschlossen hatte, konnte er hören, wie sich Ben Luft machte und die Schule und Herrn Thomaser lauthals verfluchte.

Bens Zimmer war wie das seiner Schwester im obersten Stock des Hauses. Die mittlere Etage hatten Bens Eltern nach ihren Wünschen gestaltet. Neben dem Elternschlafzimmer gab es ein großes Bad und ein Arbeitszimmer für Bens Vater. Im Erdgeschoss fand sich Tommy besser zurecht und suchte das Gäste-WC auf. Nachdem er eine Sorge weniger hatte, wandte er sich Richtung Küche. Essensduft wehte ihm entgegen und ließ ihm das Wasser im Mund zusammenlaufen. Die Kartoffeln waren geschält und köchelten vor sich hin. Frau Winter widmete sich dem Braten im Ofen. Mit einem Pinsel bestrich sie sorgfältig das Fleisch.

»Hast du es dir überlegt und hilfst mir doch?«, fragte sie, als sie ihn im Türrahmen stehen sah.

Tommy fiel auf, dass sie allein in der Küche war. »Wo ist Mia? Hat sie das Kochen schon aufgegeben?«, gab er lachend zurück.

»Ich habe sie nach oben geschickt, um euch zu sagen, dass ihr in einer halben Stunde runterkommen könnt. Du musst sie gerade verpasst haben«, sagte sie und zwinkerte ihm zu. »Der Tisch muss noch gedeckt werden.«

»Wenn Sie sonst noch Hilfe brauchen, einfach sagen. Ben und ich helfen gern.«

»Das weiß ich doch, Tommy, aber du bist unser Gast. Wir machen das schon, und auch wenn du Mia nie kochen siehst, legt sie sich ganz schön ins Zeug. Anscheinend spornt es sie mehr an, wenn du bei uns bist.«

»Das glaub ich sofort. Es riecht fantastisch!«

Im Kühlschrank fand er Eistee und Cola. Er nahm zwei Dosen und machte sich auf den Rückweg. Kurz vor Bens Zimmer bog er um die Ecke und wäre beinahe mit Mia zusammengestoßen. Er wich ihr gerade noch rechtzeitig aus.

»Gute Reflexe!« Mia lächelte anerkennend, als der erste Schreck überwunden war.

»Dein Glück, sonst wären wir wohl zusammen die Treppe runtergesegelt.«

»Dein Pech«, entgegnete sie und sah ihm tief in die Augen. Dann schob sie sich Schritt für Schritt an ihm vorbei, wobei sie nur Zentimeter voneinander entfernt waren. »Was macht ihr zwei eigentlich die ganze Zeit?«, fragte sie.

»Ach, wir gehen nur ein paar Sachen für die Schule durch«, wich er aus, da er nicht wusste, ob Ben ihr von der Prüfung erzählt hatte.

»Und? Kommt ihr gut voran?«

»Na ja, schon«, sagte er. »Wirklich«, fügte er hinzu, als er ihren amüsierten Blick bemerkte.

»Ich versteh schon. Wenn es so wichtig ist, dass Ben lernt, solltest du ihm nicht von der Seite weichen.«

»Er gibt sich wirklich Mühe ...«

Mia dämpfte die Stimme. »Ich wette mit dir, er liegt gerade auf dem Bett und starrt Löcher in die Decke, oder er lauscht an der Tür und versucht, mitzukriegen, was wir hier draußen treiben.« Ihre Mundwinkel zogen sich weiter nach oben.

»Aber wir treiben doch gar nichts.«

»Stimmt, wir sind brav«, neckte sie ihn. »Aber das weiß mein lieber Bruder ja nicht«. Mit diesen Worten ließ sie ihn stehen, ging langsam rückwärts die Stufen hinunter und ließ ihn nicht aus den Augen. »Das Essen ist bald fertig, viel Spaß beim Lernen!« Ihre Stimme hatte wieder die gewohnte Lautstärke angenommen.

Tommy blickte ihr hinterher, bevor er in Bens Zimmer zurückkehrte. Ben saß auf dem Bett, den Kopf tief über dem Buch *Mathematik IV* gebeugt, nicht weiter verdächtig, wären da nicht seine glühend roten Ohren gewesen. Tommy biss sich auf die Lippe, um nicht laut loszulachen. Natürlich hatte Ben an der Tür gelauscht.

»Bei welchem Kapitel bist du gerade?«, fragte Tommy beiläufig.

Demonstrativ blätterte Ben mehrere Buchseiten um. »Ach, ich hab nur ein bisschen geschaut, um mir einen Überblick zu verschaffen.« Auch der Rest seines Gesichts lief jetzt rot an. »Ich bin am Verdursten«, schob er hinterher, um das Thema zu wechseln.

»Die Letzte.« Tommy warf Ben die Dose Cola zu und ließ sich neben ihm aufs Bett fallen.

Sie tranken schweigend.

»Eigentlich hast du ziemlich lange gebraucht«, bemerkte Ben nach einer Weile. »Was hat dich aufgehalten?«

»Keine Ahnung, was du meinst«, antwortete Tommy. »Warum fragst du?«

»Ach, nur so«, sagte Ben. »Ich hab euch draußen gehört. Mia und dich, meine ich.«

»Komisch, die Wände bei euch schienen mir immer ziemlich dick zu sein. Man muss sich schon anstrengen, um da was durch zu hören.«

Bens Ohren glühten förmlich. »Müssen wohl doch dünner sein als gedacht.«

»Kommt mir gar nicht so vor«, meinte Tommy und klopfte prüfend gegen die Wand. »Eigentlich hört es sich ziemlich dumpf an.« Er ließ Ben noch etwas zappeln, ehe er auf seine Frage einging. »Wir wären fast die Treppe runtergeflogen.«

»Was?«, kam es wie aus der Pistole geschossen von Ben.

»Na, Mia und ich. Wir sind fast zusammengestoßen.«
»Krasse Geschichte.«

»Du hast gefragt«, erwiderte Tommy und zuckte mit den Schultern. »Wieso überhaupt?«

»Ach, nur so. Ich weiß ja, dass du auf jemand anderes stehst. Jemand Erfahreneres.«

»Red keinen Scheiß, Ben!«, rief er halb im Spaß, halb im Ernst und hob *Mathematik IV*. »Ich hab hier schweres Geschütz und keine Skrupel, es gegen dich einzusetzen.«

»Jetzt hab dich nicht so. Gib endlich zu, dass du auf Frau S. stehst!«

»Weil ich ausgerechnet dir das sagen würde.«

»Natürlich«, gab Ben zurück und schaute ernst. »Du kannst mir alles sagen.«

»Das weiß ich«, sagte Tommy, das tat er wirklich. »Nur hab ich selber keinen Plan.«

»Was braucht man da einen Plan?«, feixte sein Freund. »Du gehst einfach zu ihr ihn, packst deinen Pinsel aus und gibst ihr eine Impression davon, wie gut du mit ihm umgehen kannst. Die Künstlerin in ihr wird das mit Sicherheit zu schätzen wissen.«

Für einen kurzen Moment wusste Tommy nicht, ob Ben noch über Kunst oder über etwas anderes sprach. Aber der Ausdruck in Bens Gesicht sprach Bände.

»Ach, wird sie das?«, rief Tommy und warf das Buch nach ihm. »Dann kannst du ja Herrn Thomaser zeigen, wie gut du mit deinem Rechner umgehen kannst. Und wenn ihm gefällt, was er sieht, hilft er vielleicht und macht's dir an der Tafel. Die Rechnung natürlich.«

Diesmal flog *Mathematik IV* in seine Richtung, und ihr Lachen erfüllte den Raum.

»Du hast nichts erzählt«, sagte Ben und wurde ernst. »Was war eigentlich der Grund?«

»Was meinst du?«, fragte Tommy.

»Warum du dich vor Kunst fast mit Luka geprügelt hast.«

»Ben, lass gut sein! Luka war mal wieder das Arschloch, das sind wir von ihm gewohnt.«

»Und?«

Tommy wusste nicht, ob er ihm sagen sollte, was der Anlass für den Streit mit Luka gewesen war. Aber auf

Bens Drängen hin machte er doch den Mund auf. »Er hat dich verarscht, okay? Ich hab ihn gefragt, was los ist, schließlich hat das eine zum anderen geführt. Du weißt, wie er ist.«

»Das hättest du nicht tun müssen«, erwiderte Ben leise. »Ich komm allein mit Luka klar.«

Tommy spürte, wie die Stimmung umschlug, und wollte nicht, dass Ben sauer auf ihn wurde. »Wenn sich jemand mit dir anlegt, legt er sich auch mit mir an.« Ihm war egal, dass es abgedroschen klang. »Würdest du nicht das Gleiche für mich tun?«

»Mich mit einem Tier wie Luka anlegen? Und Patrick und Daniel noch dazu? Spinnst du?«

Beide lachten wieder.

»Klar, Mann.« Ben nickte. »Du bist mein bester Freund.«

Keine fünf Minuten später waren sie in der Küche, um den Tisch zu decken. Tommy legte fein säuberlich Messer und Gabel, die er von Mia Stück für Stück gereicht bekam, neben die Teller. Ben klemmte gefaltete Servietten unter die andere Seite. Nachdem sie fertig waren, kam Frau Winter mit einem goldbraun gebrannten Braten ins Esszimmer.

»Euer Vater hat gerade angerufen«, erklärte sie ganz außer Atem, als sie die schwere Platte in die Mitte des Tisches stellte. »Er wird sich etwas verspäten.«

»Wieso denn?«, kam es von Mia und Ben wie aus einem Mund.

»Es gab noch einen Notfall im Krankenhaus.«

An ihrer Stimmlage glaubte Tommy zu erkennen, dass Frau Winter die Beförderung ihres Mannes nicht nur begrüßte.

»Sollen wir auf ihn warten?«, fragte Mia.

»Aber ich habe Hunger«, warf Ben ein und zeigte erst auf sich und anschließend auf seinen Freund. »Und Tommy auch, oder? Außerdem wäre es schade um das schöne Essen, wenn es kalt werden würde.«

»Wir könnten den Braten in den Ofen zurückschieben«, schlug Mia vor, »dann bleibt er warm, bis Vati nach Hause kommt.«

»Nein, ist schon in Ordnung«, erwiderte Frau Winter. »Euer Vater meint, wir sollen ruhig ohne ihn anfangen. Er ist schon so gut wie auf dem Weg.«

Also nahmen sie an der Tafel Platz. Neben dem Braten, der auf dem Tisch thronte und die anderen Speisen beinahe klein aussehen ließ, gab es frisch gebackenes Brot mit geschmolzener Butter, Rotkraut, Bohnen im Speckmantel und überbackene Kartoffeln in Sahnesoße.

Tommy war wunschlos glücklich. Seine Mutter versuchte zwar, trotz ihrer vieler Schichten so oft wie möglich für ihn zu kochen, doch wollte er ihr die zusätzliche Arbeit eigentlich immer ersparen. Seine eigenen Kochversuche endeten meist damit, dass er sich nur Brote schmierte und sie im Stehen verschlang. Ein gemeinsames Zusammensitzen bei den Mahlzeiten wie bei den Winters kannte er von zu Hause nicht. Umso mehr genoss er es, an diesem Tag hier zu sein.

»Tommy, du musst unbedingt den Auflauf probieren«, drängte Mia, als sie sah, dass er sich gerade zwischen den Bohnen und den Kartoffeln entscheiden wollte. »Den habe ich selbst gemacht.«

Er tat ihr den Gefallen.

»Schmeckt es dir?«, fragte sie, nachdem er die ersten Bissen genommen hatte.

Tommy schluckte schwer. »Es ist das Leckerste, das ich seit langer Zeit gegessen habe.«

»Ehrlich?« Mia strahlte. »Und wie findest du die Soße?«

»Die könnte etwas flüssiger sein«, warf Ben mit schnöseliger Stimme ein, beugte sich über Tommys Teller und schöpfte mit dem Löffel in die Soße, um ihn mit abgespreiztem Finger an seine gespitzten Lippen zu führen. »Und etwas mehr gesalzen. Leider nur drei Sterne, ich werde mich beim Herrn Ober beschweren müssen.«

»Ich geb dir gleich!«, sagte Mia, warf ihm eine Serviette ins Gesicht und kicherte.

»Ben, hör auf, Tommy das Essen zu klauen. So habe ich dich nicht erzogen«, empörte sich seine Mutter, aber auch ihre Mundwinkel zuckten nach oben.

Eine halbe Stunde später hörten sie Dr. Winters Wagen vorfahren. Nachdem er sich kurz frischgemacht hatte, ließ er sich auf seinem Platz am Kopfende der Tafel nieder. Die aufwendig gekochten Gerichte vor sich schien er nicht zu bemerken.

»Was hat dich aufgehalten?«, fragte Mia, während ihre Mutter seinen Teller reichlich mit Braten füllte.

»Die Arbeit. In der Ambulanz gab es einen Notfall.«
»Was war denn los?«

»Jetzt lass deinen Vater erst einmal zur Ruhe kommen, Mia«, warf Frau Winter ein und reichte ihm den Teller. »Ein Glas Wein, Schatz? Um abzuschalten? Du hattest einen anstrengenden Tag ...«

»Danke, aber du weißt, dass ich nichts trinke«, lehnte er ab und stand kurzerhand auf, um mit einem Krug Leitungswasser aus der Küche zurückzukehren. Als er sich wieder setzte, wandte er sich an seine Tochter. »Ein Junge ist mir unter den Händen weggestorben. Das war los.« Er schenkte sich ein Glas Wasser ein. »Er war in eurem Alter«, brummte er Richtung Ben und Tommy und nahm einen großen Schluck.

»Das ist ja schrecklich«, entfuhr es Frau Winter. »Woran ist er gestorben?«

»Heroin. Der Dummkopf hatte sich eine Überdosis gespritzt.«

»Waren seine Eltern bei ihm?« Die Lippen seiner Frau wurden bleich.

»Er hatte keine mehr.« Dr. Winter leerte sein Glas und füllte sich ein weiteres. »Aber lassen wir das. Kümmern wir uns lieber um das Leben unserer Kinder. Ist nicht bald Sprechtag?«

Sie nickte. »Morgen Abend. Hast du da frei?«

»Da habe ich Dienst. Den kann ich unmöglich verschieben.«

»Soll ich ohne dich gehen? Die paar Lehrer schaffe ich auch allein.«

»Mit wie vielen musst du denn sprechen?«, erkundigte sich Dr. Winter.

»Bei Mia sind es eh nicht so viele«, antwortete sie und schaute zu Ben. »Aber bei dir müssen wir unbedingt zu Herrn Thomaser.«

»Was ist mit Herrn Thomaser?« Die Stimme von Bens Vater klang alarmiert. Es ist wohl die Stimme, mit der er sich auch im Krankenhaus durchsetzt, dachte Tommy.

»Mutter, lass uns jetzt nicht von der Schule reden …«, versuchte Ben, vom Thema abzulenken. »Das Essen war bis jetzt so gemütlich.«

»Was ist mit Herrn Thomaser?«, wiederholte sein Vater deutlich härter.

»Ich habe am Dienstag eine Prüfung bei ihm«, antwortete Ben kleinlaut.

»Er hatte in letzter Zeit Schwierigkeiten in Mathe. Die letzten Tests waren wohl nicht so leicht«, kam ihm seine Mutter zu Hilfe.

Dr. Winter brachte es allerdings gleich auf den Punkt. »Du hast sie also verhauen?«

»Ich habe sie nicht verhauen«, platzte es aus Ben heraus. »Aber der Thomaser hasst mich! Er würde mich am liebsten durchfallen sehen.«

Sein Vater zeigte mit dem Finger auf ihn. »Wenn du schlechte Noten hast, ist das eine Sache. Aber gib nicht den Lehrern die Schuld dafür, dass du faul bist.«

»Ich bin nicht faul!«, schrie Ben, und die Knöchel seiner Finger, die die Tischkante umklammerten, traten spitz hervor.

»Ben, nicht in diesem Ton!«, schaltete sich seine Mutter wieder ein.

»Ich wollte ja gar nicht von der Schule reden, ihr habt damit angefangen!«

Sein Vater goss sich ein weiteres Glas Wasser ein. Das Essen auf seinem Teller hatte er immer noch nicht angerührt. »Es lässt sich nicht alles aufschieben, Junge. Irgendwann muss man sich den Dingen stellen.«

»Jawohl, Doktor Winter«, erwiderte Ben zackig. »Aber was weißt du schon? Zu deiner Zeit hat man ja noch mit Rechenschiebern gerechnet. Du hast keine Ahnung, wie schwer es in der Schule ist. Das ist die Hölle!«, spie er förmlich aus.

Energisch schüttelte sein Vater den Kopf. »Jeder hat sein Päckchen zu tragen, also reiß dich zusammen, und mach endlich was aus deinem Leben! Andere schaffen es schließlich auch.«

»Ich bin aber nicht andere!«, erwiderte Ben heftig. »Und vielleicht schaff ich mein Leben nicht!« Er hielt kurz inne, bevor er das Besteck auf den Teller warf. »Wisst ihr was? Ich schmeiß einfach die Schule, dann brauchen wir nie wieder davon zu reden.«

Tommys gute Laune war verflogen. Er hatte nicht damit gerechnet, dass es an diesem Abend zu einem Streit kommen würde, und hätte er es gewusst, wäre er zu Hause geblieben. Vor allem wollte er sich nicht einmischen, auch wenn Ben ihm ein paar verstohlene wie auffordernde Blicke zuwarf. Trotzdem hielt er es wie Mia und starrte betreten auf den Teller vor sich.

»Dass du dein Leben nicht ernst nimmst, wissen wir. Aber behalt solche Sprüche für dich!«, rief Bens Vater aufbrausend.

»Schatz, es geht um deine Zukunft«, unternahm seine Mutter den verzweifelten Versuch, den Streit zu schlichten. »Es ist wichtig, dass du dich anstrengst.«

Aber Ben wollte sich nicht beruhigen, denn er war nicht minder wütend. »Ich streng mich sehr wohl an. Tommy und ich haben die ganze Zeit gelernt!«

»Ja, heute ein Mal! Und was ist mit den Tagen davor? All die Wochen, in denen du nichts getan hast?«, wandte Dr. Winter ein.

»Ich habe immer etwas getan. Aber so einfach ist das nicht!«

»Dann erklär mir, warum dein ganzes Schuljahr, ach, was sag ich, dein ganzes Leben von einer einzigen Prüfung abhängt!«

»Weil mich der Thomaser hasst! Ich habe euch schon oft versucht, zu erklären, dass er mich auf dem Kieker hat, aber du wolltest mir ja nie glauben.«

»Jetzt hör endlich auf mit den Ausreden! Du bist faul, basta!«, schrie sein Vater und fuchtelte mit der Hand durch die Luft.

»Ich bin nicht faul«, wiederholte Ben, »ich arbeite mir für die Schule den Arsch ab!«

Dr. Winter verdrehte die Augen. »Unsinn, du hast dein ganzes Leben noch nie gearbeitet!«

»Na und? Es ist mein Leben! Ich kann damit machen, was ich will!«

»Man sieht ja, was du daraus machst!« Bens Vater schlug mit der flachen Hand auf den Tisch, dass alle zusammenzuckten. »So! Schluss, aus jetzt!« Sein Zeigefinger deutete auf die Brust seines Sohnes. »Solange du unter meinem Dache lebst, werde ich deine Faulheit nicht länger tolerieren.«

Ben reckte herausfordernd das Kinn. »Und was willst du jetzt machen?«, schleuderte er ihm entgegen.

Tommy sah, dass Ben am ganzen Körper zitterte. Ihm wurde flau im Magen. Er kannte seinen Freund gut genug, um zu wissen, dass er jetzt keinen Rückzieher machen würde. Dafür war er schon zu weit gegangen. Und er konnte sich auch nicht vorstellen, dass Dr. Winter klein beigeben würde.

»Das werd ich dir sagen!« Wieder war der Zeigefinger in der Luft. »Du wirst dir, wie du selbst sagst, deinen Arsch aufreißen und verdammt noch mal lernen! Mir ist egal, wie du es anstellst, aber wenn du die Prüfung nicht schaffst, brauchst du gar nicht mehr nach Hause zu kommen.« Der Finger schwenkte Richtung Tür.

»Schatz ...«, lenkte Bens Mutter noch einmal ein, doch er beachtete sie nicht.

»Von mir aus kannst du bei deinen Freunden wohnen!«, wetterte er.

Frau Winter sah Tommy traurig und beschämt an. »Du gehst jetzt wohl lieber.«

Er nickte. »Danke für die Einladung und das Essen«, verabschiedete er sich so höflich wie möglich und warf Ben einen Blick zu.

Der sagte nichts. Mias Miene hingegen spiegelte die verschiedensten Facetten von Kummer wider.

Dann ging Tommy hinaus.

Tommy hatte sich fehl am Platz gefühlt. Ihm setzte zu, dass der Abend so gelaufen war. Er hatte wirklich gehofft, einen einzigen Tag ohne Streitigkeiten verbringen zu können. Sein Wunsch war wohl utopisch, vielleicht hatte er es nicht verdient. Und es war richtig gewesen, dass er gegangen war. Auch wenn Ben sein bester Freund war, war ein Streit doch etwas Privates, ja beinahe Intimes.

Ihm fielen Dr. Winters Worte ein. »Jeder hat sein Päckchen zu tragen.« Und er gab ihm recht. Tommy hatte den Mund gehalten, weil er es nur allzu gut kannte. Auch deswegen war er gegangen. Er würde nicht wollen, dass jemand mitbekam, was bei ihm zu Hause los war. Deswegen lud er selbst kaum Freunde zu sich ein.

Die Straße war menschenleer. Tommy war bereits ein gutes Stück gegangen, als dumpfe, hastige Schritte an sein Ohr drangen.

»Tommy!«, hörte er seinen Namen rufen.

Er drehte sich um und erkannte Mia im trüben Licht der Straßenbeleuchtung. Seit dem Nachmittag war es noch kälter geworden, trotzdem trug sie nur Pantoffeln und hatte keine Jacke an. Als sie zu ihm aufgeschlossen hatte, blieb sie schwer atmend stehen.

»Was machst du hier draußen? Du wirst dich noch erkälten.« Er zog seine Jacke aus und legte sie ihr um die bebenden Schultern.

»Sie streiten sich noch immer«, antwortete Mia zitternd. »Ich hab es nicht mehr ausgehalten.« Im Schein der Straßenlaterne bemerkte er das Schimmern in ihren Augen. Sie hatte geweint. »Ich hasse es, wenn sie streiten.«

»Das kann ich verstehen. Mir geht es oft nicht anders.«

»Ich weiß, deswegen tut es mir so leid … Das ist alles meine Schuld.«

»Was meinst du, Mia?«

»Ich wollte nicht, dass es dazu kommt.«

»Meinst du Ben?«, fragte er irritiert. »Mach dir keinen Kopf deswegen. Er wird die Prüfung schaffen. Wir sind heute noch einmal alles durchgegangen. Er weiß jetzt, was er zu lernen hat.«

»Darum geht es mir nicht ...«

»Um was geht es dir dann?« Er sah Mia an. Ihre Lippen waren blau, und trotz seiner Jacke schien sie furchtbar zu frieren.

»Denkst du, ich stelle mich jeden Sonntag stundenlang in die Küche?«, hauchte sie. Ihre Augen schimmerten.

»Ich verstehe nicht ...«

»Dann denk mal drüber nach!«, fuhr sie ihn an. Sie wirkte jetzt abweisend und machte Anstalten, sich umzudrehen und zurückzukehren, aber Tommy hielt sie am Arm fest.

»Mia, warte ...«, flüsterte er. »Sag mir, was los ist.«

»Gar nichts ist los!«

»Worum geht es?«

»Darum, dass wir einen schönen Abend verbringen! Ich weiß, wie selten du so etwas hast.«

»Ach, das weißt du?«

Sie bemerkte seinen harschen Tonfall und blickte erschrocken auf. »Nein, ich ... Ich weiß nur, dass es bei dir zu Hause ...«, fing sie an, brach jedoch ab. »Es tut mir leid. Wir müssen nicht darüber reden, wenn du nicht willst.«

Nein, das wollte er nicht. Aber das sagte er ihr nicht. Tommy wusste, wenn er es aussprechen würde, würden seine Worte sie verletzen. Sie gingen einige Momente schweigend nebeneinander her, nur ihre gleichmäßigen Schritte hallten auf dem Asphalt.

»Es tut mir leid«, wiederholte sie leise.

»Du musst dich nicht entschuldigen«, gab er zurück.

»O doch. Es war meine Idee. Das Essen, meine ich.«

»Wirklich?«, fragte er überrascht.

Sie nickte.

»Es war ein schöner Abend«, bedankte er sich, aber sie sah ihn mit hochgezogenen Augenbrauen an. »Das ist mein Ernst. Jedenfalls der größte Teil davon«, korrigierte er sich. »Besser?«

»Etwas«, erwiderte sie. »Wenn die beiden nicht zu streiten angefangen hätten! Vati ist überlastet. Seit er befördert worden ist, kennt er nur noch seine Arbeit, und wir kriegen ihn kaum noch zu Gesicht. Und Ben ...«

»Mia, hör endlich auf, dich zu rechtfertigen!«

»Nur wenn du mir versprichst, dass du es ihnen nicht übelnimmst!« Sie wischte sich über die Augen. »Dass du es *mir* nicht übel nimmst ...«

»Glaub mir, das tue ich nicht, also mach dir keinen Kopf deswegen, es ist alles in Ordnung.«

»Versprochen?«

»Versprochen«, sagte er und nickte.

Mia blieb stehen. Sie schien erleichtert. »Sehen wir uns morgen in der Schule?«, fragte sie und zupfte an ihrem Ärmel herum.

»Auf jeden Fall.«

Ihre Miene hellte sich auf. »Gute Nacht, Tommy«, sagte sie, und ehe er reagieren konnte, lag sie auch schon in seinen Armen und drückte sich an ihn.

Dann, ohne ein weiteres Wort, gab sie ihm die Jacke zurück, drehte sich um und verschwand in der Nacht.

Kurz vor seinem Haus vibrierte das Handy in seiner Hosentasche. Tommy nahm den Anruf entgegen, ohne aufs Display zu schauen, denn er wusste auch so, wer ihn anrief.

»Wie geht's dir?«, fragte Tommy ohne Umschweife. »Alles in Ordnung?«

»Was denkst du?«, hörte er Bens Stimme. »Gar nichts ist in Ordnung. Er lässt einfach nicht mit sich reden. Wo bist du gerade?«

»Vor meinem Haus. Und du?«

»In meinem Zimmer. Unten war der Teufel los.«

»Ist noch was passiert, nachdem ich gegangen bin?«, wollte Tommy wissen.

»Nachdem du weg warst, hat mein Vater genau da weitergemacht, wo wir aufgehört haben«, antwortete Ben. »Ich halte es nicht mehr aus. Er steht nicht hinter mir, und meine Mutter würde sich nie gegen ihn stellen. Nur ich soll klein beigeben. Aber das kann ich nicht. Es ist mein Leben!«

»Das weiß ich«, versuchte ihn Tommy zu beschwichtigen, aber Ben hörte ihn nicht.

»Mutter war es irgendwann auch zu viel, und sie ist nach oben gegangen. Ich habe sie noch nie so weinen gesehen.«

»Tut mir leid, Mann.«

»Nur weil Vater auf einmal Oberarzt ist, denkt er, er kann mich herumkommandieren. Seit ich klein bin, versucht er, mich zu einer jüngeren Version von sich zu erziehen. Das kotzt mich an! Er hat wirklich keine Ahnung, wie schwer die Schule ist. Du weißt selbst, was sie von uns fordern.«

»Klar weiß ich das. Aber, Ben, sicher will er nur das Beste für dich …«

»Einen Scheiß will er! Du hast es selbst gehört. Er hat mich angeschrien. Er hat gesagt, ich bin eine Enttäuschung.«

»Ben …«

»Mein eigener Vater will mich aus dem Haus werfen, wenn ich die Prüfung nicht schaffe.«

»Das wird er nicht, er hat sicher nur …«

»Hör auf, ihn zu verteidigen! Auf welcher Seite stehst du eigentlich?«, fuhr Ben ihn an.

Tommy schwieg, sein Blick wanderte über die menschenleere Straße, die in der Nacht verschwand.

»Tut mir leid«, hörte er Ben durch den Hörer. »Ich bin halt wütend. Nur weil sich irgendein Junge in unserem Alter den goldenen Schuss gegeben hat, macht mich mein Vater an, aber was kann ich dafür? Er soll sich lieber um seine Patienten kümmern und mich in Ruhe lassen!«

Tommy hörte nicht richtig hin und fragte sich, wohin ihn die Straße führen würde. Von Kreuzung zu Kreuzung. Von Ort zu Ort. Hinaus in die Welt, eine Welt, in der alles anders war.

»Tommy? Hast du mich gehört!«

»Hm?«

»Ich habe dich gefragt, ob du jemals über Selbstmord nachgedacht hast?«

Was? Mit einer solchen Frage hatte Tommy nicht gerechnet. Er war wieder im Hier und Jetzt. Die Gedanken an eine bessere Welt waren verschwunden. Vielleicht hatte sie nie existiert.

»Wie kommst du darauf?«, fragte er vorsichtig.

»Wegen der Kunststunde und was uns Frau S. erzählt hat. Dass der Tod befreit ... Vielleicht tut er das.«

»Denkst du das wirklich?«, fragte er zweifelnd.

»Es ist nur ... Dann wäre die ganze Scheiße einfach vorbei.«

»Ich weiß nicht, was du hören willst, Ben, aber so darfst du nicht reden.«

»Vielleicht hat mein Vater recht und es hängt wirklich alles von dieser Note ab. Mein ganzes Leben. Und ich schaff es nicht. Die Prüfung ist schon in zwei Tagen. Und es ist nicht nur Mathe, auch Luka und die anderen. Es wird sich nie ändern«, fuhr Ben fort, und zum ersten Mal wurde Tommy bewusst, wie verzweifelt sein Freund tatsächlich war. Es machte ihm Angst. »Ich hasse es. Ich hasse es und halte es nicht mehr aus. Wenn ich dich nicht hätte ...«

»Aber du hast mich«, beruhigte er ihn. »Du bist wie ein Bruder für mich.«

»Das weiß ich«, sagte Ben und lachte bitter. »So wie es ausschaut, werde ich schon bald bei dir einziehen müssen. Dann hast du mich am Hals. Ich würd's ihm sogar abkaufen, dass er seine Drohung wahr macht.«

»Denkst du denn, dass es bei mir besser ist?«, fragte Tommy und drehte sich zu seinem Haus um.

»Überall ist es besser als bei mir«, hörte er Ben.

Tommy sagte nichts und blickte zum Fenster im Obergeschoss. Es war das Fenster des Elternschlafzimmers. Kein Licht brannte darin. Ben hatte ja keine Ahnung.

Ben räusperte sich. »Dass das Essen so gelaufen ist, war scheiße. So war es nicht geplant, Mann.«

»So was Ähnliches hat Mia auch gesagt. Sie hat das fertiggemacht.«

»Stimmt. Sie ist weinend rausgerannt. Ist sie dir hinterher?«

»Mmh, wir haben noch ein bisschen über die Schule geredet.«

»Apropos Schule, morgen ist Sprechtag. Gehst du hin?«, erkundigte sich Ben.

»Vielleicht. Mum wollte mich fahren, aber ich bin mir nicht sicher, ob das noch steht. Ich habe sie heute nicht gesehen.«

»Okay, wir reden morgen darüber. Wie's aussieht, muss ich die halbe Nacht durch lernen und kann erst in ein paar Stunden schlafen gehen. Morgen früh hole ich dich bei dir ab.«

Sie beendeten das Gespräch. Auch Tommy spürte die Müdigkeit, aber bevor er sich ins Bett legen konnte, musste er noch etwas erledigen.

Zuerst vergewisserte er sich, dass sein Vater noch in seinem Sessel vor dem Fernseher lag, dann schlich er sich am Wohnzimmer vorbei die Treppe hoch, klopfte leise ans Elternschlafzimmer und ging hinein. Dort drinnen sah er nur wenig, seine Augen mussten sich erst an die Dunkelheit gewöhnen, bis schließlich das Mondlicht, das durch die Jalousien fiel, ausreichte, um etwas zu erkennen. Seine Mutter lag mit dem Rücken zur Tür auf der Seite. Sie hatte sich eng in die Bettdecke eingewickelt und sie bis zum Kinn hochgezogen. Ihr Atem war unruhig.

»Bist du noch wach?«, flüsterte Tommy, aber er bekam keine Antwort. »Mum? Ich bin's.«

Daraufhin regte sie sich. Vorsichtig drehte sie sich zu ihm um, immer darauf bedacht, die Decke über ihren Schultern zu halten. Unendlich langsam schlug sie die Augen auf.

»Hallo, Schatz«, murmelte sie. »Wie war dein Wochenende? Bist du gerade von Ben gekommen?«

Über die zweite Frage wollte er in dieser Nacht nicht mehr sprechen, und die erste versetzte ihm einen Stich. Auch wenn es seine Mutter nicht offen aussprach, überhörte er nicht den leisen Vorwurf, dass er sie nicht begleitet hatte. Und das Schlimmste war, sie hatte recht. Er war nicht für sie da gewesen.

»Mein Bild ist fast fertig«, antwortete er zögernd. »Gestern waren meine Finger schon fast taub vom vielen Zeichnen.« Damit wollte er ihr einen akzeptablen Grund liefern, der rechtfertigte, warum er nicht mitgekommen war. Aber er wusste, dass es nicht reichte. Vielleicht tat es das für seine Mutter, ja, aber nicht für ihn.

»Freut mich, dass du weiterkommst«, sagte sie und faltete die Hände unter der Wange, um ihren Kopf abzustützen. »Du zeigst es mir doch als Erste, wenn es fertig ist, nicht wahr?«

Tommy nickte. Seine Mutter war immer die Erste, der er seine Bilder zeigte. Schon als kleiner Junge war er mit Zeichnungen auf Schmierblättern immer nur zu ihr gerannt.

»Es tut mir leid«, hörte er sich selbst flüstern. So oft hatte er diesen Satz heute schon gehört. Doch diesmal kam er von ihm, nicht von Mia und auch nicht von Ben.

»Was denn, Schatz?« Dass sie ihn auch jetzt so nannte, ließ ihn sich noch schlechter fühlen.

»Dass ich gestern nicht mitgefahren bin«, erwiderte er leise. »Du hättest mich gebraucht, das weiß ich.«

»Denk nicht mehr daran, Tommy. Die Einkäufe waren nicht so schwer, wie ich gedacht habe.«

Doch sie wussten beide, dass es nicht um das Tragen von Lebensmitteln gegangen war. Solange es nicht ausgesprochen wurde, existierte es nicht, so war es bei ihnen, seit er sich erinnern konnte.

Die Mutter richtete sich halb auf. Fahles Licht fiel auf den dunklen Fleck um ihr linkes Auge. Es war blutunterlaufen. Gestern Morgen hatte er die Verletzung nicht so stark wahrgenommen. Tommy war sich nicht sicher, wie sein Vater darauf reagieren würde, vielleicht würde es ihn reizen. Trotzdem, er sollte ruhig sehen, was der Preis seiner Nähe war.

»Es tut mir leid«, wiederholte Tommy und spürte ein Brennen in seiner Kehle. »Ich wollte nicht, dass er ...«

»Es ist nicht deine Schuld«, unterbrach sie ihn.

Tommy schluckte schwer, denn er wusste, dass es nicht stimmte. »Wie lange soll das so weitergehen?« Sein Blick haftete an dem blauen Auge, ein Mahnmal, das der Vater hier, in diesem Zimmer, mit der Faust im Gesicht seiner Frau hinterlassen hatte.

Sie presste die Lippen zusammen, eine einzelne Träne löste sich und lief ihre Wange hinunter. »Ich bin müde.« Sie ließ sich aufs Kissen zurücksinken und drehte sich um, die Decke immer noch bis unters Kinn gezogen.

–8–

Tommy wandte sich wieder direkt an Lea. »Alles in allem war es nicht das beste Wochenende meines Lebens gewesen. Da gab es bessere.«

Die Psychologin glaubte ihm aufs Wort. »Erzähl mir von dem Samstag. Was hast du an dem Tag gefühlt?«

»Meinen Sie wegen meines Dads?«

»Ich würde lieber erst über deine Mutter sprechen.«

Er nickte. »Dann fragen Sie.«

»Wie hast du dich gefühlt, als sie am Morgen in dein Zimmer gekommen ist?«

»Gar nicht gut.«

»Warum?«

Seine Miene verhärtete sich. »Ich habe mich schuldig gefühlt, okay? Mir war klar, dass sie mich gebraucht hat, dass ich für sie hätte da sein müssen. Aber ich konnte nicht mit ihr mitfahren, alles in mir hat sich dagegen gesträubt.«

»Was genau hat dich davon abgehalten?«

»Dieses Gefühl ...«, setzte er an, »ich kann es nicht beschreiben. Ihr Anblick hat mich innerlich zerrissen, verstehen Sie? Ihr blaues Auge – ich konnte, nein, ich *wollte* nicht. Alles was ich wollte, war, mich abzulenken. Also habe ich gemalt.« Tommy blickte sie an.

Lea spürte, dass er etwas von ihr hören wollte. Ein Urteil, eine Wertung. Etwas, das ihm diese Schuld nahm, die er verspürte. »Es ist eine Form der Verarbeitung. Das ist normal.«

»Also denken Sie nicht, dass es mich zu einem schlechten Sohn macht?«

»Ich denke, es macht dich menschlich«, erwiderte Lea. »Kinder sollten nicht die Last ihrer Eltern tragen. Die sollten Halt bei ihrem Partner finden.«

Tommy ließ einen abfälligen Laut hören und betrachtete seine Hände. »Den hat sie bei meinem Vater schon lange verloren. Wenn sie ihn überhaupt jemals gehabt hat. Wäre Mum Samstagnacht heimgekommen, wäre er wieder zu ihr hoch und hätte seine Wut von unserem Streit an ihr ausgelassen.« Er senkte den Kopf und blickte auf seine Hände. »Ich hätte nicht antworten sollen.«

»Was meinst du?«

»Kriegst du es?« Seine Stimme war leise, aber Lea verstand jetzt, was er meinte. »Ich hätte es ignorieren müssen und die Klappe halten sollen.«

»Wegen der Ohrfeige?«, hakte Lea nach.

Tommy ließ von seinen Händen ab und schaute ihr direkt in die Augen. »Weil er sich meine Antwort gemerkt hat. Ich war wütend und hätte ihn nicht reizen dürfen. Jetzt weiß ich, dass es ein Fehler war, aber nun kann ich es nicht mehr ändern.«

»Was kannst du nicht mehr ändern?«

»Ben hatte es auch nicht leicht«, wechselte er das Thema.

Sie ließ Tommy gewähren und kam nicht umhin, zu bemerken, dass er wieder in die Vergangenheit wechselte. Sie presste die Lippen zusammen und dachte an

Becks mahnende Worte: *Sie dürfen sich nicht von ihm irritieren lassen.* »Bist du öfters bei den Winters zu Besuch?«

»Ich war öfters bei Ben als er bei mir. Das heißt aber nicht viel«, sagte er, wie um sich zu rechtfertigen. »Ich wollte nie, dass jemand zu uns kommt. Weil mein Vater sich nie zurückgenommen hat. Auch dann nicht, wenn Besuch im Haus war.«

Leas Unbehagen stieg. »So viele Tote", hatte Bachmann gesagt. Was, um alles in der Welt, war geschehen? »Hat es Ben eigentlich mitbekommen? Hat er gewusst, wie es bei dir zu Hause war?«

»Doch, schon«, gab Tommy zurück. »Er wusste am meisten von mir, von allen verstand er mich am besten.«

»Verständlich, immerhin hatte er ja ähnlichen Ärger in seiner Familie.« Zwar ging jeder Mensch anders damit um, aber letztendlich war Schmerz Schmerz. »Und Mia?«

»Was soll mit ihr sein?«, fragte er schnell.

»Immerhin ist sie dir hinterher.«

»Ja, das ist sie.« Sie musste ihn etwas länger anschauen, bis er ihre stumme Frage zu verstehen schien. Nach einer Weile schüttelte er den Kopf. »Sie war Bens Schwester«, sagte er knapp.

»Hat sie auch diese Probleme mit ihrem Vater?«

»Nein. Auch wenn es Ben ihr nie vorgehalten hätte, war sie der Liebling ihres Vaters. Es hat ihn nicht weiter gestört, solange er ihn in Ruhe ließ und sich nicht in sein Leben einmischte.«

»Verstehe.«

»Die Schule war für ihn schon Stress genug. Für die Matheprüfung zu lernen, hat ihn halb wahnsinnig gemacht und am Abend war das Fass wohl übergelaufen.«

Lea nickte. »Schade, dass Bens Vater den Abend ruiniert hat.«

»Doktor Winter kennt kein Versagen. Für ihn musste Ben immer funktionieren. Er wollte, dass er in seine Fußstapfen tritt.« Tommy hob die Schultern. »Dass seine Mutter nie Partei für Ben ergriffen hat, hat es nicht leichter gemacht. Er hat sich alleingelassen gefühlt.« Er schüttelte den Kopf, wie um seine Gedanken zu ordnen.

»Hat Ben öfter darüber geredet?«, fragte sie leise, ehe er fortfahren konnte. »Über Selbstmord?«

»Nein, zumindest nicht ernsthaft«, antwortete Tommy knapp und presste die Lippen zusammen. »Es war das erste und einzige Mal.«

Lange blickten sie sich an und ergründeten einander. Schließlich erzählte er weiter.

–9–

Canossa II

Anders als Ben gesagt hatte, holte er ihn am nächsten Morgen nicht ab. Tommy wartete vor seiner Haustür, erst fünf, dann zehn Minuten. Nachdem Ben nicht auf seine SMS reagiert hatte, brach er schließlich auf. In der Schule glaubte Tommy noch, Ben würde mit Verspätung nachkommen, aber als zwei Stunden später der Platz neben ihm immer noch frei war, gab er den Gedanken auf. Überraschenderweise war sein Freund aber nicht der Einzige, der fehlte. Auch Herr Dander, ihr Biologielehrer, war nicht zu seiner Stunde vor der Pause erschienen. Fünf Minuten vor Beginn streckte Frau S. den Kopf in die Klasse und winkte Tommy zu sich.

»Was gibt es denn?«, fragte er vorsichtig. Ihr letztes Gespräch hatte nicht allzu gut geendet.

»Ich springe für Herrn Dander ein«, antwortete sie. »Anscheinend hat er sich bei der letzten Exkursion was eingefangen.« Sie biss sich auf die Lippe, um ein Lachen zu unterdrücken. »Ich hoffe, diesmal wird ihm das eine Lehre sein. Vielleicht hält es ihn jetzt davon ab, jeden Pilz zu probieren, den ihm die Schüler unter die Nase halten und den er für essbar erklärt. Übrigens, ich habe tolle Neuigkeiten. Ich habe dir ja von dem Freund erzählt. Dem Galeristen.«

Natürlich erinnerte er sich. »Was ist mit ihm?«, fragte er schnell.

»Nun, er hat bei mir vorbeigeschaut, und ich bin nicht umhingekommen, ihm deine Zeichnungen zu zeigen.«

»Und? Was meint er?« Wie konnte sie ihn jetzt nur so zappeln lassen!

»Er findet deine Arbeiten recht gut.«

Tommy war völlig überrumpelt. »Nicht Ihr Ernst!«

»O doch, deine Bilder – sie gefallen ihm! Und er meint, wenn du ihn kennenlernen und im Sommer vielleicht sogar bei ihm ausstellen willst, solltest du direkt zu Beginn der Ferien in sein Atelier kommen. Es ist nichts Großartiges, aber er gibt jedem eine reelle Chance. Ich denke, du erhältst einen Platz!«

»Geil – ich meine, super!«, rief er, und sie beide lachten.

»Außerdem solltest du weiter malen, je mehr Bilder du bis dahin hast, desto besser. Hast du dein Kunstprojekt schon fertig?«

»So gut wie«, bestätigte er.

Sie strahlte. »Ach ja, übrigens, du wirst nicht allein dahin gehen. Ich werde auch wieder dabei sein. Ich habe ein paar meiner alten Werke herausgekramt. Und ich male wieder!«

Tommy lächelte. »Ich habe Sie also inspiriert?«

»Könnte man sagen.« Sie warf verschwörerisch einen Blick in die Runde und beugte sich an sein Ohr. Sofort lief ein wohliger Schauer über seinen Nacken. »Denkst du, du schaffst das? Im Sommer so viel Zeit mit deiner Lehrerin zu verbringen?«

Er senkte die Stimme. »Und Sie? Mit Ihrem Schüler, meine ich?«

Frau S. zog eine Braue nach oben. »Nun ja, eigentlich sind dann Ferien. Wenn man es genau nimmt, bist du in dieser Zeit nicht mehr mein Schüler und ich nicht mehr deine Lehrerin.« Sie seufzte. »Freust du dich?«

»Natürlich, das wird der beste Sommer meines Lebens!«

»Beschrei es nicht. Aber ich glaube, du könntest recht haben.«

Die Schulglocke läutete und kündigte den Beginn der Stunde an.

Frau S. ging hinter ihm durch die Tür, trat vors Pult und hob ihre Stimme. »Ich muss euch leider sagen, dass Herr Dander diese Stunde fehlt. Ich springe für ihn ein. Aber keine Angst, ihr könnt euch ausnahmsweise mit etwas anderem als Biologie oder Kunstgeschichte beschäftigen.« Sie hob mahnend die Hand. »Solange ihr leise dabei seid. Natürlich dürft ihr aber auch gerne an eurem Projekt weiterarbeiten, das ihr nächste Woche abgeben müsst.«

Schon fingen ein paar Mitschüler an, Zeitungen vor sich auszubreiten, die meisten aber spielten auf ihren Handys herum. Tobi allerdings starrte Frau S. mit großen Augen an.

»Schon nächste Woche?«, platzte es aus ihm heraus. »Können Sie uns nicht noch etwas mehr Zeit geben?«

»Kommt nicht infrage. Ihr wisst seit Wochen davon, und ich muss die Arbeiten schließlich vor Schulende bewerten. Bei dir warte ich sogar noch auf deine letzte

Abgabe. Nächste Stunde bringst du sie mir, sonst trage ich dich negativ ein. Und diesmal keine Bilder, die deine Schwester gemalt hat! Ich sehe sofort, ob sie von dir sind oder nicht.«

Darauf gab es einige Lacher, Tobi lief knallrot an. Tommy ignorierte ihn und den Rest der Klasse und packte seine Malutensilien aus. Beflügelt von den guten Neuigkeiten fing er zu zeichnen an, ein Strich folgte dem nächsten. Es dauerte nicht lange, da hatte er alles andere in seiner Umgebung ausgeblendet. Alles, bis auf Frau S., deren Blicke er immer wieder am Rand seiner Wahrnehmung spürte.

Tommy wurde erst wieder aus seinem Zeichenfluss gerissen, als Frau S. gegen Ende der Stunde verkündete, dass sie etwas früher gehen müsse. Während sie die Klasse verließ, blickte er ihr hinterher, und so bemerkte er nicht, wie sich ihm Tobi von der Seite näherte. Er klopfte ihm auf die Schulter, Tommy fuhr erschrocken herum.

»Ist das dein Bild für Kunst?«, fragte Tobi. »Sieht echt super aus.«

Tommy nickte nur.

Tobi wusste, sie waren keine Freunde. »Ich habe mit meinem noch nicht mal angefangen«, fuhr er dennoch fort. »Wahrscheinlich werde ich mir einfach was aus dem Internet ausdrucken und abpausen.« Er blickte verunsichert. »Denkst du, Frau S. merkt es, wenn ich das tue? Sie kann doch nicht wirklich erkennen, ob jemand anders es gezeichnet hat, oder?«

»Du kannst es ja versuchen, finde es doch heraus«, meinte Tommy kühl.

Plötzlich stand auch Luka neben ihm. »Na, Tobi«, er knuffte ihn in die Seite, »schon rausbekommen, warum Ben fehlt?«

Natürlich, es geht um etwas anderes, dachte Tommy. Tobi redete sonst auch nicht mit ihm. Luka hatte ihn nur vorgeschickt.

»Was wollt ihr?«, fragte Tommy feindselig.

»Wir haben uns nur gefragt, wo dein schwuler Lover bleibt, so kurz vor seinem großen Tag. Sonst sieht man euch auch nie ohne den anderen.«

»Was interessiert dich das, Luka?«, schnauzte Tommy. »Halt dich aus Dingen raus, die dich nichts angehen!«

»Aber Ben geht mich was an«, entrüstete sich Luka. »Wir haben noch eine Rechnung offen, immerhin hat er meinen Vater eine Schwuchtel genannt.«

»Und du seine Mutter eine Hure. Ihr seid quitt.«

»Das sehe ich anders«, erwiderte Luka gedehnt. »Das sind wir noch lange nicht. Also, warum ist Ben nicht da?«

»Ich habe dir bereits gesagt, dass es dich nichts angeht!« Tommys Stimme überschlug sich fast.

»Wovor hat der Pisser mehr Angst, dem alten Thomaser oder vor mir?« Lukas Augen funkelten. »Was glaubst du, Tom?«

Hasserfüllt starrte Tommy zurück, aber den Gefallen, zu antworten, tat er ihm nicht.

»Egal«, sagte Luka leichthin. »Ben kann so lange schwänzen, wie er will. Er kriegt trotzdem sein Fett weg.« Seine Augen wanderten von Tommy zu seinem Bild und wieder zurück. »Und du auch.«

In der Pause hatte sich Ben noch immer nicht gemeldet, also machte sich Tommy auf die Suche nach Mia. Er fand sie draußen auf dem Schulhof unter dem einzigen Baum. Er stand auf dem kleinen Hügel, wo sie zu dritt oft die kurze Zeit zwischen den Schulstunden verbrachten. Von hier aus konnte man den Rest des Schulhofs gut überblicken. Er setzte sich zu ihr und ließ sich durch die Frühlingssonne wärmen, die durch das blühende Blätterwerk in sein Gesicht schien.

»Weißt du, was mit Ben los ist?«, fragte er nach einer Weile. »Er war nicht im Unterricht, und ans Handy geht er auch nicht.«

Langsam schüttelte Mia den Kopf, strich sich durchs Gesicht und blinzelte in die Sonne. »Um ehrlich zu sein, ich habe keine Ahnung. Sie haben sich heute Morgen schon wieder gestritten, Vati und Ben. Gestern hat mir schon gereicht, also habe ich meine Tasche gegriffen und bin raus.« Sie warf sehnsüchtige Blicke auf das Obst, das Tommy in seiner Lunch Box hatte. »In der Eile habe ich mein Essen ganz vergessen.« Sie zog eine Schnute.

Daraufhin fingen beide an, herzhaft zu lachen. Er wusste nicht wirklich, wieso, aber es tat gut.

Er hielt ihr die Box hin. »Greif ruhig zu. Ich bin noch satt von gestern. Das Essen war einfach zu lecker.«

Mias Lachen erstarb. »Lass uns nicht von gestern reden«, flüsterte sie. »Bitte. Nicht heute.« Sie schloss die Augen. »Die Sonne scheint endlich wieder, lass sie uns genießen, solange wir können.«

Den Wolken am Himmel nach zu beurteilen, nicht mehr lange, dachte Tommy. Trotzdem wollte er ihr den Moment nicht kaputt machen. Stattdessen ließ er den

Blick über den Schulhof wandern und beobachtete einige Schüler, wie sie mit Eistüten von den Schultoren zurückkamen.

»Maria hat den Eisstand aufgemacht!«, rief er ausgelassen und sprang auf. »Magst du auch eins?«

Ihre Mundwinkel schossen augenblicklich nach oben. Wenig später kam er mit zwei üppig mit Eis gefüllten Waffeln zurück und ließ sich wieder neben ihr nieder. Die nächsten Minuten verbrachten sie schweigend, während sie aßen.

Mit einem Mal verfinsterte sich Mias Miene. »Warum muss alles so schwer sein?«, hauchte sie. »Warum kann es nicht ... einfach sein?«

Sie hatte ja keine Ahnung. Seine Antwort hätte ihr nicht gefallen, also hielt er den Mund. Am Himmel erreichten die Wolken die Sonne, die warmen Strahlen in seinem Gesicht verblassten. Es wurde wieder dunkler.

»Fragst du dich das nicht auch?«, hakte sie nach.

»Doch«, gab er zurück.

Tommy fragte es sich schon sein ganzes Leben lang.

Als die Schulglocke das Ende der Pause einläutete, begleitete Tommy Mia zu ihrer Klasse und machte sich auf den Weg zu seiner eigenen. Schon ein paar Meter davor hörte er den Tumult bis in den Gang heraus. *Was ist da los?* Als er durch die Tür trat, konnte er es sehen. Tobi stand vor dem Lehrerpult, umgeben von vielen seiner Mitschüler, und hatte ein großes Zeichenblatt in der Hand. Was es zeigte, konnte Tommy von seiner Position aus nicht erkennen. Er runzelte die Stirn und warf einen Blick zu Luka, der ihn sofort fixierte.

»Da ist er ja!« Luka zeigte wie ein Showmaster auf ihn.

Daniel und Patrick klatschten zur Begrüßung Beifall, andere fielen ein.

»Jetzt kann es ja endlich losgehen«, rief Michela mit ihrer hohen Stimme lachend und war wie immer unerträglich. Warum konnte sie nie ihre Klappe halten?

Nachdem Michela Luka vor allen übertrieben geküsst hatte, zog sie etwas aus seiner Hosentasche und warf es Tobi zu, der es ungeschickt auffing.

»Na los, du hast sie gehört«, forderte Luka. »Fang an!«

Erst jetzt konnte Tommy erkennen, was sie ihm zugeworfen hatte. Es war ein Feuerzeug. Tobi hielt es langsam an die untere Ecke des Papiers, blickte kurz zu Tommy und sofort wieder zu Luka.

»Mach schon, oder hast du Schiss?«, grölte Patrick von der Seite.

»Ja, genau, mach schon!«, feuerte Michela ihn an, aber Tobi zögerte immer noch.

»Nein, er macht es nicht!« Das war Daniel. »Jetzt wird wohl nichts aus dem Zehner!«

»Scheiß auf den Zehner!« Patrick lachte meckernd. »Fackel es ab, dann lässt dich Michela sie anfassen!«

»Aber nur kurz!«, warf sie ein, verschränkte die Arme vor der Brust und verfiel schnell wieder in ihr schrilles Lachen. Was Tobi anfassen dürfte, war nicht zu übersehen.

»Zünde es an, tu es!«, forderte Luka. Seine Stimme war hart und duldete keinen Widerspruch.

Schließlich betätigte Tobi das Feuerzeug. Es dauerte etwas, bis die kleine Flamme auf das Papier übersprang, aber sobald das Feuer brannte, fraß es sich langsam über das Blatt. Die meisten in der Klasse johlten begeistert.

»Jetzt zeig es ihm schon, zeig es ihm!«, rief Patrick und sah zu Tommy.

Tobi tat wie ihm geheißen, drehte das kokelnde Papier um und hielt es ihm entgegen. Tommy stockte der Atem. Die Zeichnung auf dem Papier sah aus wie … Schnell schaute er auf seinen Platz, der zu seinem Entsetzen leer war.

Sein Bild!

Es war nicht mehr da! Es fing gerade in Tobis Hand Feuer. Luka schaltete sich in das Geschehen ein. Er warf das Bild in den Mülleimer und löschte es mit einem Schwall Wasser aus einer Flasche. Anschließend drehte er sich zur Klasse um und verbeugte sich theatralisch vor seinen Mitschülern. Tommy war immer noch fassungslos, aber seine Wut war zu groß, als dass er sie hätte herunterwürgen können.

»Spinnst du, Luka?«, schrie er und stürmte an ihm vorbei zum Mülleimer. Das Kunstprojekt, sein Bild, an dem er wochenlang gemalt hatte – unwiderruflich vernichtet. Seine skizzierte Welt war zu einem Häufchen Asche verbrannt. Der Rest ertrank. Tommy lief es eiskalt den Rücken hinunter. Das Lachen der Klasse in seinen Ohren wurde immer leiser, bis er alles ausgeblendet hatte. Alles, was er sah, war Luka vor dem Pult, mit seinem Funkeln in den Augen, die jede seiner Regungen verfolgten. Tommy lief auf ihn zu, vorbei an Tobi, der vor Luka stand.

»Ich wollte nicht …«, fing Tobi an, aber Tommy würdigte ihn keines Blickes. Auch wenn er es gewesen war, der sein Bild in Brand gesteckt hatte, wusste er, wer dafür verantwortlich war. Luka hielt die Fäden in der Hand. Das tat er immer.

»Pass auf, da ist wohl jemand sauer auf dich!«, rief Patrick.

Luka nahm es mit seiner gewohnten Überheblichkeit auf. »Warum denn auf mich? Ich habe doch gar nichts gemacht!« Er grinste und beendete den Satz erst, als er vor ihm stand.

Tommy wollte ihn schlagen, Lukas Gesicht auf seiner Faust spüren, und er fragte sich, wie viele Treffer es wohl bräuchte, ihm das verschlagene Grinsen aus der Visage zu prügeln. Wie konnte jemand so durchtrieben sein? Wie konnte man so grausam sein?

Aber genau in diesem Moment, als er glaubte, die Kraft aufbringen zu können, es endlich zu tun, öffnete sich die Tür und jemand trat in die Klasse. Es war Helga, die Schulsekretärin.

»Hallo, ihr Lieben«, sagte sie etwas aus der Puste. »Herr Dander schafft es auch nicht zur zweiten Stunde. Anscheinend hat es ihn schlimmer erwischt als gedacht. Das Problem ist, dass wir auf die Schnelle keinen Lehrer haben, der einspringen könnte.« Sie sah etwas unsicher in die Runde. »Könnt ihr euch eine Stunde allein beschäftigen? Schafft ihr das?«

»Kein Problem, Helga«, tönte Michela und setzte ihren Hundeblick auf. »Wir kommen schon zurecht!«

»Sicher? Sonst schaue ich nach, ob ich jemanden finde. Ich kann Herrn Müller gegenüber Bescheid geben, dass er die Tür offenlassen soll.« Sie stockte und blickte irritiert in die Runde. »Hat hier jemand geraucht?«, fragte sie und verzog den Mund. »Ihr wisst, dass das nicht erlaubt ist. Wenn ihr schon rauchen

müsst, macht das nach der Schule außerhalb des Gelän-
des.« Sie stemmte die Hände in die Hüfte. »Und selbst
dann wäre es besser, wenn ihr es ganz lasst.«

»Das wissen wir doch, Helga«, sagte Michela. »Wir haben nicht geraucht. Wahrscheinlich kommt der Geruch
von draußen.«

Tommy konnte es nicht fassen, doch Helga kaufte es
ihr tatsächlich ab. Er würde ihr nicht sagen, was gerade
vorgefallen war. Nicht Helga, sie konnte ihm sowieso
nicht helfen.

Nachdem sie wieder verschwunden war, wurde es ruhig in der Klasse. Alle schauten zu ihm und Luka. Offenbar erwarteten sie, dass sie da weitermachten, wo
sie aufgehört hatten. Tommy kochte immer noch vor
Wut, doch seine Resignation war zurückgekehrt, und
er wusste, dass er keine Chance gegen Luka hatte. Und
selbst wenn er durch einen glücklichen Zufall irgendwie die Oberhand gewinnen würde, würden Patrick
oder Daniel Luka mit Sicherheit sofort zur Seite springen. Es war noch nie fair gewesen. Tommy entschied
sich, Lukas böses Grinsen zu ignorieren, sie alle zu ignorieren, und den Klassenraum zu verlassen. Sein Ziel
waren die Toiletten. Dort ließ er den Wasserhahn laufen. Tommy nahm eine Handvoll und tauchte sein Gesicht in das kühle Nass.

Und atmete tief durch.

–10–

Der erste Schlag traf ihn hart und schwer.

Lukas Faust hatte sich tief in seinen Bauch gegraben, Schock und Schmerz ließen Tommy aufkeuchen. Die Luft strömte aus seinen Lungen, die ihm in den nächsten Sekunden jeglichen Dienst verweigerten. Schnappend rang er nach Atem, und schon verschwamm alles vor seinen Augen.

Tommy stöhnte auf. Niemals hätte er geglaubt, dass ein einziger Schlag ihm so zusetzen könnte. Aber er hatte auch nicht geglaubt, dass Luka und sein Gefolge ihm auf der Jungentoilette auflauern und verprügeln würden. Tobi hatte er nur kurz zu Gesicht bekommen, denn er hatte von Luka den Auftrag erhalten, vor der Tür Schmiere zu stehen. Und es blieb auch nicht bei dem einen Schlag. Viele weitere folgten, und Luka zielte gut.

Tommys Beine verloren jeglichen Halt. Er wäre schon nach dem ersten Treffer zu Boden gegangen, hätten Daniel und Patrick nicht seine Arme festgehalten. Unerbittlich hielten sie ihn oben, stützten ihn ab und brachten seine schutzlose Vorderseite in Position für weitere Körpertreffer.

Tommy versuchte, sich zu wehren, so gut er konnte, und schließlich schaffte er es, sich ihrem Griff zu entwinden und sich auf den Boden fallen zu lassen.

»Seid ihr behindert?«, fuhr Luka die beiden an. »Ihr sollt ihn festhalten, hab ich gesagt!«

Tommy nutzte den kurzen Moment der Ablenkung und rollte sich auf den Bauch, um seine Vorderseite zu decken. Schmerzwellen jagten durch seinen Körper. Er atmete gepresst, zwang sich aber, den pochenden Schmerz aus seinen Gedanken zu verbannen. Er brauchte einen klaren Kopf, um hier irgendwie heil rauszukommen. Sein Blick huschte zur Tür. Er konnte versuchen, sie zu erreichen, aber er wusste, dass Luka ihn aufhalten würde, ehe er auch nur aufgestanden wäre.

»Der kann ja nicht mal mehr selbst stehen!«, hörte er Daniel rufen. »Halt ihn das nächste Mal doch einfach selbst, wenn's dir nicht passt! Was schlägst du auch so oft in den Bauch?«

Nein, nicht die Tür, dachte Tommy hektisch. Aber vielleicht schaffte er es in eine der Kabinen? Da wäre er vor Luka sicher und könnte sich besser zur Wehr setzen.

Langsam schob er sich nach vorne. Wenn es ihm nur gelang, den unteren Rand der Kabinentür zu fassen zu kriegen, dann könnte er sich darunter durchziehen. Der Spalt war groß genug.

»Wenn ich dir sage, du hältst das Arschloch fest, dann tust du es auch!« Lukas Ton war unmissverständlich.

Tommy musste jetzt schnell sein. Zentimeter um Zentimeter kam er dem Holz näher!

»Was zieht der denn da ab?«, rief Patrick.

Blitzschnell drehte sich Tommy um, spannte die Arme an und versuchte, sich nach vorne unter den Spalt zu ziehen. Aber sein Körper bewegte sich nicht von der Stelle. Patrick hatte ihn an den Füßen gepackt und zog ihn zurück.

»Lass los!« Patrick schnaufte vor Anstrengung.

Doch Tommy hielt sich verbissen fest. Er würde es ihnen nicht leicht machen. Er zog mit aller Kraft. Plötzlich spürte er, dass sich der Griff um seinen linken Fuß lockerte. Jetzt hatte er schon den Kopf unter der Tür durchgeschoben, gleich hatte er es geschafft!

Doch dann kam der Schmerz. Schmerz, wie er ihn noch nie verspürt hatte. Luka hatte ihm mitten in den Bauch getreten. Tommy ließ sofort ab vom Türblatt. Reflexartig riss er die Arme hoch, um sich vor weiteren Tritten zu schützen. Das hatte zur Folge, dass Patrick ihn nun ohne Gegenwehr aus der Kabine ziehen konnte. Nun traten sie von allen Seiten auf ihn ein. Brust, Beine, Bauch und Seite – nur sein Kopf blieb verschont. Tommy wurde schwarz vor Augen, und erst nach einer schier endlos langen Zeit hörten sie schließlich auf.

»Das hat gesessen!«, sagte Patrick keuchend.

»Wie hat dir das gefallen?«, rief Luka. »Jetzt schwingst du keine großen Reden mehr, was? Willst du nicht etwas über meinen Vater sagen? Ist er immer noch eine Schwuchtel?«

Tommy konnte ihm nicht antworten, selbst wenn er gewollt hätte. Er war zu sehr damit beschäftigt, seine Körperfunktionen wieder unter Kontrolle zu bringen. Seine Bauchmuskeln waren aus Angst vor weiteren Schlägen und Tritten zum Zerreißen gespannt, und er krümmte sich vor Schmerz.

»Geht es dir nicht gut, tut dir was weh?«, höhnte Luka, als würde er mit einem kleinen Kind sprechen. »Sollen wir aufhören?«

Tommy sah zu ihm hoch und beobachtete, wie sich der starre Blick in einen perfiden Ausdruck verwandelte. Luka würde nicht aufhören, das wusste Tommy. Ganz egal, was er sagte. Also blieb er stumm.

»Ich mach dir einen Vorschlag«, fuhr Luka fort. »Ich werde aufhören«, er zog seine Jeans etwas nach oben, »wenn du ihn ableckst!« Er hielt Tommy den Schuh hin. »Leck ihn!« Der Schuh tippte gegen seine Wange, wieder und wieder.

Tommy versuchte, den Kopf wegzudrehen, doch Lukas Fuß folgte ihm. »Leck ihn!«, lachte er. »Leck meinen Schuh und ich hör auf. Dann lass ich dich in Ruhe, ich schwör's. Die beiden sind meine Zeugen!« Er nickte in Richtung seiner Freunde.

Daniels Gesicht war verschlossen.

»Au ja«, kicherte Patrick. »Komm schon. Küss ihn! Stell dir einfach vor, es wäre Frau S.«

Luka wandte sich wieder an Tommy. »Es liegt an dir – wenn deine Zunge meinen Schuh berührt, sind wir quitt. Dann vergesse ich, was du über meinen Vater gesagt hast. Und du kannst gehen. Deine Entscheidung!«

Tommy starrte ihn an, ihm war heiß und kalt gleichzeitig. Nie hätte er geglaubt, einen Menschen so hassen zu können, wie er in diesem Moment Luka hasste. Wie weit würde er noch gehen?

Sollte er es tun? Würde Luka ihn in Ruhe lassen, wenn er den Schuh ableckte? Aber alles, was er in Lukas Augen lesen konnte, war der Wunsch, ihn zu demütigen, ihn zu kontrollieren, aber den würde er ihm nicht erfüllen. Also sagte und tat er nichts, und sein Schweigen machte Luka ungehalten.

»Du willst nicht? Du willst nicht lecken, so wie es dir deine Schlampenmutter beigebracht hat?« Luka deutete in die Kabine. »Entweder du leckst meinen Schuh, bis er glänzt, oder du kriegst was Leckeres zu trinken.«

»Fick dich!«, spuckte Tommy aus. Sein Bauch brannte, doch es war ihm egal. Luka sollte wissen, dass er nicht sein Spielball war. »Fick dich, du Arschloch!«

Lukas Gesicht verfinsterte sich. »Nicht? Na gut.« Er gab Tommy einen letzten Tritt, ehe er in die offene Kabine trat, und machte sich an seiner Hose zu schaffen. In der bedrückenden Stille, die nun herrschte, war das Öffnen eines Reißverschlusses zu hören. Luka warf den Kopf in den Nacken. »Ganz frisch und noch schön warm!«

Unheilvoll hörte Tommy das Plätschern in der Toilette, und es dauerte lange, bis Luka fertig war.

»Bloß nix verschwenden ...« Luka schüttelte ab. Nachdem er den Reißverschluss wieder geschlossen hatte, drehte er sich zu den anderen um. Die Spülung hatte er nicht betätigt. »Na, Tom, wie schaut's aus?«, sagte er und drückte ihm den Schuh an die Lippen. »Immer noch nicht hungrig?«

Tommy verschloss den Mund, so fest er konnte, und wandte den Kopf ab. Luka würde ihn nicht dazu bringen, es zu tun.

»Versuchen wir es ein letztes Mal. Du leckst meinen Schuh auf der Stelle, oder ich lass dich meine Pisse schlucken, bis du daran erstickst.«

Tommy fixierte Lukas Augen. Beide wussten, dass der andere nicht nachgeben würde.

Luka packte ihn am Kragen und schleifte ihn zum Toilettenrand. Zwar versuchte Tommy, sich zu wehren und irgendwo festzuhalten, aber Luka war stärker.

»Warum wehrst du dich, vorhin wolltest du doch noch hier rein!«, höhnte Luka. Seine linke Hand legte sich um Tommys Nacken, die andere riss an seinen Haaren am Hinterkopf. Langsam, ganz langsam verstärkte er den Druck und zwang Tommy immer tiefer hin zu der goldgelben Brühe.

»Steck ihn rein, steck ihn rein!«, tönten Patricks Anfeuerungsrufe vor der Kabine. Er kicherte unkontrolliert.

Daniel brach sein Schweigen. »Halt die Klappe, Patrick«, sagte er zögerlich. »Komm schon, Luka, das geht echt zu weit, Mann, der hat schon genug, lassen wir ihn einfach liegen.«

»Der hat genug, wann ich es sage!«, blaffte Luka. »Wenn er nicht lecken will, muss er schlucken. Und jetzt halt die Fresse, oder du bist als Nächster dran!«

Tommy hoffte, Daniel würde noch etwas sagen. Irgendetwas, was Lukas Aufmerksamkeit von ihm ablenken würde. Doch Daniel sagte nichts mehr. Tommy war wieder auf sich allein gestellt. Und Luka verstärkte seinen Griff. Der Gestank wurde intensiver und verschlug ihm den Atem. Gleich berührte er mit der Nasenspitze die Brühe. Er holte tief Luft und schloss die Augen.

»Schön den Mund aufmachen.« Das war alles, was er hörte, ehe sich Luka mit seinem ganzen Gewicht auf ihn stützte und ihn mit dem Kopf nach unten tauchte. Warmes Nass stieg ihm hoch bis an die Ohren. Obwohl er die Lippen zusammenpresste, schmeckte er den salzig bitteren Geschmack und musste sich zusammenreißen, nicht den Mund zu öffnen, um sich in die Schüssel zu übergeben. Panik machte sich in ihm breit, lange würde er den Atem nicht mehr anhalten können. Mit letzter Kraft versuchte Tommy, sich gegen Luka zu stemmen. Aber es half nichts. Seine Arme suchten nach einem Halt. Verzweifelt schlug er um sich und bekam es mit der Angst zu tun.

Wie lange konnte er die Luft noch anhalten? Würde Luka ihn ertränken – vor den anderen? Seine Lunge verkrampfte, und sein Bauch hob und senkte sich in schnellen Stößen. Er zitterte am ganzen Körper. Jede Faser in ihm schrie nach Sauerstoff.

Tommy ertrug es nicht länger. Zuerst riss der die Augen auf, dann öffnete er schnappend den Mund und sog tief ein, wie ein Ertrinkender.

»Schaut, wie er schluckt!«, höhnte Luka. Ruckartig ließ er Tommy los und machte ein paar Schritte zurück, um nichts von seinem eigenen Urin abzubekommen. »Das hat doch richtig gut geschmeckt, was, Tom?«

Tommy atmete gierig, ihm kam es vor, als würde sein letzter Atemzug Jahre zurückliegen. Er keuchte auf und rieb sich mit den Ärmeln die brennenden Augen.

»Wir sind hier fertig, Jungs. Verschwinden wir.« Luka sagte es in einem Tonfall, als verabschiede er sich gerade von einem Event, das den Höhepunkt überschritten hatte und ihn nicht mehr unterhielt. »Lassen wir den Pisser ausheulen!«

Nur verschwommen nahm Tommy wahr, wie sich Luka und Patrick abklatschten und in Richtung Ausgang verschwanden. Ihr Lachen hallte in seinen Ohren wieder. Die andere Gestalt, Daniel, blieb kurz stehen und betrachtete ihn. Ehe er den beiden durch die Tür folgte, warf er Tommy eine Rolle Klopapier vor die Füße. Kein Wort kam ihm dabei über die Lippen.

Tommy rappelte sich auf. Sein ganzer Körper schmerzte. Auch sein Stolz hatte gelitten. Zwar hatte er sich Lukas Willen nicht gebeugt, aber die Erniedrigung hatte schon jetzt tiefe Narben hinterlassen.

Sein Kopf fühlte sich heiß an. Er ignorierte das Toilettenpapier, das ihm Daniel zugeworfen hatte, und betrachtete sein Gesicht im Spiegel über den großen Waschbecken. Tommy sah abgekämpft aus. Sein Haar und Teile seiner Kleidung waren nass und stanken. Zwar hatte sein Gesicht keine Blessuren abbekommen – Luka schlug selten ins Gesicht, auf diese Weise stellten Lehrer und Eltern keine Fragen –, doch dafür zeichneten sich rote Striemen auf seinem Hals ab.

Als er sich so betrachtete, wollte er weinen, sehen, wie sich die Tropfen zu einem Strom aus Schmerz und Leid auf seinem Gesicht vereinten. Er wünschte es sich so sehr, hier und jetzt. Erlösung. Doch wie all die Jahre zuvor konnte es Tommy nicht, konnte keine einzige Träne an sich verschwenden.

Zu sehr war er damit beschäftigt, Luka und die anderen dafür zu hassen, was sie ihm an diesem Tag angetan hatten.

»Sie sehen schockiert aus«, merkte Tommy an. Er hatte lange geredet, und Lea hatte ihn bis jetzt kein einziges Mal unterbrochen.

»Haben sie das wirklich getan?«, fragte sie leise. Irgendwie fühlte es sich falsch an, so etwas überhaupt fragen zu müssen.

»Sie meinen, ob sie mich wirklich auf der Toilette verprügelt haben und mich Luka in seine eigene Pisse gedrückt hat?« Seine Stimme klang bitter. »Das haben sie.«

Die Psychologin öffnete den Mund, doch sie wusste nicht, was sie darauf erwidern sollte.

»Sagen Sie jetzt so was wie ‚Kinder können grausam sein‘?«

»Nein, das wollte ich nicht ... Was dir die Jungen angetan haben, war schrecklich. Widerlich. Die Schule hätte etwas dagegen unternehmen müssen! Irgendjemand hätte einschreiten müssen. Ein Lehrer, eine Sekretärin ... Irgendjemand.«

Tommy nickte. »Mag sein. Luka hat sein Versprechen mehr als wahrgemacht. Ich hätte ihm am liebsten genau das Gleiche angetan.« Er überlegte kurz. »Nein, das stimmt nicht. Ich habe ihn gehasst, aber seit dem Tag ...« Er nickte zum Spiegel. »Ich weiß, die da draußen verstehen das nicht, aber wenn man so etwas durchmachen muss, ja, dann wünscht man der Person mehr als nur einen Klapps auf die Hand oder einen Schulverweis.«

Leas Atem wurde schwerer. »Tommy ...«, setzte sie an.

»Haben Sie Kinder?«, fragte er sie wie aus dem Nichts.

Lea wollte eigentlich nicht über sich sprechen, aber sie entschied sich, ihm die Wahrheit zu sagen. »Nein.«

»Nehmen wir an, Sie hätten welche«, fuhr er unbeirrt fort, »einen Sohn, in meinem Alter, vielleicht ein paar Jahre jünger. Stellen Sie es sich vor?«

»Ja«, sagte sie und nickte.

»Nehmen wir an, Ihr Sohn kommt eines Tages zu Ihnen«, sagte er. »Seine Klamotten von einer Prügelei zerrissen, mit Würgemalen am Hals und einem mit Blutergüssen von Tritten und Schlägen übersäten Oberkörper. Sie würden Ihren Sohn fragen, was passiert sei und wie es dazu kommen konnte. Er würde Ihnen genau die gleiche Geschichte erzählen, wie ich sie Ihnen gerade erzählt habe.« Er schaute sie eindringlich an und hielt sie mit seinem Blick gefangen. »Dass ihm seine Klassenkameraden auf der Toilette aufgelauert haben, dass einer von ihnen auf ihn eingeschlagen hat, während ihn zwei weitere festgehalten haben. Was glauben Sie, wie würden Sie reagieren?« Er ließ ihr keine Zeit zum Antworten. »Ihr Sohn will nicht darüber reden, und erst auf Drängen von Ihnen erzählt er, dass er die Wahl hatte, entweder den Schuh seines Peinigers abzulecken oder in ein stinkendes Klo voll mit Urin gesteckt zu werden. Was würden Sie empfinden? Wenn Sie als Mutter erzählt bekommen, dass Ihr Sohn gezwungen wurde, die Pisse seines Mitschülers zu schlucken?«

Lea ließ sich Zeit, ehe sie antwortete. »Wut und Hass«, erwiderte sie ehrlich. Es war die simple Wahrheit. »Ich würde tiefen Hass gegen die Personen empfinden, die meinem Kind so etwas angetan haben. Auch wenn es selbst Kinder oder Jugendliche gewesen wären.«

Kaum merklich lehnte sich Tommy in seinem Stuhl zurück. »Natürlich würden Sie das. Das würde jeder tun, auch die da draußen.« Wieder ein Nicken zum Spiegel. »Auch ich habe das getan. Seit diesem Tag habe ich Luka gehasst und noch mehr ... Ich habe mir seinen Tod gewünscht. Immer wenn ich sein Gesicht gesehen habe, jeden Moment, in dem ich an ihn denken musste. Und nicht nur seinen, auch den der anderen.«

»Hast du deinen Eltern davon erzählt?«, fragte Lea vorsichtig. »Gut, vielleicht nicht deinem Vater, aber wenigstens deiner Mutter?«

»Nein. Sie wollte ich am allerwenigsten damit belasten. Ich hatte immer das Gefühl, dass ich sie vor meinen Sorgen schützen muss. Ich weiß nicht, ob sie noch mehr hätte ertragen können.«

»Und hast du es sonst jemanden erzählt? Ben ... Mia ... Frau S.?« Tommy schüttelte den Kopf. »Gibt es niemanden, dem du dich anvertraut hast?«

»Doch«, gab er zurück. »Ich vertraue mich Ihnen an.«

»Denkst du nicht, dass es jetzt zu spät ist?«

»Es ist Jahre zu spät.« Auf einmal lachte Tommy bitter auf und blickte wie jemand, der eine traurige Wahrheit erkannt hatte. »Wissen Sie, was das Schlimmste an diesem Tag war?«

Lea schüttelte den Kopf.

»Er war noch nicht vorbei.«

–12–

Canossa III

Tommy wusste, dass er nicht in der Jungentoilette bleiben konnte. Die Schule war noch nicht aus, also konnte er nicht einfach nach Hause gehen, obwohl er es am liebsten getan hätte. Auch war das Risiko groß, um diese Zeit daheim auf seinen Vater zu treffen. Er hatte keine Ahnung, was er tun sollte, nur eines wusste er ganz genau.

Zurück in die Klasse konnte er nicht. Das würde er Luka nicht gönnen. Tommy beschloss daher, zu den Sportumkleiden im Erdgeschoss zu gehen, die an die schuleigene Turnhalle grenzten. Eilig durchquerte er den Eingangsbereich. Zu seinem Glück traf er niemanden auf der kurzen Strecke. Nicht einmal Helga lief ihm über den Weg.

An seinem Spind angekommen, nahm er sich Ersatz T-Shirt und Handtuch, die er sonst nur für das Frischmachen nach dem Sportunterricht brauchte, kurz darauf drehte er den Wasserhahn bis zum Anschlag nach rechts. Aus dem Duschkopf strömte kaltes Wasser. Wie in Trance zog er sich Hose und das beschmutzte T-Shirt aus und warf das Handtuch über den Rand der Duschkabine. Nackt trat Tommy unter den Strom, und das eisige Wasser raubte ihm augenblicklich den Atem. Wie tausend kleine Nadelstiche fuhr es über seine Haut.

Der körperliche Schmerz lenkte ihn ab von den dunklen Gedanken, die noch immer in seinem Kopf brannten.

»Leck meinen Schuh ab!« – geflutet. Tommy nahm einen großen Schluck Wasser.

Der Uringestank, kurz bevor sein Gesicht in die warme Flüssigkeit eintauchte – versenkt. Er spülte das Wasser in seinem Mund hin und her.

Luka, wie er blutverschmiert und mit eingeschlagenem Schädel vor ihm liegen würde – ertränkt. Er spuckte das Wasser aus. Dann ballte er die Rechte zur Faust und schlug gegen die weißen Kacheln, dass seine Knöchel knackten. Ein weiterer Schlag, dass seine Hand vor Schmerz pochte. Und ein letzter Schlag, dass die Kälte und der Schmerz auf seinem Körper endlich größer als das Feuer in seinem Kopf waren und es zum Ersticken brachten.

Tommy rutschte mit dem Rücken an der Wand zum Boden der Dusche und presste die Linke um das rechte Handgelenk. Seine Hand blutete, aber trotz der Schmerzen konnte Tommy jetzt wieder frei atmen, er saugte die Luft um sich herum förmlich auf und stieß sie wieder aus. Immer und immer wieder, bis das Pochen in seiner Hand nachließ. So saß er da, wie lange, konnte er nicht sagen.

Irgendwann zog er das Handtuch herunter und trocknete sich ab. Er vergrub das Gesicht besonders gründlich in dem dicken Stoff. Nichts von dem ekelerregenden Schmutz sollte übrigbleiben, selbst wenn das Wasser mit Sicherheit alles längst abgespült hatte. Es war der Gedanke daran, den er abwischen musste.

Nachdem er sich angezogen hatte, war es immer noch zu früh, einfach zu verschwinden. Er sah auf die Uhr, die Schule ging noch über eine halbe Stunde. Zwar hätte er jetzt schon nach Hause können, seinem Vater würde eine halbe Stunde mehr oder weniger sicher nicht auffallen, aber das konnte er nicht von den Lehrern und Schulsekretärinnen behaupten. Er würde wahrscheinlich jetzt schon Ärger bekommen, weil er nicht zur letzten Stunde erschienen war. Ihm blieb nur eines übrig. Er musste warten, bis die Schulglocke läutete, und ein paar Minuten später ungesehen seine Schultasche abholen. Aber wo sollte er sich in der Zwischenzeit verstecken? Helga konnte jederzeit hereinplatzen, und ihm fehlte ein triftiger Grund, sich hier aufhalten zu dürfen. Ihm kam eine Idee – mit etwas Glück war der Kunstraum frei!

Also hastete er durch die Eingangshalle, die Treppen zum Kunstflügel hinauf, horchte kurz an der Tür, ob eine Klasse drin war, und trat ein. Tommy erstarrte.

Der Raum war nicht verlassen.

Es war Frau S.

Sie stand mit dem Gesicht zum Fenster und hielt sich ein Handy ans Ohr. Anscheinend hatte sie Tommy noch nicht bemerkt. Sie wirkte aufgelöst, und als sie sprach, klang ihre Stimme schwach und zittrig.

»Woher hast du diese Nummer?«, fragte sie. »Wieso rufst du mich immer wieder an? Ich habe dir gesagt, wir haben nichts mehr zu besprechen.«

Aus dem Handy hörte Tommy ein Rauschen als Antwort, dem Anschein nach eine Männerstimme, aber er konnte kein einziges Wort verstehen. Frau S. legte ihre Hand ans Fenster und blickte auf den verregneten Hof.

»Ich kann nicht mehr«, sagte sie gebrochen. »Wir hatten das schon geklärt.« Wieder das Rauschen, es klang kalt und hart, im krassen Gegensatz zu ihrer Stimme. »Hör auf … hör einfach auf … Ich habe dir gesagt, du sollst mich in Ruhe lassen!« Sie trat rückwärts vom Fenster und ließ das Rauschen gewähren. Das Prasseln des Regens, der nach der Pause eingesetzt hatte, überdeckte die Worte aus dem Handy. »Es gibt kein Wir mehr«, fuhr sie schließlich fort. »Schon lange nicht mehr.« Erneut erklang das Rauschen, doch sie unterbrach es. »So was lass ich mir von dir nicht sagen! Nicht mehr, hörst du!« Beklommen ging sie am Fenster entlang. »Ruf mich nie wieder an, verstanden? Nie wieder!«

Sie legte auf und warf das Handy auf den Tisch neben sich. Ein Moment lang herrschte Stille, die länger andauerte, als Tommy lieb war, aber was dann kam, traf ihn weit mehr. Frau S. weinte. Sie vergrub ihr Gesicht in den Händen und schluchzte in sich hinein, dass ihre Schultern bebten. So stand sie da, mehrere Augenblicke, doch ihm kam es vor wie eine halbe Ewigkeit. Er fühlte sich hilflos, sie so verletzlich zu sehen. Er wollte etwas tun, sie trösten, machen, dass sie sich besser fühlte, doch er wusste nicht, wie. Ohne nachzudenken, machte er einen Schritt in den Raum hinein.

Frau S. blickte erschrocken auf. Sekundenlang sahen sie sich nur an. Tommy hätte sich in ihren blauen Augen verlieren können. Sie hatten etwas Beschützenswertes. Er stand noch immer in der Nähe der Tür, und schließlich war sie es, die den Mund öffnete.

»Du hast mitgehört?«, hauchte sie.

Er machte einen weiteren Schritt nach vorne. »Es tut mir leid, ich wollte nicht ...«

»Ist schon gut«, flüsterte sie und wischte sich die Tränen von den Wangen. Sie deutete auf das Handy. »Es war ein alter Bekannter«, erklärte sie, brach jedoch ab. »Nein, ich rede Blödsinn.« Sie zwang sich zu einem Lächeln. »Du hast mich zu einem falschen Zeitpunkt erwischt.«

»Es tut mir leid«, wiederholte Tommy.

Sie rieb sich den Arm, blickte auf den Boden und wieder zu ihm. Sie kam ihm so zerbrechlich vor, und erneut überkam ihn der starke Drang, sie zu trösten und vor der rauen Stimme in Schutz zu nehmen. Doch es stand ihm nicht zu, sie in den Arm zu nehmen – Frau S. war immer noch seine Lehrerin. Sie musste seine Absicht erkannt haben, ebenso sein Zögern, denn sie sah ihn eindringlich an und trat auf ihn zu.

»Wirst du es für dich behalten?«, fragte sie leise, ihre Lippen bebten. Er nickte. Natürlich würde er das. »Danke«, flüsterte sie, und ehe er reagieren konnte, umarmte sie ihn.

Der Schmerz an den Stellen, wo Luka ihn getreten hatte, ließ ihn aufkeuchen, aber ihr fiel es nicht auf. Sie hatte den Kopf an seine Schulter gelegt, und er spürte ihr Zittern. Tommy wusste, dass sie ihren Tränen jetzt freien Lauf ließ. So blieben sie eng umschlungen stehen, so lange, bis sie nicht mehr zitterte und kein Schluchzen mehr zu hören war. Dann erst löste sie sich von ihm. Ihr Blick wanderte über seinen Hals zu seinen Schultern. Sie hob sein Kinn mit der Hand.

»Ich denke es mir schon länger«, sagte sie. Tommy hatte keine Ahnung, was sie damit meinte. »Dein Hals ist rot und voller Striemen. Bist du gewürgt worden?« Er hielt den Mund, aber sie wartete ohnehin nicht auf eine Antwort. »Dein Vater? ... Nein, vorhin hattest du die noch nicht ... Hat Luka etwas damit zu tun?«

Tommy blieb stumm.

»Schweigen sagt oft mehr als Worte.« Frau S. betastete die Prellungen an seiner Seite. Er zuckte vor Schmerz zusammen. Sie hob das T-Shirt langsam hoch. Auf seiner Haut zeichneten sich bereits blaue Flecken von den Tritten und Schlägen ab. Ihre Stimme war voller Sorge. »Ich muss das melden.«

Tommy riss abrupt die Augen auf und schüttelte vehement den Kopf. »Nein!«, sagte er schnell.

»Warum nicht?«

»Es würde alles nur noch schlimmer machen.«

»Ich verstehe«, erwiderte sie. »Deswegen bist du nicht im Unterricht, nicht wahr?«

Diesmal nickte er, blieb aber weiterhin verschlossen. Das, was Luka ihm angetan hatte, konnte er ihr nicht erzählen. Nicht jetzt. »Es ist nichts«, antwortete er deshalb, machte einen Schritt nach hinten und warf einen Seitenblick auf die Wanduhr über der Tür. Die Schulglocke würde erst in ein paar Minuten läuten. »Was machen wir jetzt? Schicken Sie mich zurück in den Unterricht?«

Sie schüttelte den Kopf. »Wir warten so lange, bis die Stunde vorbei ist.«

»Werde ich Ärger bekommen, weil ich gefehlt habe?«, fragte er vorsichtig. »Wenn Herr Thomaser davon erfährt, wird er nicht gut auf mich zu sprechen sein.«

Frau S. schüttelte den Kopf. »Das ist er doch auf niemanden. Keine Angst, ich werde mir etwas einfallen lassen.«

Sie nahm ihn an der Hand und setzte sich ihm gegenüber auf eine Schulbank. Nach einer Weile fing sie zu erzählen an. Von der Kunst, über den Anruf, die Stimme und den Grund ihrer Tränen. Und Tommy hörte zu. Anfangs war er von ihrer Offenheit so überrascht, dass er nur sie sprechen ließ. Aber schließlich öffnete er sich ebenfalls, und das Gespräch war reinigender, als es die Dusche gewesen war, auch wenn er das, was auf der Jungentoilette passiert war, ausließ. Mit jedem Wort nahm sie seiner Erinnerung die Kraft, bis ihre Präsenz die Demütigung verblassen ließ.

–13–

Als er zu Hause eintraf, war es später Nachmittag. Es war still im Haus. Seine Mutter schlief noch, und sein Vater schien nicht da zu sein. Also ging er erst einmal in die Küche. Wie so oft griff er sich ein Küchenmesser und schmierte sich ein paar Brote, die er mit großen Bissen hinunterschlang.

Oben im Badezimmer musste er unwillkürlich an Frau S. denken.

Was sie wohl gefühlt hatte, als sie ihn umarmt hatte? Immerhin hatte sie geweint. Hatte sie bei ihm nur Halt gesucht? Oder steckte mehr dahinter? Und wer war der Mann am Telefon gewesen? Ein alter Bekannter, hatte sie gesagt – ihr Freund? Sie war nicht verheiratet, das wusste Tommy, und dennoch spürte er ein heißes Stechen in der Brust. Er schüttelte den Kopf, um die düsteren Gedanken loszuwerden.

Als er sich die Hände waschen wollte, bemerkte er, dass er noch immer das Küchenmesser bei sich hatte. Er starrte es unverwandt an.

Kurzerhand legte er es auf den Waschbeckenrand, wusch sich und spritze sich Wasser ins Gesicht. Sein Blick fiel auf seinen Hals.

Frau S. hatte recht, er war bedeckt mit roten Striemen. Die Euphorie über das intensive Gespräch mit ihr verflog schlagartig und wich einem schwarzen Loch.

149

Behutsam fuhr er mit dem Finger über die Striemen, zeichnete sie nach, erst langsam, dann versuchte er, sie wegzuwischen. Ohne Erfolg. Sein Blick legte sich wieder auf das Messer, und seine Hand folgte. Lange Zeit stand er nur da, wendete es hin und her und betrachtete die Schneide im Licht.

»Der Tod hat ihn befreit«, erinnerte sich Tommy an die Worte von Frau S. und musste an Ben denken. Er hob das Messer an seine Kehle. Seine Hand zitterte. Die roten Striemen wirkten wie Schneidlinien, die er nur nachfahren musste. Es wäre so einfach, so leicht. Tommy stand da und wusste nicht, ob Sekunden oder Minuten verstrichen waren. Und die ganze Zeit über betrachtete er sein Spiegelbild, wie es mit ausdruckslosem Gesicht zurückstarrte. Er fühlte keinen Schmerz, kein Bedauern – warum also sollte er zögern? Das ganze Leid, all die Jahre könnte er mit einem Schlag beenden. Tommy setzte die Klinge mit mehr Druck auf, sodass sich seine Haut darunter spannte. Alles, was er tun musste, war, die Hand ein klein wenig nach rechts zu ziehen. Nur ein klein wenig mehr Druck ...

Aber er konnte nicht. Nicht weil er Angst hatte, sondern weil es keine Lösung war. Es würde ihm die Möglichkeit rauben, dass alles besser wurde. Behutsam senkte er das Messer zum Waschbecken. Er sah sich an und gab sich ein Versprechen. Nicht heute, dachte er, und wieder musste er an die Umarmung von Frau S. denken. Nicht heute.

»Was, zur Hölle, tust du da?«, hörte er plötzlich eine Stimme hinter sich, dann riss ihn ein Schlag aus den Gedanken, ein zweiter zu Boden.

Tommy hatte nicht bemerkt, dass sein Vater ins Badezimmer getreten war. Verdammt!

»Du undankbarer kleiner ...!«, spie ihn sein Vater an, der gebeugt über ihm stand. Wieder einmal umwehte ihn der Geruch von Hochprozentigem als treuer Begleiter. »Was hast du vor?«

»Ich ...«, setzte Tommy an, aber ein deftiger Schwinger von rechts mit der flachen Hand ließ ihm keine Zeit, die Frage zu beantworten.

»Was wolltest du mit dem Messer?«, schrie sein Vater.

»Gar nichts, ich wollte gar nichts damit!«, keuchte Tommy.

Sein Vater riss es ihm aus den Händen, warf es durch die offene Tür in den Flur, packte ihn am Kragen und schüttelte ihn durch. »Tu das noch einmal und ich bring dich eigenhändig um! Ich hab dich in diese Welt gesetzt. Wenn dich jemand daraus entfernt, bin ich es.« Er stieß seinen Sohn erneut zu Boden und ließ ihn los. »Und ich schwöre bei Gott, reiz mich nicht so, dass ich es tue.« Schwer atmend löste er sich von Tommy und stand auf. Er drehte sich um, ging durch die Tür, hob das Messer auf und betrachtete es. »Mach dich fertig. Heute Abend ist Sprechtag, deine Mutter fährt dich«, keuchte er, ehe er die Treppe nach unten nahm.

Tommy blieb reglos liegen. Erst als er den Fernseher hörte, wagte er es, aufzustehen.

Trotz der dunklen Wolken am Himmel war es ein warmer Tag gewesen. Nach allem, was bisher passiert war, hatte Tommy den Sprechtag ganz vergessen! Eine halbe Stunde nach dem Vorfall im Badezimmer begab er sich in das abgedunkelte Elternschlafzimmer, um seine Mutter zu wecken. Wieder einmal holte sie den Schlaf nach, den sie in der Nacht nicht bekommen hatte. Sie lag tief atmend auf der Seite des großen Bettes. Behutsam setzte er sich zu ihr auf die Matratze.

»Mum?«, flüsterte er und gab ihr einen Kuss auf die Wange. Sie grummelte etwas, das er nicht verstand, zog sich die Bettdecke bis ans Kinn und drehte sich schlaftrunken zu ihm um. »Es ist Zeit. Wir müssen langsam aufbrechen.«

»Ist es schon so spät?«, fragte sie und strich sich das zerzauste Haar aus dem Gesicht. In der nächsten Sekunde riss sie die Augen auf und fuhr hoch. »Wo ist er?«

»Unten auf dem Sofa.«

Ihre Anspannung wich so schnell, wie sie gekommen war. »Trinkt er?«

»Was denkst du?«, fragte er und atmete hörbar aus. »*Jack* ist bei ihm.« *Jack Daniels.*

»Dann beeilen wir uns am besten.« Sie zog die Beine an und stieg aus dem Bett. Seine Mutter trug einen schlichten Pyjama, dessen Ärmel ihr bis über die Handgelenke gingen. Er vermutete, dass sie schon seit langer Zeit in einem Schlafanzug schlief, der ihr viel zu groß war. Tommy beobachtete, wie sie die Ärmelenden mit den Fingern umschloss. Es war wohl die einzige Möglichkeit, sich in diesem Bett geborgen zu fühlen – und so sicher, wie es ihr noch erlaubt war.

Tommy machte die Tür hinter sich zu, damit sie sich umziehen konnte. Er beschloss, draußen im Wagen auf sie zu warten, und lehnte die Haustür nur an, damit sein Vater sie nicht ins Schloss fallen hörte. Zehn Minuten später setzte sich seine Mutter zu ihm ins Auto.

»Können wir?«, fragte sie.

Tommy nickte und betrachtete sie von der Seite, als sie den Motor anließ. Ihr Haar war jetzt schick hergerichtet, und sie sah so aus, wie er sie gern jeden Tag gesehen hätte. Auch ihre Haut wirkte frischer und nicht mehr so fahl wie vorhin, nachdem er sie geweckt hatte. Hätte ein Fremder sie gesehen, er hätte sie mit einer anderen Frau verwechseln können. Einer Frau, die vor vielen Jahren einmal glücklich gewesen war. Aber der Schein trog, denn diese Frau war sie schon lange nicht mehr. Sie war in dem Moment verschwunden, als sein Vater zum ersten Mal Hand an sie gelegt hatte. Jetzt war sie eine Frau, die versuchte, den blauen Schimmer unter ihren Augen mit Puder zu überdecken. Es strafte ihr Strahlen Lügen, denn glückliche Frauen trugen kein Blau – nicht im Gesicht.

»Schau mal, was ich im Kofferraum gefunden habe«, sagte sie unvermittelt, während sie auf die Hauptstraße einbogen, und hielt ihm eine alte Mixkassette hin. »Die ist noch von früher. Hören wir sie uns an?«

Er nahm das Band und schob es in den Rekorder. Sie hörten die Musik, Lied für Lied, und es erinnerte ihn an früher, als sie noch Ausflüge gemacht hatten. Es war so lange her, Tommy erschien jeder Song wie eine Reise in die Vergangenheit. Gefühle und Erinnerungen an bessere Tage, aber eben nur Erinnerungen, denn jene Tage lagen Jahre zurück. Als sie auf dem letzten Kilometer vor der Schule waren und die ersten Regentropfen gegen die Windschutzscheibe fielen, wusste Tommy, dass es Gefühle an eine Zeit waren, die er nie wieder erleben würde. Sie wurden vom Regen fortgeschwemmt. Was vergangen war, sollte vergangen bleiben.

Ob seine Mutter es genauso sah?

Sie saß stumm hinter dem Steuer und fuhr in die Abenddämmerung hinein.

Vor der Schule waren die hauseigenen Parkplätze bereits belegt. Nur in der hintersten Reihe fand sich noch eine kleine Lücke. Seine Mutter fuhr vor und schlug das Lenkrad ein. Langsam rollte der Wagen rückwärts. Sie warf einen kurzen Blick in den Rückspiegel – und stieß mit dem linken Hinterrad an den Bordstein, sodass sie mit einem Ruck zum Stehen kamen.

»Super eingeparkt«, scherzte Tommy und hatte die Hand bereits am Türgriff. Ein Blick zum Fahrersitz ließ ihn die Hand sofort wieder zurückziehen – er wusste, dass er nicht mehr auszusteigen brauchte.

Seine Mutter starrte mit aufgerissen Augen in den Rückspiegel. Ihre Hände am Lenkrad zitterten und umklammerten den harten Kunststoff.

»Mum, was ...?«, setzte Tommy an, aber er brachte den Satz nicht zu Ende. Dass sie so entgeistert war, beinahe verstört, schockierte ihn in solchem Maß, dass er keine Worte fand.

»Ich kann das nicht«, presste sie durch die Lippen und starrte wie gebannt auf ihr Spiegelbild. Sie zitterte am ganzen Körper. »Nicht so.«

Tommy wusste, was sie meinte. Es war der blaue Fleck, der auf ihrer Haut prangte wie ein Mahnmal und sie zwang, ihn als einen Teil von ihr zu akzeptieren.

»Ich weiß«, sagte Tommy behutsam. »Wir müssen nicht hineingehen, wenn du dich nicht wohl dabei fühlst.«

»Es geht mir nicht um die Sprechstunde«, erwiderte sie schluchzend, und ihre Finger krallten sich ins Lenkrad. Endlich löste sie sich von ihrem Spiegelbild und wandte den Kopf zu ihm. Dicke Tränen liefen über ihre Wangen. »Ich habe euch gehört!«

»Was meinst du?«

»Ich habe alles gehört«, antwortete sie weinend. »Vorhin. Ich habe euch gehört und nichts getan! Ich konnte nicht ...«

Ihre Worte waren schwer zu verstehen. Tommy brach es das Herz, seine Mutter so zu sehen. Das war auf eine andere Weise so viel schlimmer als das Weinen von Frau S. Ihm kam es so vor, als verliere er mit ihr gemeinsam den Halt. Der Gedanke war ihm unerträglich.

»Ich hatte Angst um dich«, flüsterte seine Mutter. »Aber noch größere Angst hatte ich vor ihm.«

Das verstand Tommy nur zu gut, er hatte am Wochenende das Gleiche gefühlt. Wieder weinte sie so stark auf, dass es sie in ihrem Sitz schüttelte. Sie hob die Hände vors Gesicht und hörte nicht mehr auf.

»Ist schon gut, Mum«, flüsterte er zurück und berührte sanft ihren Arm. »Mach dir keine Sorgen.« Er zog sie zu sich heran, und sie vergrub ihr Gesicht in seine Schulter. Tommy wiegte sie in seinen Armen. »Du liebst ihn schon lange nicht mehr, nicht wahr?«

Sie erwiderte nichts, und das musste sie auch nicht. Ihre Tränen waren Antwort genug.

Lange Zeit saßen sie so da, bis ihr Schluchzen immer leiser wurde und schließlich ganz verklang. Sie richtete sich auf und strich sich die Tränen aus dem Gesicht.

»Ich hasse mich dafür!«, sagte sie. »Jeden Tag, an dem ich bei ihm bleibe. Jeden Tag, an dem ich neben ihm liege, selbst wenn ich nur neben ihm atme – ich hasse mich.«

»Dann verlass ihn«, erwiderte er und sprach aus, was er schon lange hatte sagen wollen. Seine Stimme klang trocken, und er blickte durch die Frontscheibe zu der dunklen Wolke über ihnen, die gleichsam sein Innerstes widerspiegelte.

»Ich kann es nicht, Tommy.« Sie schluchzte auf, und ihre geröteten Augen blickten zu ihm auf. »Ich kann einfach nicht.«

»Warum?« Er verstand es nicht. Wie konnte sie bei ihm bleiben? Was war der Grund, warum sie versuchte, das zu retten, was sie als Familie schon längst verloren hatten? Was ihnen genommen worden war?

»Weil er dein Vater ist.« Dieser Satz. Er war wie ein Schlag ins Gesicht. Wild prasselte der Regen gegen die Scheibe und schwemmte all seine Gedanken fort.

Die Minuten verstrichen, und mit dem Fortschreiten des Abends sahen sie, wie immer mehr Familien aus der Schule zu ihren Autos gingen. Der Sprechtag näherte sich dem Ende, alle wollten nach Hause. Mit dem Aufheulen der Motoren leuchteten die Scheinwerfer auf und verschwanden schließlich in der aufkommenden Dunkelheit.

Wenig später betraten sie das Haus, darauf bedacht, keinen Lärm zu machen. Sein Vater sollte nicht auf seinem Sessel aufwachen. Sie hatten Glück. An diesem Tag war schon zu viel passiert, als dass sie beide noch mehr hätten bewältigen können. Mit einer Umarmung und einem Kuss auf die Wange wünschte Tommy seiner Mutter eine gute Nacht und zog sich in sein Zimmer zurück. Ohne sich auszuziehen, ließ er sich aufs Bett fallen, streifte nur kurz die Schuhe ab und streckte sich aus.

Die Müdigkeit übermannte ihn, und er war bereits kurz vorm Einschlafen, da klingelte sein Handy. Blind tastete er neben sich auf dem Nachttisch.

Es war Ben.

»Hey, Mann, bist du noch wach?«, drang Bens Stimme aus dem Lautsprecher.

»Nein, du Penner. Ich schlafe schon längst. Hörst du mich nicht schlafen?«

»Dein Schnarchen hallt durch die ganze Nachbarschaft«, scherzte Ben.

Tommy wurde wieder ernst. »Was geht bei dir? Wo hast du gesteckt?«

»Daheim. Ich habe heute Morgen schon wieder mit Vater gestritten. Schließlich habe ich ihn überzeugen können, dass mehr Zeit fürs Lernen bleibt, wenn ich blaumache. Ich kann den Lehrern sagen, dass ich Bauchschmerzen hatte. Vater segnet das ab. Die einzige Bedingung war, ihm das Handy zu geben, wegen der Ablenkung und so ... Er hat es mir vorhin erst zurückgegeben.«

»Hat es was gebracht?«, wollte Tommy wissen.

»Ich hoffe. Jedenfalls bin ich fix und fertig.«

»Bist du noch einmal alle Beispiele durchgegangen?«, fragte er.

»Klar, Mann. Aber der Thomaser prüft morgen das ganze Jahr, alles, was wir durchgenommen haben! Das kann ich nicht!«

»Klar kannst du das«, beruhigte Tommy ihn.

»Falls ich das morgen nicht schaffe, brauch ich gar nicht erst nach Hause zu gehen, und wenn ich mich nicht selbst aufhänge, erledigt das mein Vater für mich.« Aus dem Lautsprecher drang ein bitteres Lachen.

»So schlimm?«

»Nach dem Elternabend bin ich runter zum Essen, Tommy. Mutter hat ihm alles erzählt, was Herr Thomaser gesagt hat. Dann war die Hölle los. Aber sie können Druck machen, so viel sie wollen, ich kapiere den Scheiß einfach nicht!«

»Ben, du kannst das!«, wiederholte er, diesmal eindringlicher.

»Nein, eben nicht! Niemand schafft es, den ganzen Stoff aus dem Schuljahr in ein paar Tagen zu lernen. Das ist unmöglich!«

»Jetzt hör auf damit!«, erwiderte Tommy gedämpft, aber bestimmt. »Ein paar Beispiele aus der Mappe bringt er sicher. Und wenn du die schon mal hast, staubst du auch ein paar Punkte bei den anderen Aufgaben ab.«

»Und wenn ich gar nichts kann?«, fragte Ben leise, und Tommy konnte nur ahnen, wie viel Angst sein Freund vor der morgigen Prüfung tatsächlich haben musste.

»Du willst mir jetzt ernsthaft sagen, ich habe dir meine Mappe umsonst geliehen? Und dass der heutige Tag, an dem du extra blaugemacht hast, völlig umsonst war?«

»Nein, Mann, ich habe wie ein Irrer gelernt. Aber ich habe trotzdem Schiss. Was, wenn mir nichts einfallen will?«

»Ich bin ja auch noch da. Wenn der Thomaser nichts merkt, kann ich dir sicher helfen. Aber hör auf, so negativ zu denken, du packst das!«

»Danke, ohne dich würde ich es nicht schaffen.« Ben hielt kurz inne. »Es tut mir leid, Mann, wir reden die ganze Zeit nur über meinen Kram. Wie geht es dir? Wie war dein Tag?«

»Scheiße«, sagte Tommy schlicht. »Mein Tag war scheiße.« Es war die Wahrheit, und er wusste nicht, was er sonst hätte antworten sollen.

»Meine Mutter hat heute euren Wagen gesehen, vor der Schule. Wie ist es gelaufen?«

Tommy zögerte. »Wir waren gar nicht drin.«

»Wieso nicht?«

»Meiner Mum ging es nicht gut.«

»Wieder dein Dad?«

»Es ist kompliziert«, blockte Tommy ab. Ben bedrängte ihn nicht weiter, und dafür war er ihm dankbar.

»Kopf hoch, Mann, morgen ist ein neuer Tag«, hörte er ihn sagen, sicher auch, um sich selbst Mut zu machen. »Ich soll dir übrigens schöne Grüße von Mia bestellen. Sie hätte dich heute Abend gerne noch mal getroffen.«

Tommys Herz machte einen kleinen Satz. »Sag ihr schöne Grüße zurück.«

»Das kannst du morgen selbst tun, sie wird sich freuen«, meinte Ben und lachte.

Sie verabschiedeten sich. Tommy drehte sich auf die Seite und vergrub das Gesicht im Kissen. Die Andeutung eines Lächelns legte sich auf seine Züge – dass Mia

an ihn gedacht hatte, munterte ihn auf. Vielleicht hatte
Ben recht und es würde tatsächlich alles besser werden.

Aber der morgige Tag sollte ihnen zeigen, wie falsch
er damit lag.

–14–

Tommy saß in der Klasse und versuchte, seinem Freund Mut zuzusprechen. Die Stunde der Prüfung war gekommen, es war die letzte des heutigen Unterrichts, und Herr Thomaser konnte jeden Moment durch die Tür kommen. Neben ihm ging Ben ein letztes Mal die wichtigsten Formeln durch, die er auf einem Blatt niedergeschrieben hatte.

»Wie geht es dir?«, erkundigte sich Tommy.

»Mein Kopf fühlt sich ganz heiß an. Die ganze Lernerei macht mich fertig.« Ben drehte das Blatt um und kontrollierte, ob er sich richtig erinnerte. »Ich hab die ganze Nacht durchgemacht.«

So sah er auch aus, fand Tommy. Bens Haut war blass, die Wangen eingefallen. Die Augen, die sonst strahlten, wirkten glasig.

»Schule hier, Schule da, es gibt nichts anderes mehr.« Ben deutete mit dem Daumen nach unten.

»Sieh's von der positiven Seite. Gleich hast du's hinter dir«, erwiderte Tommy.

Ben wurde starr vor Schreck, und seine Augen weiteten sich. Tommy folgte seinem Blick. Herr Thomaser hatte gerade das Klassenzimmer betreten.

»Guten Tag«, begrüßte er die Schüler kühl und warf seine Ledertasche aufs Pult. Nur vereinzelte Hallos waren zu hören. »Es ist mir egal, ob ihr müde seid und es die erste oder letzte Schulstunde am Tag ist«, meinte er

161

forsch. »Wenn ich in die Klasse komme, erwarte ich
eine ordentliche Begrüßung. Habt ihr verstanden?«

»Ja«, stimmten Tommy und Ben in den Chor ihrer
Mitschüler ein. Niemand in der Klasse wollte den Lehrer reizen.

»Gut, versuchen wir es gleich noch einmal. Guten
Tag.«

»Guten Tag, Herr Thomaser!«, ertönte es diesmal aus
jedem Mund.

Der Lehrer legte seine graue Filzjacke über den Stuhl
und setzte sich. Aufmerksam ging er die Anwesenheits-
liste mit dem Stift durch, von oben nach unten, wie er
es jede Stunde tat, und machte hinter die anwesenden
Schüler ein Häkchen.

Abrupt hielt er inne. »Ben«, sagte er und schaute auf.
»Du hast gestern gefehlt.«

Der nickte. Tommy konnte sehen, wie Ben vor Anspannung die Hände unter den Tisch legte und gegen
seine Knie drückte.

»Mir ging es nicht gut, also bin ich zu Hause geblieben.«

»Was hattest du denn?«, fragte der Lehrer. Ehe Ben
antworten konnte, fuhr er fort: »Grippe? Eine Lungenentzündung? Durchfall?« Aus der hinteren Reihe waren vereinzelt Lacher zu hören, doch Herr Thomaser
schien es nicht zu bemerken, er sprach im gleichen
Tonfall weiter. »Ich habe dir eine Frage gestellt, Ben.
Warum bist du gestern nicht zum Unterricht erschienen?«

»Ich hatte Bauchschmerzen.«

»Bauchschmerzen?« Herr Thomaser blätterte durch
das Register. »Davon steht hier nichts. Sicher, dass es

keine Kopfschmerzen waren? Die hattest du ziemlich oft in diesem Jahr, sehe ich. Jedenfalls ist das hinter jedem deiner Fehltage notiert.«

Tommy wurde heiß vor Zorn. So ein Arschloch! Ben fehlte nicht mehr als jeder andere in der Klasse.

»Nein«, sagte Ben zögerlich. »Es waren Bauchschmerzen.«

»Also doch. Hast du etwas Falsches gegessen? Vielleicht ist dir das Essen deiner Mutter nicht bekommen.« Ben schüttelte den Kopf. »Dann waren es eher Krämpfe?«

»Genau«, Ben nickte, »Krämpfe.«

»Das rechtfertigt dein Fehlen natürlich«, sagte der Lehrer glattzüngig. »Du musst wissen, ab einem gewissen Alter treten bei manchen Jugendlichen immer mal wieder solche Krämpfe auf. Monat für Monat ...« Er schaute an ihm vorbei zur hintersten Reihe. »Michela, bist du so freundlich und klärst Ben diesbezüglich nach dem Unterricht auf?«

Bens Kopf wurde augenblicklich knallrot, und die Reihe hinter ihnen brach in lautes Gelächter aus. Herr Thomaser besah sich das alles mit einem Funkeln in den Augen und ließ sie gewähren.

»Genug jetzt«, sagte er, nachdem sich die Schüler beruhigt hatten, »wir haben Unterricht. Ben, sollte dir dein Bauch in Zukunft Beschwerden bereiten, erscheinst du trotzdem, haben wir uns verstanden?«

Ben nickte stumm.

»Ob wir uns verstanden haben?«

»Ja«, kam es leise von Ben. Er war den Tränen nah.

Tommy wusste nicht, wie er seinem Freund helfen konnte, und alles, was er tun konnte, war, seinen Hass auf den alten Lehrer zu konzentrieren.

»Da fällt mir ein, wolltest du dich nicht heute prüfen lassen?«, fragte der ganz beiläufig.

»Ja.« Wieder leise.

»Warum hast du das nicht am Anfang der Stunde gesagt? Dann hätten wir uns viel Zeit sparen können.« Er schlug das Register zu. »Klasse, macht bei den Rechnungen im letzten Kapitel weiter, ich prüfe in der Zwischenzeit Ben. Und strengt euch an, nachher wird sie einer an der Tafel vorrechnen.« Bei diesen Worten sah er kurz zu Tommy und wandte sich wieder an Ben. »Und du kommst mit mir.«

Ben blickte panisch zu Tommy. Auch er hatte nicht damit gerechnet.

»Können Sie mich nicht hier prüfen?«, flehte Ben. »Sonst prüfen Sie auch immer hier!«

Herr Thomaser verzog den Mund zu einem süffisanten Grinsen. »Kommt nicht infrage, sonst störst du nur deine Mitschüler. Ich prüfe dich im Laborraum, Herr Dander wird ihn wohl kaum brauchen. Da haben wir unsere Ruhe.«

Blödsinn, dachte Tommy. Die mündlichen Prüfungen hatten bisher immer vor der Klasse an der Tafel stattgefunden. Es stand nicht gut um Ben. Der packte zitternd seine Schreibsachen zusammen und griff nach dem Taschenrechner.

»Lass den hier, du wirst ihn nicht brauchen«, befahl Herr Thomaser und zeigte auf die Formelsammlung. »Und die auch nicht. Alles, was da drin steht, solltest du ohnehin auswendig können.« Er wandte sich zur Tür.

»Wir kommen bald zurück, es wird nicht lange dauern.«

Ben schaute noch einmal zu Tommy, der ihm mit einem Nicken viel Glück wünschte. Im Gesicht seines Freundes las er Verzweiflung und den stummen Schrei nach Hilfe.

Die Prüfung dauerte, anders als Herr Thomaser angekündigt hatte, nicht kurz, sondern die ganze restliche Stunde.

»Was würde ich darum geben, um dabei zu sein«, flüsterte Michela hinter Tommy. »Der Thomaser ist wirklich ungerecht, dass er ihn nicht hier prüft. Stellt euch nur mal vor, er fängt an, zu weinen, und wir verpassen es.«

»Das sehen wir noch früh genug«, höhnte Luka. »Ich wette, dass sie diesmal was zum Aufwischen holen müssen. Ben fliegt, hundertprozentig!«

Tommy versuchte, sich auf die Übungen zu konzentrieren, aber es wollte ihm nicht gelingen. Bis zum Ende der Stunde hatte er keine einzige gelöst. Seine Gedanken waren bei Ben. Als die Glocke läutete, sprang er von seinem Stuhl auf und stürmte nach draußen. Auf dem Gang vor der Klasse kam ihm Herr Thomaser entgegen, der jedoch keine Notiz von ihm nahm. Tommy rannte weiter zum Laborraum und öffnete die Tür. Ben saß in der vordersten Reihe und starrte auf die dreigeteilte Tafel vor ihm, sie nahm fast die komplette Wand ein. Seine Augen waren gerötet, seine Wangen feucht. Langsam schloss Tommy die Tür hinter sich.

»Wie ist es gelaufen, Ben?«, fragte er atemlos.

Sein Freund starrte geradeaus und wandte den Blick nicht von der Tafel ab. Tommy tat es ihm gleich. Für einen Moment blieb ihm die Luft weg. Sie war über und über mit mathematischen Formeln und Gleichungen beschrieben. Hatte Herr Thomaser ihn das alles geprüft?

»Das ganze Jahr«, sagte Ben leise, als hätte er seine Gedanken gelesen. »Der alte Sack wollte mich nie durchkommen lassen, er hat mich den Stoff aus dem ganzen letzten Jahr geprüft.«

Tommy konnte es kaum glauben. »Ben, hör mal, ich weiß, der Thomaser ist ein Arschloch, aber er will dich sicher nicht mit Absicht durchfallen lassen, oder? Ich kann mir nicht vorstellen, dass er so hinterhältig ist.«

»Das ganze Jahr«, wiederholte Ben. »Jedes Kapitel, das wir durchgenommen haben. Zwanzig Fragen, verstehst du? Er hat mir zwanzig Fragen gestellt!«

Tommy wusste nicht, was er darauf erwidern sollte. Wenn es wirklich so war, wie Ben erzählte, war die ganze Prüfung eine Farce gewesen. Normalerweise prüften die Lehrer maximal sechs bis zehn Aufgaben, aber doch keine zwanzig!

»Er will mich das Jahr wiederholen lassen, und er will mich fliegen sehen.«

»Jetzt hör aber auf!«, rief Tommy. Ben so abwesend zu erleben, gab ihm ein mulmiges Gefühl. »Rede mit ihm, vielleicht kannst du die Prüfung wiederholen. Noch ist das Jahr nicht vorbei, wir können ...«

»Du verstehst es nicht, oder? Es ist vorbei. Jetzt spielt das alles keine Rolle mehr.«

»Ben ... «

Sein Freund wandte den Blick endlich von der Tafel ab und ihm zu. Keinerlei Ausdruck lag in seinen Augen. »Danke, dass du mir in den letzten Tagen geholfen hast«, sagte er mit tonloser Stimme. »Tust du mir noch einen Gefallen? Kannst du mich allein lassen? Ich brauche jetzt Zeit für mich.«

Das mulmige Gefühl verstärkte sich. »Natürlich, das verstehe ich.« Tommy griff nach dem Türknauf. »Es wird alles wieder gut«, aber noch ehe er es aussprach, fühlte er, dass es nicht stimmte. Nein, er wusste, dass es nicht stimmte, und als er noch einmal zurückblickte, sah er, dass auch Ben es wusste.

An diesem Tag ließ er Mia nicht vergebens warten. Tommy traf sie vor der Schule und setzte sich mit ihr zusammen an einen der kleinen Tische vor dem Café. Maria nahm ihre Bestellung auf und kehrte schon wenige Minuten später mit zwei Tassen Kaffee und etwas Gebäck an ihren Tisch zurück.

»Also lief Bens Prüfung nicht gut«, stellte Mia bitter fest, als er ihr erzählt hatte, was passiert war.

»Leider. Er hat es nicht gepackt.«

»Und was bedeutet das? Was passiert jetzt?« Mia nahm einen kleinen Schluck Kaffee und setzte die dampfende Tasse langsam ab.

Tommy ließ die Augen über die Straße wandern und beobachtete, wie die jüngeren Schüler von ihren Eltern abgeholt wurden. Er wünschte, er könnte sich auch so freuen. »Er ist jetzt negativ. Damit wird ihn der Thomaser das Jahr nicht bestehen lassen, Ben muss die Klasse wiederholen.«

Mias Lippen pressten sich zu zwei schmalen Strichen zusammen. »Das macht mir Angst. Ich will mir gar nicht vorstellen, was passiert, wenn er heute nach Hause kommt. Vati wird stocksauer sein.«

Als sie ihren Kaffee ausgetrunken hatten, kam Maria wieder zu ihnen nach draußen. »Ihr Lieben, kann ich euch noch etwas bringen?«

»Nein, danke«, antwortete Tommy, »bei uns passt alles. Oder magst du noch etwas?«, fragte er an Mia gewandt.

Sie schüttelte den Kopf. »Sollen wir noch auf Ben warten?«

»Sieht nicht so aus, als würde er noch kommen, außerdem hat er gesagt, er brauche Zeit für sich.« Tommy drückte Maria einen Schein in die Hand, Trinkgeld inklusive, und verabschiedete sich mit einem Lächeln.

Anschließend machte er sich mit Mia auf den Heimweg. Einige Minuten gingen sie schweigend nebeneinander her, und Tommy konnte spüren, wie sehr ihr die Sache mit Ben zu schaffen machte.

»Ein Gutes hat das Ganze aber«, versuchte er, die Stimmung aufzulockern.

»Ach, und was?«

»Na ja ...«, druckste er herum. »Jetzt kann dein Bruder endlich zu mir ziehen. Dahin, wo er hingehört, schließlich mag er mich viel mehr als dich.«

»Haha«, meinte sie, doch ihre Mundwinkel zuckten nach oben. »Das würdest du auch noch tun, so einen Spinner wie meinen Bruder aufnehmen.«

»Klar, immerhin ist er auch mein Spinner«, scherzte er.

»Da haben sich ja zwei gefunden ...«, meinte Mia und schaute verschmitzt. Ihr Lächeln war aufrichtig. Sie hakte sich bei ihm unter. »Danke, dass du für ihn da bist«, flüsterte sie. »Ben braucht dich mehr, als er zugeben mag.«

Tommy wusste nicht, was er darauf erwidern sollte. Er entschied sich für die Wahrheit. »Das tue ich auch. Ben ist wie ein Bruder für mich, ein Bruder, den ich nie hatte. Ich würde alles für ihn tun.« Das würde er wirklich.

»Danke«, wiederholte Mia und legte den Kopf an seine Schulter.

Ein paar Minuten später waren sie bei seinem Haus angelangt. Zu seiner Überraschung verabschiedete sich Mia nicht von ihm, sondern begleitete ihn bis zur Tür.

»Was machst du?«, fragte er lachend.

»Dir Tschüss sagen.« Sie zwinkerte.

Was als Nächstes geschah, hätte Tommy an diesem Tag am wenigsten erwartet. Bevor er auch nur ahnen konnte, was sie vorhatte, stellte sie sich auf die Zehenspitzen und sah ihm tief in die Augen. Ihr Blick ließ sein Herz höherschlagen. Sie legte die Hand an seine Hüfte und gab ihm einen Kuss in den Mundwinkel. So schnell er geschehen war, war er auch wieder vorbei, und Tommy blieb keine Zeit, zu reagieren. Schon hatte sich Mia wieder von ihm gelöst.

»Bis bald, Tommy«, hauchte sie, drehte sie sich um und verschwand die Straße hinauf.

Tommy hatte der Kuss völlig überrumpelt, er starrte ihr ungläubig hinterher und war unschlüssig, ob er ihr nachlaufen sollte. Dann fing er zu grinsen an.

Schließlich wandte er sich ab und ging ins Haus. Obwohl die Tür geschlossen war, drangen laute Stimmen aus dem Wohnzimmer.

»Deshalb wird sich auch in Zukunft der Nahostkonflikt nicht ohne Weiteres lösen lassen.« Im Fernseher liefen die Nachrichten vom Mittag.

»Wegbomben, alles wegbomben!«, grölte sein Vater. »Die Schweine bringen sich doch sowieso gegenseitig um!«

Tommy wandte sich ab und betrat grußlos das Haus. Er wollte sich seine gute Laune nicht verderben lassen. Nicht jetzt. Er warf einen kurzen Blick in den Spiegel neben der Garderobe und ertappte sich mit hochgezogenen Mundwinkeln im Gesicht.

Auf dem Weg zu seinem Zimmer spürte er Wärme in sich aufsteigen. Sie füllte ihn immer mehr aus und wurde zu einem Brennen, das seinen Körper in Flammen setzte. Er musste an den Kuss denken, er spürte ihn immer noch heiß auf seiner Haut, und sein Herz pochte wie wild in seiner Brust.

Tommy wusste genau, was er jetzt tun würde. Er würde malen. Jedes Quäntchen Glück würde er in ein neues Bild fließen lassen. Und wenn es fertig war, würde er es Mia zeigen – oder doch lieber Frau S.?

Schnell waren die Malutensilien zurechtgelegt und ein neues Blatt Papier aufgespannt. Es war noch ganz weiß und leer, und nur er konnte bestimmen, was daraus werden würde. Schon hatte er den ersten Stift an das Papier angesetzt, da ließ ihn das Klingeln seines Handys innehalten. Nur einen Augenblick. Denn er nahm den Anruf nicht entgegen, ja, er sah nicht einmal nach, wer anrief. Er ahnte es ohnehin, und er wollte nicht. Nicht jetzt. Dieses Glück gehörte nur ihm allein. Kurzerhand schaltete er das Handy aus.

Hätte er nachgesehen ... Hätte er sich gemeldet ... Aber er wollte nicht, und so änderte sich alles.

–15–

Tommy blickte lange auf die Handschellen, die neben ihm lagen.

»Was ist?«, fragte Lea, die seinen Blick nicht einzuschätzen vermochte.

»Kurz bevor ich zu malen anfing, bekam ich einen Anruf ...«

»Ja.« Der Anruf, den er nicht angenommen hatte.

»Als ich fertig war und mein Handy wieder eingeschaltet habe, hatte ich unzählige verpasste Anrufe. Der erste war von Ben, alle anderen von seiner Schwester. Als ich nicht abgehoben habe, hat er mir eine Nachricht draufgesprochen.« Er schluckte schwer. »Ben ist gestürzt.«

»Wie bitte?« Wovon redete Tommy?

»Die Schulleitung hat es als tragischen Unfall eingestuft. Sie sagten, er habe sich unerlaubt auf dem Dach unserer Klasse aufgehalten und sei wohl gestürzt. Sie haben ihn mit einer Gehirnblutung und mehreren gebrochenen Knochen ins Krankenhaus gebracht und ihn sofort in ein künstliches Koma versetzt.«

»Und niemand hat gesehen, was passiert ist?«, fragte die Psychologin.

»Deswegen können sie ja überhaupt erst behaupten, dass er gestürzt sei.«

Gestürzt sei? »Du glaubst, dass dem nicht so war?«

»Nein, ich *weiß*, dass es nicht so war. Ben ist nicht gestürzt. Er ist gesprungen.«

Ihr stockte der Atem. »Wie kommst du darauf?«

Er sah sie lange an, dann schloss er die Augen. »Tommy, Mann. Warum gehst du nicht ran? Ich … ich brauch dich jetzt, hörst du? Ich bin am Ende. Ich kann nicht mehr. Bitte … geh ran, ich brauche dich.« Es wurde still. »Ich habe mir die Nachricht immer und immer wieder angehört. So lange, bis sie sich in meinen Kopf gebrannt hat.«

»Es ist nicht deine Schuld«, sagte Lea und meinte jedes Wort ernst. »Du hättest nichts …«

»Ich hätte nichts dagegen tun können?«, fragte Tommy. »Das ist die süße Lüge, die ich mir seit jenem Tag immer und immer wieder einrede, um mein Gewissen zu beruhigen. Und sie schmeckt bitterer als jedes Gift.«

»So etwas ist schrecklich«, stimmte ihm Lea zu. »Aber du darfst dich nicht selbst damit quälen … Wir können nur über unser eigenes Leben bestimmen, nicht über das von anderen.«

»Aber ich habe es ihm versprochen, ich habe ihm versprochen, dass ich immer für ihn da bin«, flüsterte er und wurde lauter. »Und dann hat er mich gebraucht! Ben hat mich gebraucht, und ich war nicht für ihn da!«

Er verfiel in brütendes Schweigen, der Klang der Klimaanlage schien der einzige Laut im Verhörraum zu sein. Schon öffnete Lea den Mund, um etwas zu sagen, doch er erzählte weiter. Und Lea hörte zu.

–16–

Das Dornenvogel-Lamento

Drei Tage nach Bens Sturz fuhr seine Mutter Tommy ins Krankenhaus. Besuchern, die nicht zur Familie gehörten, war es eigentlich nicht gestattet, auf die Intensivstation zu gehen, deshalb war es ihm nicht erlaubt gewesen, seinen Freund gleich nach seiner Einweisung zu sehen.

Hinzu kam, dass ihm anfangs schlicht und ergreifend der Mut gefehlt hatte, Ben am Krankenbett aufzusuchen. Er konnte sich nicht ausmalen, wie er ihn vorfinden würde und ob er seinen Anblick würde ertragen können. Und er hatte Angst – Angst, dass er ihn in einem schrecklichen Zustand sehen würde, nicht so, wie er ihn kannte.

Tommy war die ganze Fahrt über unruhig, Frau Winter war am Telefon zu aufgelöst gewesen, um ihm genau erklären zu können, in welcher Verfassung ihr Sohn war. Ihr Schluchzen hatte er immer noch im Ohr.

Im Krankenhaus begleitete ihn seine Mutter nur in die Eingangshalle. Dieses Umfeld schlug ihr schwer aufs Gemüt, die Flure und die triste Einrichtung im Allgemeinen beklemmten sie. Lieber wollte sie auf ihn

174

warten. Und er konnte es ihr nicht verdenken. Allein lief er zum Schwesternzimmer der Intensivstation, wo Mia bereits auf ihn wartete.

»Danke, dass du gekommen bist«, sagte sie und umarmte ihn.

»Wie geht es ihm?«, fragte er.

»Ich weiß genauso viel wie du, ich durfte auch noch nicht zu ihm«, antwortete sie und löste die Umarmung. »Mutti ist schon drinnen. Genauer gesagt, weicht sie Ben nicht von der Seite, sie hat die letzten Nächte nebenan verbracht.«

»Ist das denn erlaubt?«

»Vati hat hier einiges zu sagen ... Als uns die Schule kontaktiert hat, war er gerade mit seiner Schicht fertig und schon in der Umkleide. Er hatte den Kittel kaum wieder an, da ist er in den OP gestürzt, hat uns eine Krankenschwester berichtet. Sie mussten ihn zu dritt aus dem Saal werfen.«

»Ich verstehe.« Seine Stimme klang trocken.

»Machst du meinem Vater Vorwürfe?«, fragte Mia. »Ihm geht es dreckig genug. Dass er so machtlos ist, obwohl er der Oberarzt der Chirurgie ist, damit kommt er nicht klar.«

»Ich meine nur, er hätte sich um Ben früher Sorgen machen sollen, nicht erst ...«

»Du bist ungerecht!«, fiel ihm Mia aufgebracht ins Wort. »Das konnte doch niemand ahnen! Dass Ben vom Dach stürzt ... Was hatte er da oben überhaupt zu suchen?«

»Ihr könnt jetzt rein«, sagte die Krankenschwester und deutete auf die Tür.

»Reden wir nicht darüber. Nicht jetzt«, meinte Mia und trat ins Krankenzimmer.

Tommy folgte ihr. Drinnen war es abgedunkelt, die Jalousien ließen nur einzelne Lichtstrahlen ins Zimmer. Noch ehe er sich ein Bild machen konnte, war Frau Winter von ihrem Stuhl neben Bens Bett aufgestanden und zog ihn in ihre Arme.

»O Tommy! Danke, dass du da bist. Du hast ja keine Ahnung, wie viel mir das bedeutet.« Die belegte Stimme und ihre glänzenden Augen gaben ihm jedoch eine ungefähre Vorstellung. »Ich weiß, Ben würde es auch viel bedeuten, wenn er … wenn er …« Sie brach in Tränen aus. »Er wacht nicht auf, Tommy!«, rief sie schluchzend.

Tommy war mit dieser Offenheit vollkommen überfordert. Die Situation setzte ihm zu, und er konnte niemandem Halt geben, wenn er gerade selbst keinen fand. Zu seinem Glück ließ Bens Mutter von ihm ab, wandte sich an Mia und fiel ihr in die Arme.

»Ich soll Ihnen schöne Grüße von meiner Mutter ausrichten«, erklärte Tommy. »Sie ist auch da, aber noch im Wartebereich. Krankenhäuser machen ihr zu schaffen«. Er trat an das Krankenbett.

Ben lag in einem Bett neben dem Fenster, sein Kopf war verbunden, und ein Schlauch, der zu einer Apparatur mit einer Pumpe führte, ragte aus seinem Mund. Daneben zeigte ein Monitor in gleichmäßigen Wellen seine Herzfrequenz.

»Mutti, du hast nichts davon gesagt, dass Ben beatmet werden muss!«, sagte Mia erschrocken. »Warum hast du das nicht …?« Sie setzte sich auf den Stuhl und nahm sachte Bens Hand, als hätte sie Angst, ihn zu verletzen, und beobachtete sein Gesicht in der Hoffnung, eine Reaktion zu erhalten.

»Was hast du denn gedacht?«, fragte ihre Mutter und wischte sich die Tränen von der Wange. »Immerhin ist er drei Stockwerke tief gefallen. Die Ärzte meinen, es ist ein Wunder, dass er überhaupt noch lebt!«

»Und was meint Vati?«, wollte Mia wissen.

»Er redet nicht mit mir darüber. Er macht sich Vorwürfe. Ich war allein zu Hause, als der Schuldirektor angerufen hat, und ich wusste gar nicht, was los war, bis … bis er es ausgesprochen hat.« Ihre Stimme versagte.

Schweigend sahen sie Ben zu, wie sich seine Brust langsam hob und senkte. Die Minuten vergingen, und niemand sagte ein Wort. Nach einer Weile öffnete sich die Tür, und Dr. Winter trat ins Zimmer. Anscheinend war er nicht im Dienst, denn er trug legere Kleidung.

»Wie geht es ihm? Hat sich etwas getan?«, fragte er ohne Umschweife und war im Begriff, zu Ben zu gehen, als er Tommy bemerkte. Er zögerte kurz, dann legte er die Hand auf seine Schulter und sah ihn eindringlich an.

Tommy wich seinem Blick nicht aus. Er fand, Dr. Winter war alt geworden in den letzten Tagen. Sein Haar war zerzaust, die Augen eingefallen. Dunkle Ringe lagen darunter.

»Tommy, weißt du, was passiert ist? Hast du eine Ahnung?«, fragte er mit unstetem Blick. »Du hast ihn doch als Letzter gesehen. Ich muss es wissen!« Er packte fester zu. »Warum ist mein Sohn vom Schuldach gestürzt?«

Tommy schüttelte die Hand ab und trat einen Schritt zurück. »Auf einmal kümmert es Sie, was Ihr Sohn durchmacht?«, raunte er.

Seine Worte verfehlten ihre Wirkung nicht, er erwischte Dr. Winter auf dem falschen Fuß. »Was sagst du? Ich ... ich habe immer ...!«, stammelte er.

»Wenn du die Prüfung nicht schaffst«, fuhr Tommy unbeirrt fort, »brauchst du gar nicht mehr nach Hause zu kommen! Waren das nicht Ihre Worte?«

Dr. Winter stockte der Atem, und er sah aus, als hätte man ihm ins Gesicht geschlagen. Tommy war es egal. Er sollte ruhig wissen, wem er die Schuld an all dem gab. Wenn Dr. Winter Ben nicht so unter Druck gesetzt hätte, wäre alles anders gekommen. Aber das war es nicht, und deswegen lag Ben jetzt in diesem Krankenbett.

»Ich wollte nie ... Ich habe nie ...« Bens Vater wandte sich zu Mia um. »Das habe ich doch nicht so gemeint, das wisst ihr!«

Seine Frau fing wieder zu schluchzen an und ließ ihren Tränen freien Lauf.

»Anscheinend wusste es aber Ben nicht ...«, sagte Tommy.

»Tommy, bitte ...«, beschwor ihn Mia.

»Und Ben ist seitdem auch nicht mehr nach Hause gekommen, nicht wahr?«, sprach er weiter und wurde lauter. Er war in Rage. »Sind Sie jetzt mit ihm zufrieden? Hat er jetzt was aus seinem Leben gemacht? Genügt er jetzt Ihren Ansprüchen? Es ist Ihre Schuld.«

Das gab Dr. Winter den Rest. Er stützte sich schwer auf die Stuhllehne und vergrub den Kopf in seinen Händen. »Das wollte ich nicht, ich hätte nie gedacht, dass Ben wirklich nicht mehr nach Hause kommen würde. Gott, verdammt, ich bin sein Vater!«

»Ich hoffe, der Gedanke wird Sie trösten.« Tommy schaute noch einmal zu Mia, die kreidebleich im Gesicht geworden war, dann zu ihrer Mutter. Sie hatte ihre Hände auf den Mund gepresst und schluchzte wild, ihr ganzer Körper bebte. Sie tat ihm leid, auch wenn er seine Worte nicht zurücknehmen konnte. »Ich gehe jetzt besser«, sagte er mit einem letzten Blick auf Ben, der friedlich zu schlafen schien. Doch er kannte die Wahrheit. Sein Freund schlief nicht und würde deshalb nicht einfach aufwachen.

Als Tommy seine Mutter nicht im Wartebereich fand, ging er nach draußen. Sie saß auf einer Parkbank und beobachtete das Kommen und Gehen.

»Wie geht es Ben?«, fragte sie, nachdem er sich neben sie gesetzt hatte.

»Nicht gut. Ich habe Angst, dass er nie wieder aufwacht.«

»So darfst du nicht denken. Alles wird gut.«

»Ich glaube, das ist der meistbenutzte Satz an diesem Ort. Trotzdem werden viele ihre Betten hier nicht mehr verlassen.« Er blickte lange zu den Wolken hoch. Sie waren so düster, wie er sich gerade fühlte. »Kann ich erst mal zu Hause bleiben?«

Sie sah ihn lange an – und nickte.

Die nächsten Tage blieb Tommy in seinem Zimmer. Bens Zustand hatte sich nicht verbessert, und er musste auf andere Gedanken kommen. Die Ruhe tat ihm gut, seine Mutter hatte Verständnis dafür.

Zwar hatte es deswegen eine kurze Auseinandersetzung zwischen seinem Vater und ihr gegeben, doch blieb sie bei ihrer Entscheidung. Tommy versuchte sich an seinem neuen Bild, aber die Tage vergingen, ohne dass er auch nur halbwegs etwas hervorbrachte, das den Namen Kunst verdient hätte. Er war zu aufgewühlt.

Gegen Abend, die Sonne ging bereits unter, klopfte es an seine Zimmertür.

»Ich habe dir etwas zu essen gemacht«, sagte seine Mutter und trat ein. »Ich dachte, du hast vielleicht Hunger.«

»Danke, Mum«, erwiderte er schlicht. Ihm war nicht nach Reden. »Ich werde es später essen.«

»Willst du mit mir einen Spaziergang machen? Wir könnten in den Park gehen, an der frischen Luft kommt der Hunger von ganz allein. Komm schon, du hängst nur noch hier herum und bist schon viel zu lange allein mit deinen Gedanken.«

Er schüttelte den Kopf. Rausgehen war gerade das Letzte, was er wollte.

»Malst du an deinem Bild?«, erkundigte sie sich, als sie den Teller auf dem Schreibtisch neben dem Stapel Blätter abstellte. »Kommst du deswegen kaum aus deinem Zimmer?«

»Nein, mein Bild ist ...«, setzte er an, aber er wusste nicht, wie er den Satz beenden sollte. Fertig traf es jedoch am wenigsten. »Nicht so wichtig, ich hab was Neues versucht, aber es funktioniert nicht. Ich kann nicht mehr malen. Es geht nicht.«

Sie strich ihm durch das kurze Haar. »Das wird schon wieder, gib dir etwas Zeit.«

»Nein!«, rief er aufgebracht und schob ihre Hand weg. »Das wird es eben nicht. Es wird nicht wieder!« Tommy atmete schwer aus. Er war wütend auf seine Mutter, auch wenn sie nichts dafürkonnte.

»Ich verstehe«, sagte sie ruhig. »Es geht um Ben.«

»Du verstehst? Was verstehst du? Du weißt gar nichts!«

»Tommy, es hat keinen Sinn, sich zu verkriechen. Du darfst dich nicht vor dem Leben verschließen. Ben würde das bestimmt nicht wollen!«

»Wieso denken alle, sie wüssten, was Ben will? Denkst du auch, er wollte mit offenem Kopf im Krankenhaus liegen?«

»Das habe ich nicht gesagt«, gab sie leise zurück. »Aber ich weiß, wie du dich fühlst.«

»Und wie fühle ich mich?«, spie er förmlich aus. Tommy wusste im selben Moment, dass er sie gekränkt hatte.

»Schuldig.«

Die Wahrheit aus ihrem Mund traf ihn hart, vor allem, weil sie so unerwartet kam. Er hielt es in seinem Zimmer nicht länger aus, also stand er auf und griff nach seiner Jacke.

»Wohin gehst du?«, fragte sie, als er an ihr vorbeirauschte.

»Raus«, entgegnete er knapp. »Ich brauche frische Luft. Allein.« Er stürmte die Treppe hinunter, am Wohnzimmer vorbei, und machte die Haustür auf. Tommy erstarrte.

Vor der Einfahrt stand …

»Mia«, sagte er verblüfft. »Was machst du hier?«

Sie wirkte unsicher, ganz anders, als sie ihn das letzte Mal an dieser Stelle verabschiedet hatte. Als sie ihn geküsst hatte. Er schluckte schwer.

Mia zupfte verlegen an ihrem Ärmel. »Eigentlich wollte ich dich besuchen.« Ihre Lippen wurden schmaler. »Aber nach dieser Begrüßung, glaube ich, überlege ich es mir vielleicht noch mal anders.«

»Tut mir leid ...«, sagte er schnell. »Du hast mich überrascht. Normalerweise meldest du dich, wenn du mich sehen willst.«

»Das hab ich auch versucht, aber ein gewisser Jemand hat in letzter Zeit immer sein Handy ausgeschaltet.« Sie blickte vorwurfsvoll. »Darf ich jetzt rein, oder hast du was Besseres vor?«

»Eigentlich ... eigentlich wollte ich mir gerade die Beine vertreten ...«, stammelte er.

»Auch gut«, meinte sie knapp. »Ich komme mit.«

Zwar wäre er jetzt lieber allein gewesen, aber ihr Tonfall ließ keinen Widerspruch zu.

Sie waren kaum ein paar Schritte gegangen, da blieb Mia auch schon stehen und drehte sich zu ihm um.

»Irgendetwas ist anders«, platzte es aus ihr heraus.

»Was meinst du, Mia?«

»Du bist anders«, antwortete sie und schaute traurig. »Weißt du, wie oft ich versucht habe, dich anzurufen? Ich musste die Pausen ohne dich verbringen.« Sie holte tief Luft. »Es fühlt sich so an, als wäre an dem Tag nicht nur Ben ins Koma gefallen.«

Was sollte er darauf antworten? Was erwartete sie von ihm? »Die letzten Tage waren nicht leicht«, entgegnete er. »Es tut mir leid, dass ich mich nicht gemeldet habe. Ich hatte viel zu tun und keinen Kopf für etwas anderes.«

»Ach, erzähl mir nichts«, begehrte sie auf. »Du verkriechst dich doch nur in deinem Zimmer, damit du niemanden an dich heranlassen musst.«

»Du hörst dich schon an wie meine Mutter«, versuchte Tommy, zu scherzen.

Mia ging nicht darauf ein. »Du solltest auf mich hören. Magst du uns nicht besuchen kommen? Mutti würde sich freuen, dich zu sehen. Es würde ihr guttun.« Tommy glaubte ihr, aber der Gedanke, zu den Winters nach Hause zu gehen, behagte ihm ganz und gar nicht.

»Ich kann nicht. Außerdem glaube ich nicht, dass es deinem Vater gefallen würde«, gab er zurück.

»Das ist nicht fair!« Ihre Augen schimmerten. »Du bist nicht fair! Vati bereut, was er an dem Abend gesagt hat. Er hat geweint. Und ich habe ihn noch nie weinen sehen!«

»Es ist mir gleich, wie viele Tränen dein Vater vergossen hat. Jedenfalls waren es nicht genug.« Tommy wandte sich ab, um zurückzugehen.

Mia hielt ihn zurück. »Verschließ dich nicht vor mir«, bat sie leise. »Ich dachte, ich bin dir auch wichtig.«

Er wich ihrem Blick aus. »Das bist du«, entgegnete er knapp. »Du bist Bens Schwester.«

Sie ließ ihn abrupt los. »Das hat gesessen. Ich habe immer gewusst, dass du wegen Ben vorbeikommst, aber ich habe gedacht ... gehofft, dass wir dir nach all den Jahren auch etwas bedeuten. Dass *ich* dir etwas bedeute. Wie oft warst du bei uns, als ihr daheim Streit hattet? Vati hat es nie gesagt, aber du bist wie ein zweiter Sohn für sie. Willst du die Wahrheit wissen? Sie weint jede Nacht. Ben ist im Koma, und du kommst auch nicht mehr. Vati vernachlässigt seine Arbeit … Und er hat angefangen, zu trinken.«

»Das kenn ich nur zu gut. Tut mir leid.«

»Tut es das?«, fragte sie scharf. »Sie haben ihm nahegelegt, Urlaub zu nehmen, und ihn nach Hause geschickt. Kennst du das auch?«

Sie hatte keine Ahnung. Was wusste sie schon? Aber Tommy hatte nicht vor, es ihr zu sagen.

»Mein Vater, was du zu ihm gesagt hast, war nicht fair …«, wiederholte sie.

»Verschon mich damit! Ich will das nicht hören. Und ich werde auch nicht mehr vorbeikommen!«

»Ich hätte nie gedacht, dass dir Ben so egal ist!«

Fassungslos starrte er sie an. Dachte sie wirklich so über ihn? »Das ist er nicht!«

»Dann komm mit! Wir können ihn zusammen besuchen!«

»Ich. Kann. Nicht«, stieß er hervor.

»Warum nicht? Warum, Tommy?«

»Weil ich es nicht übers Herz bringen würde, ihn so zu sehen!«, fuhr er sie an. »Und bei euch würde mich nur alles an ihn erinnern!«

»Und ich?«, hauchte sie. »Erinnere ich dich auch an Ben? Ist das der Grund, warum du mir nicht mal mehr in die Augen sehen kannst?«

Er wich ihrem Blick aus. »Solange ich ihn nicht besuche, hab ich ihn so in Erinnerung, wie er war.«

»Tommy, Ben ist nicht *tot*!«

»Das weiß ich!«

»Aber so verhältst du dich!«, rief sie. »Er kann wieder gesund werden, er *wird* wieder gesund! Wir müssen nur daran glauben. Dass er gestürzt ist, ist schrecklich, aber deswegen ...«

»Aber er ist nicht gestürzt«, schrie er. »Ben ist gesprungen! Er wollte sich das Leben nehmen!«

Mias Augen füllten sich mit Tränen. Konnte sie es nicht sehen? War sie wirklich so blind?

»Wie kannst du nur so etwas sagen?«, fragte sie unter Schluchzen.

Ja, wie konnte er? Weil es die Wahrheit war. »Du solltest heimgehen«, entgegnete er knapp. »Es sieht nach Regen aus. Ein Sturm zieht auf.«

»Mir ist aufgefallen, dass du keine einzige Träne vergossen hast.« Ihre Stimme war nur noch ein Flüstern. »Als wir bei Ben waren, meine ich. Jeder hat geweint. Ich, Mutti, selbst Vati ... Alle um dich herum vergießen Tränen, nur du nicht. Es passiert so viel Schlimmes in deinem Leben, aber ich habe dich trotz alledem noch nie weinen sehen.« Sie machte einen Schritt auf ihn zu. Wieso?, formten ihre Lippen stumm. »Was ist mit dir, warum weinst du nie? Wie kannst du das alles ertragen?«

Wind kam auf und zerrte an ihren Kleidern.

»Ich kann es nicht. Ich habe es noch nie gekonnt.« Mit diesen Worten ließ er sie stehen und ging zum Haus zurück. Er hatte recht behalten, ein Sturm war aufgezogen. Ehe er den Türknauf umschlossen hatte, fielen die ersten Tropfen auf sein Gesicht und liefen ihm über die Wangen.

– 17 –

Montagmorgen der darauffolgenden Woche ging Tommy wieder zur Schule. Schon während der ersten Stunde merkte er, dass er genauso gut hätte daheimbleiben können. Er konnte sich nicht konzentrieren und hatte Mühe, dem Unterricht zu folgen. Die monotone Stimme von Herrn Dander, der mittlerweile von seiner Lebensmittelvergiftung genesen war, hatte eine einschläfernde Wirkung auf ihn. Und die restlichen Stunden zogen nicht weniger träge an ihm vorbei. Tommy blendete alles aus. Er kam sich vor wie eine leere Hülle. Selbst Frau S. konnte in der letzten Stunde vor der großen Pause nichts daran ändern.

Tommy merkte, wie sie ihn immer wieder ansah und in den Unterricht einbeziehen wollte, doch es hatte keinen Sinn. Sobald er einen Blick auf Bens leeren Stuhl neben sich warf, konnte er an nichts anderes mehr denken.

Als der Unterricht zu Ende war, wollte er nur noch raus aus der Schule. Er war einige Meter den Flur entlanggegangen, da hörte er hinter sich Gelächter.

»Was denkt ihr, warum er so schweigsam ist?«, fragte Luka.

»Sonst ist er hinter ihr her, als hätte er noch nie eine Frau gesehen. Glaubt ihr, sie hat ihn schon rangelassen?« Das war Patrick.

»Da wette ich einen Hunderter dagegen!«, rief Luka.

»Da brauch ich gar nicht dagegen zu halten, die Wette gewinnst du so oder so.«

»Vielleicht hat er erfahren, dass die Alte schon einen anderen Stecher hat«, ätzte Luka.

Tommy ließ das Gerede teilnahmslos über sich ergehen. Sollten sie ihn beleidigen, so viel sie wollten. Ein paar Wochen noch, dann war das Schuljahr vorbei, und er musste sie alle nicht mehr sehen.

»Schade, aus dem ist die Luft wohl raus«, stellte Luka fest. »Was für ein Schlappschwanz. Ben hat sich wenigstens gewehrt, aber so macht das alles kein Spaß.«

Tommy blieb stehen.

Was?

»Schaut!«, lachte Luka. »Er hat ja doch noch Ohren!«

Tommy ließ die Tasche von seiner Schulter gleiten und drehte sich um.

»O, o, jetzt macht er ernst! Luka, pass lieber auf«, meinte Daniel.

Andere Mitschüler wurden auf die Szene aufmerksam und blickten gebannt.

»Spinnst du? Vor so ’nem Typen hab ich doch keine Angst. Der kann mir gar nichts.«

»Wiederhol das noch mal, Luka«, verlangte Tommy.

»Dass du ein Schlappschwanz bist? Kein Problem: Du bist ein Schlappschwanz.«

Vereinzelte Lacher waren zu hören, aber Tommy ignorierte sie. Seine Aufmerksamkeit galt allein Luka. »Was hast du über Ben gesagt?«, fragte er so ruhig er konnte.

»Na ja, eigentlich geht dich das ja einen Scheiß an, aber ich will mal nicht so sein. Ich hab gesagt, dass Ben unterhaltsamer war als du.«

Eine dunkle Vorahnung überfiel Tommy. »Was hast du Ben angetan? Was hast du mit ihm angestellt?«

»Ich?«, fragte Luka. Ein böses Grinsen breitete sich auf seinem Gesicht aus. »Gar nichts. Er hat es freiwillig getan. Ich glaube sogar, ihn hat es geil gemacht. Nach seiner Prüfung schien ihm das gutzutun, er wollte gar nicht mehr aufhören.« Anscheinend fand er das alles urkomisch.

»Wovon redest du?« Tommy spannte sich vor Wut. Er würde sich von Luka nicht vorführen lassen. Nie wieder.

Der zog die Jeans leicht nach oben und stellte den Fuß auf die Zehenspitzen. Mit der freien Hand deutete er auf seinen Sneaker. »Er hatte die gleiche Wahl wie du«, antwortete Luka und grinste noch breiter. »Schuh oder Toilette.« Er machte eine dramatische Pause. »Tja, Ben war nicht so trotzig wie du. Hat sie blitzblank geleckt. Die Schuhe, meine ich, nicht die Toilette.« Versonnen betrachtete er seinen Schuh.

Tommy ballte die Hände zu Fäusten, seine Fingernägel gruben sich tief in sein Fleisch ein.

»Ben hat echt Einsatz gezeigt, ganz anders als du. Er war umgänglicher. Das hat ihn zwar nicht vor dem Tauchgang bewahrt, aber ...«

Tommy hatte genug, er holte aus und stieß Luka vor die Brust. Doch es war allzu deutlich, dass Tommy kein Gegner für ihn war, trotzdem wollte er ihn nicht weiterreden lassen. »Du feiges Schwein! Ben ist euretwegen gesprungen! Ihr seid schuld daran!«

»Ben ist gesprungen?«, fragte Tobi. Er klang erschrocken, und Tommy kaufte es ihm sogar ab. Tobi hatte noch nie von etwas Ahnung gehabt.

»Ach, hör nicht auf den Spinner. Der sagt doch alles, um uns runterzumachen«, meinte Luka. »Und selbst wenn. Wenn Ben nicht mehr leben will, können wir nichts dafür.« Er wandte sich wieder an Tommy. »Wenn du mich fragst, hat er uns einen Gefallen getan. Es gibt genug Schwächlinge auf der Welt, und vielleicht schon bald einen weniger.«

Tommy vergaß alles, vergaß, dass er nichts gegen Luka ausrichten konnte, vergaß, dass Luka viel stärker war als er. Alles, was er jetzt noch wollte, war, ihm Schmerzen zuzufügen. Also schlug er zu. Das Grinsen aus Lukas Gesicht verschwand. Er spuckte aus, und Tommy sah die Wut in seinen Augen.

»Dafür wirst du bluten!«, zischte Luka und rieb sich die Wange. »Ben ist ein Schwächling, es ist besser, wenn er verreckt! Er hätte von ganz oben springen sollen.«

Tommy hob die Faust, um sie ein weiteres Mal tief in das verhasste Gesicht zu schlagen.

»Aufhören! Hört sofort auf!«

Tommy konnte nicht feststellen, von wem die Stimme kam. Er ließ die Hand sinken und drängte sich an den Umstehenden vorbei. Zwar konnte er kaum einen klaren Gedanken fassen, aber er hatte nicht vor, sich vor einem Lehrer zu rechtfertigen. Er hatte sie alle so satt. Die Lehrer, die Schüler, die Schule – einfach alles. Schnell schnappte er sich seine Tasche und hastete die Treppe nach unten, ohne auf das Rufen hinter sich zu achten. In der Eingangshalle vernahm er das Klacken von Schuhabsätzen, aber er drehte sich nicht um, und als er die Eingangstür erreichte, stieß er sie auf und lief nach draußen. Es stürmte. Schon dachte er, er würde davonkommen, ohne behelligt zu werden, als ihn plötzlich jemand am Arm festhielt. Er warf einen schnellen Blick über die Schulter.

»Tommy! Bleib stehen, rede mit mir!« rief Frau S.

»Was wollen Sie?«, fragte er, ohne stehen zu bleiben.

»Dass du mit mir sprichst. Was war da eben los? Mit Luka?«

»Gar nichts.« Er atmete schwer. »Es war gar nichts los.«

Frau S. versuchte, mit ihm Schritt zu halten. »Und warum läufst du dann davon? Wohin überhaupt? Die Schule ist noch nicht zu Ende!«

»Das ist mir egal, die Schule interessiert mich nicht mehr. Ich will zu Ben.« Tommy riss sich los.

»Tommy, bitte!«, rief sie ihm verzweifelt hinterher. »Bleib stehen! Ich bin deine Lehrerin ... Tom!«

Er blieb stehen. Wie konnte sie nur?

Sie schien zu ahnen, was er dachte. »Es ... es tut mir leid«, stammelte sie. »Ich wollte nicht ...«

»Nein«, unterbrach er sie. »Sie haben recht, Sie sind meine Lehrerin.«

»Ich will doch nur, dass du mit mir sprichst.«

»Dann legen Sie los.« Seine Stimme klang kalt.

»Ich erkenne dich nicht wieder. So ein Verhalten hätte ich nie von dir erwartet. Du hast dich verändert.«

»Sie müssen es ja wissen«, meinte er bitter, doch schon bereute ein Teil von ihm seine Worte.

»Du bist nicht zum Sprechtag erschienen und kommst tagelang nicht zur Schule. Und am ersten Tag, an dem du erscheinst, prügelst du dich und haust ab. Was ist los? Dafür muss es doch einen Grund geben!«

Waren sie wirklich so blind? Sie alle? »Es gab keinen Grund mehr, zum Sprechtag zu gehen. Außerdem fühlte sich meine Mutter nicht wohl.« Und ich auch nicht, wollte er sagen, doch er sprach es nicht aus.

»Hast du dich deswegen mit Luka geprügelt?«, fragte sie leise. »Weil sie dein Bild verbrannt haben?«

»Nein. Es ging um Ben.« Der Regen verstärkte sich und umschloss jeden seiner Gedanken.

»Ben? Warum um ihn?«

»Ich will nicht darüber reden.«

»Aber vielleicht wäre es besser, wenn wir mal über alles reden. Über die Schule – und zu Hause. Wie geht es dir mit deinen Eltern?«

»Fragen Sie nicht, dann muss ich auch nicht lügen.«

Sie legte die Hand auf seinen Arm und diesmal ließ er es zu. »Du bist nicht glücklich, nicht wahr?«, fragte sie.

»Nein.« Die Wahrheit seiner ganzen Welt in einem schlichten Wort.

»Du weißt, dass ich den Streit trotzdem melden muss, oder?«

»Mir ist es gleich, ob Sie das tun.«

»Aber mir nicht! Tommy, bitte!« Ihre Augen schimmerten im Regen.

»Ich kann nicht mehr.« Er wandte sich ab. Er wollte nicht mehr hier sein, er wollte zu Ben.

»Lass mich dir helfen!«, begehrte sie verzweifelt auf.

»Niemand kann mir helfen.« Tommy lief durch den Regen, lief durch den kalten Schauer, der ihm entgegenpeitschte. Er drehte sich nicht mehr um.

Ben zu besuchen, sollte sich als schwieriger erweisen als gedacht. Kaum stand er vor seinem Zimmer auf der

Intensivstation, hielt ihn eine junge Krankenschwester zurück.

»Einen Moment, junger Mann«, rief sie. »Du darfst da nicht rein. Nur Ärzte, Pfleger und Angehörige des Patienten.«

»Das geht schon in Ordnung, ich bin sein Bruder«, log Tommy, denn etwas anderes fiel ihm auf die Schnelle nicht ein.

Die Krankenschwester hob ungläubig die Brauen. »Ich wusste gar nicht, dass Doktor Winter noch einen Sohn hat. Ist es nicht eine Tochter?«

Verdammt, dachte Tommy. Natürlich kannten alle die Familie des Chefarztes. »Ich war letztens schon mal bei Ben …«, versuchte er es anders.

»Da hatte ich wohl Bereitschaft. Wie, hast du gesagt, ist noch gleich dein Name?«

»Tom«, meinte er und spürte, wie sich seine Nackenhaare aufstellten.

»Tom Winter also? Zeig mir doch schnell mal deinen Ausweis, dann lass ich dich rein.«

»Ist schon in Ordnung, Christine«, sagte eine Stimme hinter ihnen. Es war Bens Vater. »Lassen Sie ihn zu Ben. Er ist sein bester Freund. Die zwei sind unzertrennlich.«

»Natürlich, Doktor Winter, wenn Sie es sagen«, meinte die Schwester schulterzuckend und ließ Tommy passieren.

Tommy bedankte sich. Er würde sich für das, was er Dr. Winter an den Kopf geworfen hatte, nicht entschuldigen, denn seine Meinung hatte sich nicht geändert. Trotzdem verharrte er im Türrahmen. »Wollten Sie auch gerade zu Ben?«

»Nein, ist schon in Ordnung«, antwortete Dr. Winter. »Du hattest noch keine Gelegenheit, mit ihm allein zu sein. Ben wüsste das sicher zu schätzen. Ich schau später nach ihm.«

Tommy nickte. Dr. Winter öffnete den Mund, als wolle er noch etwas hinzufügen, überlegte es sich aber anders und machte auf dem Absatz kehrt.

Im Krankenzimmer hatte sich nichts verändert. Tommy kam es so vor, als läge Ben auf den Millimeter genau in der gleichen Position wie noch vor ein paar Tagen. Einen kurzen Moment überkam Tommy das zwingende Bedürfnis, den Schlauch in Bens Mund herauszuziehen. Wenn er ihn entfernte, würde Ben noch im selben Moment die Augen aufschlagen und ihn erkennen. Dann wäre wieder alles wie früher! Das war natürlich Blödsinn, das wusste Tommy. Er fühlte sich hilflos, weil er rein gar nichts für seinen Freund tun konnte. Minutenlang beobachtete er das Heben und Senken von Bens Brust, betrachtete sein schlafendes Gesicht mit den eingefallenen, blassen Wangen. Ihm wurde flau im Magen.

»Ben, hörst du mich?«, fragte er leise. »Ich bin's.« Er bekam keine Antwort, redete jedoch weiter. »Wie geht es dir? Komm schon, du hast lange genug geschlafen. Sag etwas, egal was, hast du nichts zu erzählen?«

Stille.

»Du hast 'ne Menge verpasst.« Er lachte bitter. »Du und dein Scheißmathe, es ging um nichts anderes mehr. Wir haben so viel Zeit damit verschwendet, und trotzdem hast du es nicht gepackt! Ich schwöre dir, wenn du aufwachst, müssen sie dich gleich wieder einliefern, weil ich dir die größte Tracht Prügel deines Lebens verpassen werde.« Er spürte heiße Wut in sich aufsteigen. Wut, dass Ben nicht sprach, dass er nicht aufwachte, und gegen sich selbst.

Ben zeigte keine Regung.

»Du egoistischer Scheißkerl! Denkst du auch mal an jemand anderes außer dich selbst? Scheiß drauf, ich brauch dich nicht. Ich komm auch ohne dich zurecht!« Ben machte keinen Mucks, was Tommy kaum mit ansehen konnte. Seine Beine gaben nach, dass er sich am Krankenbett abstützen musste. »Warum bist du gesprungen?«, keuchte er und krallte sich am Betttuch fest. »Es tut mir leid, Ben. Hörst du? Es tut mir leid! Ich konnte nicht für dich da sein. Warum hast du mir nicht mehr Zeit gegeben?«

Bens Brust hob und senkte sich.

Die Angst, nie wieder ein Wort aus seinem Mund zu hören, überwältigte Tommy. »Du darfst mich nicht allein lassen! Jetzt wach auf! Bitte wach auf!« Er schrie ihn innerlich an, er solle sich endlich bewegen, solle aufstehen.

Doch er tat es nicht. Ben schlief ruhig und selig weiter. Also löste sich Tommy vom Bett und trat einen Schritt zurück. Er hatte gewusst, warum er den Besuch bei Ben aufgeschoben hatte. Es war ein Fehler gewesen, herzukommen. Wortlos ging er nach draußen.

»Wie geht es ihm?« Dr. Winter hatte anscheinend die ganze Zeit vor dem Zimmer auf ihn gewartet. Den Arztkittel hatte er gegen seine eigene Kleidung eingetauscht.

Tommy blickte zur Wanduhr und erschrak, als er realisierte, dass er fast eine Stunde bei Ben verbracht hatte.

»Hast du nicht Schule?«, fragte der Arzt.

»Ich hatte keinen Kopf dafür«, antwortete Tommy wahrheitsgemäß. »Und ich wollte Ben sehen.«

»Das kann ich gut verstehen. In letzter Zeit würde ich auch gerne alles stehen und liegen lassen und einfach nur raus. Trotzdem, Schule ist wichtig.« Er hielt kurz inne. »Entschuldige, Tommy, ich bin der Letzte, der dir Vorschriften machen sollte. Ich weiß, du gibst mir die Schuld an allem, aber wenn du selbst Kinder hast, wirst du verstehen, dass ich immer nur das Beste für meinen Sohn wollte. Jedes Mal, wenn ich streng zu ihm war, selbst als ich ihn angeschrien habe. Ich liebe Ben, und jetzt liegt er im Koma, und es gibt nichts, was ich dagegen tun kann!« Er hob zitternd die Hände. »Dabei bin ich Arzt. Denkst du nicht, das ist Bestrafung genug?«

»Das stimmt nicht«, sagte Tommy leise.

»Wie bitte?«

»Ich gebe Ihnen nicht an allem die Schuld.«

»Nun gut …«, erwiderte Dr. Winter unsicher. »Ben hat es sicher gefreut, dass du hier gewesen bist. Dafür danke ich dir.« Er fuhr sich durchs Gesicht und bekam das Zittern wieder unter Kontrolle. Er atmete tief aus. »Soll ich dich nach Hause fahren?«

Es war ein freundliches Angebot, aber Tommy lehnte ab. »Ich werde zu Fuß gehen. In den letzten Tagen war ich mehr oder weniger nur in meinen vier Wänden. Die frische Luft wird mir guttun. Außerdem mag ich das Wetter.«

»Du magst das Wetter? Aber es regnet!«

»Gerade deswegen.« Tommy wandte sich ab und ging die grauen Gänge entlang. Draußen empfing ihn eine nicht weniger graue Welt.

–18–

Im Nachhinein hätte Tommy sofort auffallen müssen, dass etwas nicht stimmte. Die Haustür war nicht verschlossen gewesen, und im Flur lag die braune Lederjacke seines Vaters achtlos auf dem Boden. Er hörte ein Scheppern und Stimmen. Zuerst dachte Tommy, sein Vater habe wieder einmal den Fernseher aufgedreht, aber als er sich dem Wohnzimmer näherte und verstand, was gesprochen wurde, wusste er es besser.

»Komm schon, Baby. Du willst es doch auch. Du willst ihn.« Die Stimme seines Vaters klang aufdringlich.

»Nein, wirklich. Heute nicht«, wich ihm seine Mutter aus.

»Lass es uns feiern, Baby! Er ist schon ganz hart.«

»Feiern – was denn? Dass du unser Geld wieder in deiner beschissenen Kneipe verspielt hast?«

»Nicht verspielt. Der Automat hat was springen lassen. Genug, um Spaß zu haben«, meinte er. »Lass mich ran und du wirst schon sehen, wie geil du es findest. Bestimmt bist du schon ganz feucht.«

»Nein ... Lass mich ... Ich will nicht!«, wehrte sie ab.

»Komm schon, Baby« wiederholte er.

»Nein ... Tom, du hast getrunken.« Sie versuchte, ihre Stimme sanft klingen zu lassen, und Tommy konnte nur erahnen, wie viel Überwindung es sie kosten musste. »Was du brauchst, ist ein Bett und viel Schlaf. Ich nütz dir in deinem Zustand doch gar nichts.«

»Denkst du, ich krieg keinen mehr hoch?«, brauste sein Vater auf. »Nennst du mich einen Schlappschwanz?«

»Nein«, sagte sie schnell und klang erschrocken. »Du weißt, ich würde nie ... Fass mich nicht an!«

Tommy war wie gelähmt, doch ihr Schrei gab ihm jetzt die Kontrolle über seinen Körper zurück. Er öffnete vorsichtig die Wohnzimmertür. Sein Vater stand mit dem Rücken zu ihm und hatte die Mutter grob an den Schultern gepackt.

»Du tust, was ich dir sage!«, blaffte er. »In diesem Haus bestimme immer noch ich!«

»Sonst was?«, rief sie.

Ein lautes Klatschen war zu hören, gefolgt von einem tiefen Keuchen.

»Siehst du, was passiert, wenn du mich wütend machst? Du forderst es heraus, und dann verletzt du dich. Komm her ...«

»Hau ab, lass mich in Ruhe!«, wimmerte sie.

»Schau, was du getan hast«, sagte er bedrohlich leise. »Ich wollte nett sein und ein paar schöne Stunden mit dir verbringen.«

»Stunden?«, höhnte seine Mutter unter Schluchzen. »Als könntest du überhaupt so lange durchhalten. Arbeitet auf dem Bau, aber weiß nicht mal mit seinem eigenen Werkzeug umzugehen!«

»Du machst mich wütend, Baby. So etwas solltest du zu einem Mann wie mir nicht sagen.«

»Du meinst einen Mann, der erst seine Frau verprügeln muss, damit er einen hochbekommt? Anders hast du es doch noch nie gebracht!« Harte Schritte klangen über den Fußboden. »Du willst mich schlagen? Na los, komm schon! Wenn du mich schlagen willst, nur zu!«

Ein weiteres Klatschen folgte, dann ein dumpfer Aufprall. Tommy setzte sich in Bewegung und stolperte über eine leere Flasche Whisky. Seine Mutter kroch durch die Zwischentür rückwärts in die Küche, um möglichst viel Raum zwischen sich und ihrem Mann zu schaffen.

»Du kranke Drecksau! Du kleiner schwanzloser Feigling!« Wild umhertastend fuhr ihre Hand über die Anrichte, bis sie schließlich ein Küchenmesser zu fassen bekam. Mit der Spitze voran reckte sie es ihrem Mann entgegen. »Noch einen Schritt und ich bring dich um!«

Er ließ nur ein Glucksen hören. Offensichtlich nahm er die Drohung nicht ernst. Ungewöhnlich schnell für einen Betrunkenen stapfte er auf sie zu und riss sie an den Armen hoch. Verzweifelt versuchte sie, ihn zu schneiden, aber sein Griff war eisern. Er löste eine Hand und schlug ihr mitten ins Gesicht. Das Messer entglitt ihr und fiel zu Boden. Es prallte von den Fliesen ab und schlitterte Tommy vor die Füße. Der Blick seiner Mutter war verzweifelt dem Messer gefolgt und richtete sich nun auf ihren Sohn.

»Tommy!«, keuchte sie erschrocken.

Sein Vater fuhr herum. »Was tust du hier?«

Doch Tommy hatte schon das Messer in der Hand und stürmte blind vor Hass auf ihn los. »Geh weg von ihr! Lass sie in Ruhe!«

Er musste seine Mutter beschützen. Tommy wusste nicht, was er mit dem Messer anstellen würde, sobald er seinen Vater erreichte. Aber es half nichts. Ein einziger Schlag von seinem Vater reichte und er ließ das

Messer kraftlos fallen. Die Faust hatte ihn an der Schläfe getroffen. Tommy sackte auf den Boden. Sein Schädel dröhnte. Er konnte sich kaum orientieren, alles um ihn herum drehte sich. Halt suchend klammerte er sich an der Anrichte fest und versuchte, sich hochzuziehen. Vergeblich. Ihm wurde schwindelig. Das Dröhnen in seinem Kopf wurde lauter, und die Schreie seiner Mutter vernahm er wie aus weiter Ferne.

Tommy war zu schwach, um ihr zu helfen. Das wusste auch sein Vater. Er hatte sich bereits wieder von ihm abgewandt und zog seine Mutter an den Haaren zum Küchentisch. Dort zwang er sie mit dem Bauch auf die Tischplatte, dass sich ihm ihr Po entgegenstreckte. Um sie unter Kontrolle zu halten, verdrehte er ihre Linke hinter dem Rücken. Sobald sie sich aufbäumte, presste er sie wieder nach unten. Tommy hörte sie vor Schmerz aufstöhnen.

»Nein ... nicht«, wimmerte seine Mutter. Sie hatte keine Kraft mehr zum Schreien. »Schau nicht her, Tommy. Ich will nicht, dass du das siehst.«

»Soll er!«, grölte sein Vater. »Du wirst sehen, wie ich es kriege, Tom! Und du ...« Er fasste sie am Kinn und drückte sie weiter auf den Tisch. »Wenn ich mit dir fertig bin, wirst du schön schlucken, was ich dir gebe.«

Tommy war noch immer wie betäubt. Er konnte sich kaum rühren und fühlte sich, als würde er jeden Moment umkippen. Wieder musste er sich an der Couch festhalten. Unterdessen machte sein Vater weiter. Mit einem Fuß zwang er ihre Beine auseinander und versuchte, ihr weißes Kleid nach oben zu streifen. Als sie sich sträubte, zerriss er es kurzerhand vom Saum bis zum Becken. Schon wollte er ihr auch den Slip nach unten ziehen, da verschränkte sie ihre Beine. Es bereitete seinem Vater sichtlich Mühe, sie immer wieder zu spreizen.

»Hör auf«, keuchte er, »oder ich brech dir die Hand!« Als sie keine Anstalten machte, sich zu fügen, schlug er zu. Seine Faust traf sie hart am Hinterkopf. Sie sackte vornüber und blieb benommen über dem Tisch liegen. Wieder spreizte er ihr die Beine und befreite sie gewaltsam von ihrem Slip. »Gleich wirst du ihn spüren!« Er öffnete den Bund seiner Hose ...

Seine Mutter hob zitternd den Kopf und sah ihn schmerzverzerrt an. »Tommy ... bitte ... geh. Schau nicht hin!«

Sein Vater stieß zu. Sie stöhnte auf. Nicht vor Lust, nur vor Schmerz. Tränen flossen ihr über die Wangen, und Tommy konnte ihren Anblick kaum ertragen. Er konnte keinen klaren Gedanken fassen. Er wusste nicht, was er tun sollte.

»Tommy!«, schluchzte sie wieder. »Geh!«

Wie betäubt rappelte er sich auf und stürmte aus dem Wohnzimmer, den Flur entlang zur Haustür. Er rannte in die Dunkelheit. Noch lange hallten die Stöße gegen den Tisch und das gleichsam unrhythmische Wimmern seiner Mutter in seinem Kopf wider.

Der Regen fiel in Strömen. Tommy stolperte die dunkle Straße entlang, die mehr aus Wasser als aus Asphalt zu bestehen schien. Er war bis auf die Knochen durchnässt, trotzdem zitterte er nicht. Die Kälte betäubte ihn, legte sich wie ein schützender Mantel um ihn und verhinderte, dass ihn sein Innerstes verbrannte. Der kühle Schauer hatte die Wirkung eines Dämmkörpers, der ihn vor seinen eigenen Gedanken schützte.

Die Tropfen fielen unaufhörlich, ihr Klang wurde zu einem Mantra, das sich in seinen Kopf brannte und keinen Platz ließ für das, wovor er gerade flüchtete. »Wenn ich mit dir fertig bin, wirst du schön schlucken, was ich dir gebe.« Hier draußen konnte er sich abschirmen. Der Regen raubte dem, was passiert war, alle Bedeutung und spülte es von ihm fort.

Tommy lief weiter. Jeder Schritt brachte ihn weit weg, weg von seinem Zuhause, weg von seiner Straße, an Häuserblocks vorbei, durch Parkanlagen. Weg von all dem Elend und raus aus dem Radius, in dem ihn der Anblick und die Faust seines Vaters hätten erreichen können.

Hin und wieder fuhren Autos an Tommy vorbei. Ihre Rücklichter erinnerten in der Dunkelheit an die tückischen Augen wilder Tiere. Er hielt inne. Ein rotes Augenpaar wurde mit einem Mal langsamer und verharrte lauernd. Schließlich kam es wieder auf ihn zu. Jemand stieg aus dem Wagen, aber er konnte, geblendet vom Licht, nicht erkennen, wer es war.

»Tommy!«

Er erkannte die Stimme. Es war Frau S. Sie schlug den Mantelkragen hoch. Er fragte sich, warum sie in dieser Gegend unterwegs war, aber dann wurde ihm bewusst, dass ihn die Antwort nicht interessierte. In diesem Augenblick war er einfach nur froh, sie zu sehen.

»Was machst du um diese Zeit allein hier draußen?«, rief sie besorgt. Sanft berührte sie ihn am Arm. »Du bist ja ganz nass. Komm, steig ein, ich fahr dich nach Hause.«

Tommy entzog sich ihr. »Nein«, sagte er tonlos. »Nicht nach Hause.« Er wollte nicht zurück. Nie wieder.

»Warum nicht?«, fragte Frau S. und klang bestürzt.

»Ich will nicht.«

»Gut, schaffen wir dich erst mal aus dem Regen, sonst holst du dir noch eine Lungenentzündung.«

Ohne Widerstand folgte ihr Tommy zum Auto. Sie hatte etwas an sich, das ihn nicht widersprechen ließ. Sie stiegen ein.

»Tommy, du blutest ja!« Frau S. betrachtete ihn im Schein der Innenbeleuchtung und tastete über seine Schläfe.

»Es ist nichts, nur ein Kratzer.«

»Nur ein Kratzer? Du hast eine Platzwunde über dem Auge, die behandelt werden muss. Tommy, hat dich jemand geschlagen?«

Er schwieg, aber sie brauchte keine Antwort. Mit ihren blauen Augen betrachtete sie ihn eindringlich. Wie gerne würde er unter anderen Umständen in diese Augen blicken!

Sanft strich sie ihm über die Wange und griff zum Lenkrad. »Ich nehme dich mit zu mir. Da werd ich dich erst mal versorgen.« Sie schaute auf die regennasse Fahrbahn.

Langsam drehte sie den Zündschlüssel, löste die Handbremse, ließ die Kupplung kommen und gab Gas. Der Motor brummte auf. Tommy blickte aus dem Fenster. Er liebte es, wie Laternen, Bäume und Häuser an ihm vorbeiflogen. Die Konturen verschwammen, als würde die Welt da draußen eins werden. Er sah zum

Fahrersitz und fragte sich, ob es im Inneren des Wagens auch der Fall war.

–19–

Die Wohnung der Lehrerin war nicht allzu groß, doch das verlieh ihr einen gewissen Charme. Das Wohnzimmer stellte den Mittelpunkt des Apartments dar, in dem sich Tommy auf Anhieb wohlfühlte.

»Tut mir leid, dass ich Ihre Couch volltropfe.«

Frau S. hatte ihn sanft, aber bestimmt auf das Sofa mit der beigefarbenen Wolldecke gedrückt, ehe sie in die angrenzende Küche gegangen war. Das Handtuch, das sie ihm hingelegt hatte, lag vergessen auf dem Tisch, Tommys ganze Aufmerksamkeit galt ihr. Gerade war sie damit beschäftigt, einen Tee aufzugießen. Sie hatte ihm den Rücken zugekehrt, ihr Haar fiel in leichten Wogen über ihren Nacken. Tommy schluckte.

»Das macht nichts«, sagte sie über die Schulter. »Die Decke wollte ich sowieso schon lange Mal austauschen. Die Farbe, ich denke, sie passt nicht zu mir. Was meinst du?« Sie wandte sich zu ihm um.

Tommys Gedanken schweiften ab, er dachte an den ersten Schulball, den er mit Ben besucht hatte. Ein Abend, an dem er Frau S. in einem blauen Kleid gesehen hatte. Tommy erinnerte sich, wie es bei jeder Bewegung in leichten Wellen ihren Körper umschmeichelt hatte. Wie Wasser in einem Bergsee, in das man einen Stein warf und zusehen konnte, wie sich konzentrische Kreise aus ihrem Mittelpunkt erhoben. Unweigerlich in den Bann ziehend, gleichermaßen unergründlich, vollkommen.

»Blau«, flüsterte er.

»Was hast du gesagt?« Sie nahm zwei Tassen und stellte sie auf den kniehohen Tisch vor dem Sofa. Dann setzte sie sich neben ihn und blickte ihn abwartend an.

»Blau«, wiederholte er, »Die Farbe passt besser zu Ihnen.« Verlegen schaute er zur Seite, doch er konnte spüren, dass sie ihn weiterhin fixierte.

»Warum denkst du das?«, fragte sie.

»Sie passt zu Ihren Augen«, antwortete er.

Sie lächelte. »Du hast meinen Tee noch gar nicht probiert. Schwarzer Tee mit Zitrone, mein Lieblingstee.« Langsam führte sie die Tasse an ihre Lippen.

Tommy tat es ihr nach und nahm einen kleinen Schluck. Ihm war bereits warm, nein, er glühte innerlich.

»Schmeckt er dir?«, fragte sie. »Ich vertue mich immer ein bisschen und lasse den Tee zu lange ziehen.«

»Ja.« Der Tee war leicht bitter, hinterließ jedoch einen süßen Geschmack.

Langsam hob sie die Hand und berührte sanft seine Wange. Ein wohltuender Schauer jagte durch seinen Körper, und er schloss kurz die Augen, um den Moment ganz auszukosten.

»Ich versorge jetzt die Wunde.« Sie stand auf. »Ich muss sie säubern, damit sie sich nicht entzündet. Lass mich rasch etwas zum Desinfizieren holen.«

Tommy blickte ihr hinterher, ehe sie in Richtung Bad verschwand. Seine Gedanken schweiften ab zu dem sanft blauen Schimmern des Bergsees.

»Zum Glück ist sie nicht allzu tief.« Frau S. war mit einer Flasche Desinfektionsmittel und einem kleinen Handtuch zu ihm zurückgekehrt. Sie ließ sich erneut neben ihm nieder und betrachtete im Schein der Deckenlampe das Ausmaß seiner Verletzung. Sie nahm sein Gesicht in beide Hände und zwang ihn, den Kopf leicht zu senken, was Tommy nur allzu gern über sich ergehen ließ. Gerade strich sie ihm ein paar Strähnen aus der Stirn. Er atmete erschaudernd auf.

Schnell zuckten ihr Hände zurück. »Hab ich dir wehgetan?«

»Nein, schon in Ordnung.« Tommy wollte nicht, dass sie ihre Hände wegnahm, er wollte, dass sie ihn weiterhin berührte.

»Also gut, das wird jetzt etwas brennen.« Sie tränkte eine Ecke des Handtuchs mit dem Antiseptikum.

Ein Geruch, wie er ihn aus dem Krankenhaus kannte, stieg ihm in die Nase. Tommy verzog das Gesicht, denn er musste schlagartig an Ben denken. Doch der pochende Schmerz auf seiner Stirn verdrängte die Gedanken an seinen Freund. Denn seine linke Gesichtshälfte schien in Flammen zu stehen. Frau S. tupfte die aufgeplatzte Stelle behutsam ab.

Tommy erschauderte, diesmal vor Schmerz.

»Halt das mal.« Vorsichtig klebte sie ein Pflaster über sein linkes Auge und lehnte sich etwas zurück, um ihr Werk zu begutachten.

Mit dem Pflaster schien alles zu stimmen, doch sie sah ihn unverwandt an. Ihre vollen Lippen waren leicht aufeinandergepresst, sodass sich kleine Grübchen um den Mund bildeten. Es war jener Blick, mit

dem sie ihn schon so oft in den letzten Tagen angesehen hatte. Auch wenn sie dabei zutiefst traurig aussah
– und er wusste, dass er der Grund dafür war –, machte
sie das in diesem Moment anziehender als je zuvor. Zu
wissen, dass er solche Gefühle bei seiner Lehrerin aus-
lösen konnte, ließ sein Herz höherschlagen. Trotzdem
versetzte es ihm gleichzeitig einen Stich. Lieber wäre es
ihm gewesen, sie strahlen zu sehen. Er wollte es sein, an
den sie dachte. Er wollte sie zum Lächeln bringen und
dafür sorgen, dass niemand sie je wieder verletzte.

»Tommy, es tut mir so leid«, flüsterte Frau S. und
brach damit das Schweigen. »Das alles.«

Natürlich. Ihm war klar gewesen, dass sie es wusste.
Sie kannte ihn seit Jahren, und deshalb fiel es ihr nicht
allzu schwer, zu erraten, von wem er an diesem Abend
so zugerichtet worden war. Er wartete nur darauf, dass
sie ihm riet, zur Polizei zu gehen. Vielleicht würde sie
sogar vorschlagen, ihn zur Wache zu begleiten. Und
während sie gemeinsam auf die Beamten warteten,
würde sie ihm zusprechen, dass er das Richtige tue und
alles besser werden würde. Sie würde ihn ausfragen,
ihn drängen, ihr all das zu erzählen, was er sich so dringend von der Seele reden musste.

Doch das tat sie nicht, nichts von alledem. Stattdessen
umarmte sie ihn. Ihr süßer Duft stieg ihm in die Nase
und veranlasste ihn, tief einzuatmen. Tommy schloss
die Augen und ließ sich von seinen Erinnerungen und
Hoffnungen in eine andere Welt treiben.

»Ich wünschte, ich könnte dir helfen.«

Ihre Worte brachten sein Herz zum Beben. »Das tun
Sie«, flüsterte er und war nicht verlegen, es zuzugeben.
Denn es stimmte.

»Schau mich an«, hauchte sie.

In ihm herrschte Krieg, schon so lange. Doch dann sah er in ihre Augen. Und in ihren Augen fand er Frieden.

Tommy wollte vergessen. Alles, was war, und alles, was sein würde. Jene Dinge, die ihn geprägt hatten. Menschen, Worte, die ihn verletzt hatten, Taten, die ihn so oft zerstört hatten.

Das alles wollte er hinter sich lassen, und zum ersten Mal in seinem Leben sah er eine Möglichkeit dazu. Er sah es in ihren Augen. Läuterung – sie zog auf wie Sonnenlicht, das an einem stürmischen Tag durch eine dunkle Wolkendecke brach, und in jenem Licht erkannte Tommy die Wahrheit.

Lange Zeit war er nicht glücklich gewesen. Er wusste nicht mal, ob er es jemals gewesen war. Vielleicht hatte es einmal eine solche Zeit gegeben, Tage in einem anderen Leben und längst vergessen, an denen sich ein Lächeln auf seinem Gesicht nicht wie etwas Fremdes angefühlt hatte. Eine Zeit, in der noch nicht Sorgen, Nöte und Ängste seine Welt überschattet hatten. Eine kurze Zeit.

Jenes Glück, nach dem er sich so lange gesehnt, nach dem er sich verzehrt hatte, war zum Greifen nah. Er musste nur die Hand ausstrecken und es ergreifen. Dann würde er es nie wieder loslassen. Tommy wusste es jetzt.

Er konnte glücklich sein. Nein, er *würde* glücklich sein. Das jedenfalls war die Wahrheit, die er in diesem einen Moment erkannte, in dem er das Leben selbst spürte. Eine simple Wahrheit, die in den Tiefen ihrer

Augen lag und an die er nun glaubte, aber so lange nicht darauf zu hoffen gewagt hatte.

Doch dann hörte er das Klingeln, und das Licht erlosch und ließ ihn in der Dunkelheit zurück.

Das Klingeln seines Handys riss ihn zurück in die Welt, aus der ihn Frau S. entführt hatte. Das Gefühl von Geborgenheit und Glück wich jenem von Unbehagen und Beklemmung. Das Telefon vibrierte anklagend. Mit jedem Mal machte es einen kleinen Satz, als strebte es seinem Besitzer entgegen.

Heb mich auf! Komm her und heb mich auf!, schien das leuchtende Display zu fordern. Das Abwechseln von Ton und Vibration hatte etwas Hypnotisierendes an sich, etwas, das ihn beunruhigte und seine Aufmerksamkeit völlig in den Bann zog.

Hast du schon vergessen, was das letzte Mal passiert ist? Als du nicht rangegangen bist? Kannst du dich erinnern?

Natürlich konnte er das. Kalter Schweiß brach in ihm aus, als er an den Tag zurückdachte, an dem Ben versucht hatte, ihn zu erreichen.

»Tommy ... « Frau S. sah ihn fragend an.

Jener lange Moment, der nur ihnen gehört hatte, war vorüber und etwas anderes hatte nun von ihm Besitz ergriffen. In der Wohnung war es spürbar kälter geworden, seit das Handy zu klingeln angefangen hatte.

»Willst du nicht rangehen?«, fragte sie leise.

Nein, das wollte er nicht. Zögernd tastete er nach dem Telefon. War es Ben? Rief er an? War er gesund? Nein, das konnte nicht sein.

Die Nummer auf dem Display kam ihm nicht bekannt vor. Zitternd nahm er das Gespräch an. Wie in Zeitlupe hob er das Handy ans Ohr. Er spürte, dass etwas nicht stimmte.

Und er hatte recht.

»Tommy? Tommy, bist du das?«, hörte er Mias Stimme wie aus weiter Ferne.

»Ja.«

»Ich bin im Krankenhaus. Es geht um Ben.«

»Ben?«, fragte er.

Sie schluchzte. Sie sagte etwas, aber er konnte ihre Worte kaum verstehen. »Hast du gehört? Tommy? Verstehst du?«

»Ich ... Was?«

»Ben. Er ist tot!« Sie rief noch etwas.

Er nahm ihre Stimme wahr, aber er hörte sie nicht mehr.

Ben war tot.

−20−

Leas Augen brannten. Sie wollte es nicht zulassen, nicht vor Tommy, und nur mit Mühe konnte sie verhindern, dass ihr die Tränen über die Wangen liefen. Dafür bebte sie innerlich umso mehr. Noch nie hatte es jemand geschafft, sie derart aus der Fassung zu bringen. Niemand – bis heute.

Tommy allerdings schienen seine eigenen Worte kalt zu lassen. Lea musste an das zurückdenken, was er Bens Schwester erzählt hatte. Dass Tommy nicht weinen konnte. Aber wie konnte er nur so ruhig bleiben? Es war seine Leidensgeschichte, doch nun war sie es, die überwältigt war von ihren Gefühlen. Hatte er sich längst mit allem abgefunden? Oder war er einfach nur kalt und empfand nichts? Belogen hatte er sie nicht, das spürte Lea. Das erkannte sie in seinen Augen, die sie so aufmerksam ansahen. Sie konnte dem Blick nicht länger standhalten. Ohne sich zu erklären, stand sie auf und verließ fluchtartig den Verhörraum.

»Was ist mit Ihnen?«, hörte sie Mayer fragen, aber sie eilte wortlos an ihm und den anderen Kommissaren vorbei auf den Gang hinaus und in die nächstgelegene Toilette. Auch dass Bachmann ihr hinterherrief, ignorierte sie. Vor den Ermittlern wollte Lea keine Blöße zeigen, und vor ihm schon gar nicht.

Nervös drehte sie den Wasserhahn auf. Ihre Schultern fingen zu beben an, sie musste sich am Waschbecken abstützen. Das Krankenhaus, die Vergewaltigung – Bens Tod. Wie konnte ein Junge das alles erleben, ohne eine Träne zu vergießen, wenn ihr die reine Erzählung schon so zu schaffen machte? Im Spiegel sah sie in ihr bleiches Gesicht, und sie schluckte schwer. Allmählich wurde ihr Zittern schwächer. Sie wischte sich durchs Gesicht, wartete einen Moment lang und kehrte nach ein paar tiefen Atemzügen in den Vorraum zurück. Mayer warf Bachmann einen vielsagenden Blick zu.

»Alles in Ordnung mit Ihnen?«, fragte er in einfühlsamem Ton. »Doktor Lindman?«, fügte er hinzu, als sie nicht reagierte.

»Gar nichts ist in Ordnung!«, rief Bachmann. »Schau Sie dir doch an, die hat viel zu viel Mitleid mit dem Jungen. Und so was kommt dann dabei raus!« Er schüttelte energisch den Kopf. »Das wäre nicht passiert, wenn wir die Sache selbst in die Hand genommen hätten. Das hätten wir von Anfang an tun sollen.«

»Wir hätten den Jungen nie zum Reden gebracht, das weißt du«, widersprach Mayer. »Egal, wie lange wir ihn unter Druck gesetzt hätten. Er hätte uns kein einziges Wort davon gesagt. Sie hat das geschafft, was wir nicht konnten. Sei etwas nachsichtiger mit ihr.«

»Blödsinn«, brummte Bachmann. »Was kann ich dafür, dass sie so nah am Wasser gebaut ist? So was muss man aushalten, immerhin ist sie Psychologin!« Er lachte freudlos auf. »Der Junge steckt es ja besser weg als sie! Es will mir nicht in den Kopf, wie sie sich von dem Bürschchen so hinters Licht führen lassen kann.

Wer sagt uns, dass das überhaupt alles wahr ist, was er da von sich gibt?«

»Das ist es«, sagte Lea bestimmt.

»Was?«

»Es ist wahr, Kommissar Bachmann. Ich glaube ihm.«

»Was für eine Überraschung! Dass so etwas von Ihnen kommt, war ja klar.«

»Bachmann, tun Sie uns allen einen Gefallen und halten Sie den Mund.« Einen Moment lang musterte Beck Lea. »Gönnen Sie sich eine Pause, Doktor Lindman. Sie sind schon seit Stunden mit ihm da drin.«

Lea schüttelte energisch den Kopf. »Nein, es geht schon. Immerhin hält er es auch durch. Oder gönnen Sie ihm ebenfalls eine Pause?« Lea machte sich keine Mühe, die Bitterkeit in ihrer Stimme zu unterdrücken.

»Nein«, erwiderte Beck knapp. »Das geht nicht. Sie wissen, warum.« Tat sie das? Aber Beck fuhr fort. »Mayer wird ab jetzt wieder übernehmen.«

Lea konnte nicht glauben, dass er das überhaupt in Erwägung zog. »Sie wissen so gut wie ich, dass der Junge nicht mit ihm reden wird. Sie würden viel eher das zerstören, was ich so hart erarbeitet habe. Wollen Sie das wirklich riskieren?« Stur hielt sie Becks Blick stand. »Ich mache weiter.«

Der Hauptkommissar seufzte. »Na gut. Bachmann, lassen Sie den Jungen mal aufstehen und geben Sie ihm etwas zu trinken. Und bringen Sie ihm auch etwas zu essen. Doktor Lindman kommt derweil mit mir an die frische Luft.«

»Und die Handschellen?«, fragte Bachmann.

»Die können unten bleiben. Ich denke, Sie werden schon irgendwie mit dem Jungen fertig, wenn es hart auf hart kommt. Passen Sie nur auf, dass er nichts Dummes anstellt, und Sie«, er wandte sich wieder an Lea, »kommen mit mir.«

Lea folgte ihm hinaus in den Innenhof. Natürlich regnete es. Die dunklen Wolken hingen bedrohlich über ihren Köpfen. Beck trat ein paar Schritte vor, Lea blieb unter dem Vordach stehen.

»Doktor Lindman, hören Sie mir zu«, begann er ernst. »Ich habe die Befürchtung, dass Sie sich zu sehr in die Sache reinsteigern. Dass Sie nicht mehr neutral sind. Bachmann hat recht, Sie haben wirklich zu viel Mitleid mit dem Jungen.« Der Baum in der Mitte des Hofs peitschte im eisigen Wind. Ein dicker Ast war gebrochen und pendelte gefährlich hin und her.

»Was ist falsch daran, Mitleid zu haben?«, rief Lea gegen die Böen an.

»Nichts", antwortete Beck über die Schulter. »Aber in diesem Fall ist es nicht zweckdienlich.«

»Was wollen Sie eigentlich von mir?«, fuhr sie ihn an, wohl wissend, dass es sich dabei um ihren Auftraggeber handelte. Aber Lea war es gleich. »Sie lassen mich herkommen, geben mir kaum Informationen und wollen, dass ich mit einem Jungen rede, nur um feststellen zu müssen, dass er eigentlich gar nicht den Mund aufmachen will. Und dann beschweren Sie sich auch noch, wenn ich es geschafft habe?«

Er wandte sich zu ihr um und hob beschwichtigend eine Hand. »Glauben Sie mir, so ist es nicht.«

Lea zog fröstelnd die Schultern hoch. »Wollen Sie mich nicht mehr mit Tommy reden lassen?«

»Selbst, wenn dem so wäre, sind mir da wohl oder übel die Hände gebunden. Was Sie sagen, trifft zu, der

Junge wird nur mit Ihnen reden. Aber vergessen Sie nicht, warum Sie hergekommen sind.« Er sah sie eindringlich an. »Auch ich habe jedes einzelne Wort verfolgt, das aus dem Mund dieses Jungen kam. Glauben Sie nicht, dass ich kalt bin. Oder Bachmann. Es gibt einen Grund, warum er seine Geschichte erst heute bei uns im Präsidium erzählt. Und den haben Sie noch nicht gehört.«

Darauf hatte Lea keine Erwiderung.

Zurück im Vorraum sah Lea Tommy allein im Verhörraum sitzen. Ein leerer Teller und ein Glas Wasser zeugten davon, dass er sich etwas gestärkt hatte. Immerhin. Mit einem deutlich besseren Gefühl als vorhin setzte sie sich wieder ihm gegenüber.

»Es tut mir leid«, sagte er, bevor sich Lea für ihr plötzliches Verschwinden entschuldigen konnte.

Jetzt, da sie ihm wieder so nah war, schien er ihr deutlich blasser im Gesicht als zuvor. Irgendwie beruhigte sie das, bedeutete es doch, dass ihn seine Erzählung nicht unberührt gelassen hatte. »Das muss es nicht«, gab sie zurück. »Deine Geschichte ist nur sehr ... einnehmend.«

Tommy schaute sie lange an. »Kennen Sie das Dornenvogel-Lamento?«, fragte er schließlich leise. Lea schüttelte den Kopf, davon hatte sie noch nie gehört. »Es ist eine Geschichte, die vor ein paar Jahren am Schwarzen Brett angeschlagen war. Seitdem bin ich immer wieder hingegangen. Sie erzählt von einem Vogel, der seit seinem ersten Flügelschlag auf der Suche ist.«

»Und was sucht er?«, fragte sie. Ihre Neugier war geweckt.

»Einen Baum, aber nicht irgendeinen. Dieser Vogel sucht jenen einen Dornenbaum, der nur für ihn bestimmt ist und auf den er sich niederlassen kann. Also fliegt er ohne Unterlass, selbst wenn seine Flügel immer weiter ermatten. Er zieht weiter, bis er den richtigen Baum finden wird. Doch er reist nicht allein, sein Begleiter ist die Angst. Angst, dass es jenen Baum gar nicht gibt. Und obwohl diese Furcht sein Leben bestimmt, gibt er nicht auf und fliegt ...« Tommy stockte. Sein Blick ging an Lea vorbei. »Eines Tages jedoch findet der Vogel seinen Baum, auf dem er sich niederlassen kann, und er setzt sich auf den größten Dorn, den er findet. Er lässt sich von ihm durchbohren und dann, in seiner Todesqual, singt er das traurigste und zugleich schönste Lied, das je ein Vogel gesungen hat. Ein Klagelied – ein Lamento.«

Lea schluckte schwer. »Bist du dieser Vogel?«

Tommy zuckte mit den Schultern. »Ich weiß es nicht. Vielleicht war ich das, vielleicht ist es auch nur eine Geschichte.«

»Und Ben?« Die Worte kamen ihr schneller über die Lippen, als ihr lieb war.

»Ben war ...«, setzte er an, brach jedoch ab. »Als ich Mias Stimme gehört habe ... Alles, was ich bis dahin gefühlt habe, war mit einem Schlag verschwunden.«

»Warum hast du dich nie jemanden anvertraut? Ben ... deiner Mutter ... Warum hast du Frau S. nie etwas erzählt?«

»Ich konnte nicht. Frau S. gab mir an dem Abend den Halt, den ich brauchte, sie war als Einzige für mich da.

Ich hatte Angst, das zu verlieren.« Tommy blickte ihr intensiv in die Augen. »Bei ihr war ich glücklich – bis der Anruf kam.«

»Das muss schrecklich für dich gewesen sein«, sagte sie leise. »Es auf diese Weise zu erfahren.« Andererseits gab es wohl nie eine gute Art, vom Tod seines besten Freundes zu erfahren.

»Ich weiß, dass er mich damit hat treffen wollen«, flüsterte er.

»Was meinst du?«

»Luka. Ich weiß, dass er mich damit hat treffen wollen«, wiederholte er. »Es ging nie um Ben. Das tat es nie. Es ging immer nur um mich und ihn. Seit wir uns das erste Mal begegnet sind, hat er mich gehasst.«

»Tommy, das kannst du unmöglich wissen.«

Er verzog das Gesicht. »Alles, was ich weiß, ist, dass Ben nicht sterben wollte. Er wurde dazu getrieben. Sie haben ihn dazu getrieben. Und als ich Mias Stimme im Handy gehört habe, war auf einmal alles klar. Sie haben ihn nicht nur dazu getrieben, sie haben ihn umgebracht! Und ich erkannte, wonach ich auf der Suche war, wie der Vogel.«

Den Blick, den er ihr zuwarf, hatte sie noch nie bei ihm gesehen. Lea bekam ein flaues Gefühl im Magen. »Und wonach hast du gesucht?«

»Der Vogel fand im größten Leid seine Erfüllung. Ich habe mein halbes Leben lang gelitten, doch es war nicht erfüllt. Ist das ungerecht? Ich weiß es nicht.«

»Ist es das, was du suchst?«, hauchte sie. »Gerechtigkeit?«

Er ignorierte die Frage. »Eines muss ich Ihnen noch erzählen. Damit Sie alles verstehen.« Lea wartete gespannt. »Was meine Mutter an meinem Vater neben seiner Trinkerei und seinen Ausbrüchen am meisten hasst, ist sein Hobby.«

»Und was ist das für ein Hobby?«, wollte sie wissen.

»Mein Vater war Sportschütze. Früher einmal.«

Leas Augen weiteten sich. Tommy hatte recht. Das hätte sie von Anfang an wissen müssen. »Warum hast du mir das nicht schon viel früher erzählt?«

»Weil es bist jetzt nicht wichtig war«, antwortete er.

Lea ahnte Schreckliches.

–21–

Andante Con Dolore

Der Regen hatte aufgehört. Tommy setzte einen Fuß vor den anderen, tief in Gedanken versunken, und achtete nicht auf die vorbeifahrenden Autos oder die düster aussehenden Gestalten, die ihm entgegenkamen. Sie waren ihm gleichgültig. In dieser Nacht würde ihn niemand behelligen, das spürte er.

Tommy? Tommy, bist du da?
Ich bin im Krankenhaus. Es geht um Ben.
Hast du gehört? Tommy? Verstehst du?
Ben. Er ist tot!

Mias Stimme geisterte durch seinen Kopf. Nachdem er erfahren hatte, dass sein bester Freund nicht mehr aufwachen würde, hatte er einfach aufgelegt. Als er aus der Wohnung seiner Lehrerin hinausgestürmt war, hatte sie ihn aufhalten wollen, hatte ihm etwas hinterhergerufen, doch er hatte nicht auf sie gehört.

Mit schweren Schritten marschierte er die Straße entlang, ohne anzuhalten. Wenn er stehen bleiben würde, war er nicht sicher, ob er die Kraft aufbringen konnte, weiterzugehen. Immer weiter, immer weiter. Das war sein Mantra, seit er von Frau S. aufgebrochen war.

Auf einmal hörte Tommy Stimmen vor sich und blickte auf.

»Papa, ich bin müde! Wann sind wir endlich daheim?«

Tommy hatte nicht bemerkt, dass er ein Paar mit seiner Tochter eingeholt hatte. Das kleine Mädchen ging Hand in Hand zwischen den Eltern.

»Ach, du bist müde?« Die junge Mutter lachte und strich der Kleinen liebevoll durchs Haar. »Vorhin bei Oma sah das aber noch ganz anders aus, nicht? Sie hat mir gesagt, dass sie keine ruhige Minute mit dir hatte.«

»Gar nicht wahr!«, entrüstete sich das Mädchen. »Sicher hast du das falsch verstanden. Oma und ich haben Kekse gebacken. Sie hat mich sogar vom Teig naschen lassen!«

»Das lässt sie mich nie.« Der Vater stimmte in das Lachen seiner Frau ein. »Und mir hast du nichts übriggelassen? Du weißt doch, wie sehr ich deine Kekse liebe.«

»Ich weiß, Papa. Oma hat mich nur ein bisschen probieren lassen. Sie sagt, wenn ich das nächste Mal komme, schmecken sie noch besser, dann darfst du sicher auch ein paar haben.«

Die Kleine gähnte, ihre tapsigen Schritte wurden langsamer, bis ihr Vater sie schließlich auf den Arm nahm und sie den Kopf gegen seine Schulter legte. Er wiegte sie sanft hin und her. Das Mädchen schloss die Augen und schien schon nach wenigen Momenten eingeschlafen zu sein.

Die junge Mutter hakte sich bei ihm ein. »Danke für den schönen Abend.« Sie gab ihm einen Kuss auf die Wange. »Ich liebe dich.« Sie legte den Kopf an seine freie Schulter, und die junge Familie ging eng umschlungen weiter. Sie sahen so glücklich aus …

Der Anblick versetzte Tommy einen Stich. Diese Liebe, die zwischen ihnen lag ... Es schmerzte ihn, zu sehen, was er sich am meisten wünschte, und zu wissen, dass er es nie besitzen würde.

Er beschleunigte seine Schritte und erreichte nach wenigen Minuten sein Ziel. Sein Elternhaus, beleuchtet von zwei Laternen, schien zu pulsieren. Komm zu mir, Tommy, schien es zu sagen. Sein Zuhause, das er so sehr hasste, hieß ihn ein letztes Mal willkommen.

Tommy wusste nicht, wie lange er schon vor der Tür stand und den Türgriff umschlossen hielt. Es kam ihm vor wie eine halbe Ewigkeit. Er schwitzte, und gleichzeitig zitterte er vor Kälte. Wie ein Feigling war er Stunden zuvor von hier geflohen und hatte seine Mutter zurückgelassen. Mit ihm. *Was hat er ihr noch alles angetan? Und du hast dich einen Dreck um sie gekümmert.* Schwer legte er die Stirn an die Tür, den Griff nach wie vor umklammert. *Warum warst du nicht für sie da? Wolltest du nicht immer für sie da sein? Für ihn da sein? Und jetzt ist er tot ...* Was, wenn er sie diesmal nicht nur geschlagen hatte? Wenn er sie nicht nur vergewaltigt hatte? Nein!

Tommy keuchte auf. Die Gedanken vergifteten seine Seele. All der Schmerz der vergangenen Tage durchströmte in dieser Sekunde seinen Körper. Es waren qualvolle Erinnerungen, die ihn überkamen. Er ließ sie zu und nahm sie alle in sich auf, jede einzelne, und er litt Qualen. Doch wieder kamen ihm keine Tränen. Für Tränen war kein Platz – dafür war der Schmerz zu groß.

Ihm wurde schwindlig, und es schien, als würde ihm der Boden unter den Füßen weggezogen werden. Mit letzter Kraft drückte er die Türklinke nach unten und stieß die Tür weit auf. Schwer atmend öffnete er die Augen und blickte in den dunklen Eingangsbereich.

Er hatte befürchtet, dass ihn die Angst überwältigen und ihn von seinem Vorhaben abbringen würde, sobald er einen Fuß über die Schwelle setzte. Doch als ihn das Schnarchen begrüßte, das aus dem Wohnzimmer drang, ihn verhöhnte und vom Leid seiner Mutter sang, bestärkte es ihn in seinem Vorhaben nur noch mehr.

Ich will das alles nicht mehr, dachte Tommy. Nie wieder. Dann machte er einen Schritt nach vorne.

Der Schlüssel! Tommy wusste, wo er ihn fand. Auf leisen Sohlen ging er weiter. An der Tür zum Wohnzimmer lauschte er kurz, bevor er seinen Weg fortsetzte. Der Fernseher war eingeschaltet und übertrug eine Wiederholung der Sportnachrichten der letzten Tage.

»... haben es nicht geschafft, das Entscheidungsspiel zu gewinnen und sich damit den Einzug ins Finale zu sichern.«

Tommy riskierte einen Blick. Auf dem Sessel vor dem Fernseher saß sein Vater, den Kopf zur Tür gewandt. Erschrocken machte er einen Satz nach hinten und presste sich dicht an die Wand. Sein Herz raste und schlug ihm bis zum Hals. *Ich Idiot! Jetzt hat er mich gesehen!* Aus dem Wohnzimmer kam ein knarrendes Geräusch. *Er ist aus dem Sessel aufgestanden!* Tommy schloss die Augen. *Vielleicht hat er ja gar nicht zu mir, sondern zu den Flaschen im Schrank geschaut. Vielleicht ...*

Ein lautes Schnarchen war zu hören, vor Erleichterung hätte Tommy fast laut aufgeatmet. Er lehnte sich erneut vor. Sein Vater war im Sessel zusammengesunken, der Kopf ruhte auf seiner Schulter. In der Rechten hielt er eine fast leere Whiskyflasche umklammert. Tommy spürte nichts als Verachtung. Im Sessel zu schlafen, hatte seinen Vater noch nie gestört. Und schon gar nicht störte es ihn in dieser Nacht, das wusste Tommy. Er hatte seine Mutter heute bereits eingefordert.

Tommy schlich sich an. Schließlich fand er, wonach er suchte: den Bund mit den wichtigsten Schlüsseln des Hauses. Er lag auf dem Couchtisch neben dem Fernsehsessel. Kleine Schnapsflaschen waren auf dem Tisch verstreut. Alle waren leergetrunken bis auf eine. Eine *Johnny-Walker*-Flasche hatte ihren honigbraunen Inhalt über den Tisch ergossen. Vorsichtig fischte Tommy nach dem Bund. Ein lautes Schnarchen ließ ihn in der Bewegung innehalten und die Luft anhalten. Hastig drehte er sich um, doch die Lider waren immer noch geschlossen. Auch an seiner Mimik hatte sich nichts geändert, und sein Atem ging langsam und schwer. Nachdem er sich noch einmal vergewissert hatte, dass sein Vater tief schlief, griff Tommy erneut nach dem Schlüssel. Ohne Probleme ließ er sich vom Bund lösen. Tommy hatte es geschafft.

Leise, aber mit schnellen Schritten ging er zur Kellertür unter der Treppe im Erdgeschoss und eilte die Stufen hinunter. Tommy tastete sich blind voran. Erst als er unten angelangt war, schaltete er das Licht ein. Bald fand er, wonach er suchte – den Safe seines Vaters.

Jeder, der eine Waffe besaß, brauchte einen, so wollte es das Gesetz. Sein Vater hatte sich für eine Pistole im Kaliber 9 x 19 mm entschieden: eine Beretta 92. Der Schlüssel passte perfekt ins Schloss und öffnete die stahlverstärkte Safetür mit einem Knacken.

Tommy lief es kalt den Rücken hinunter, seine Augen weiteten sich vor Schreck. Der Safe war leer!

Nein, das stimmte nicht ganz. Die Patronen waren noch da, die Schachteln waren fein säuberlich gestapelt, daneben ein leeres Magazin. Tommy nahm es an sich und füllte es bis zum Anschlag. Nun hatte er Munition, aber noch keine Waffe. Er schrie innerlich. *Wo ist das verdammte Ding? Wo?*

Er schlug gegen den Safe. Alles, was er brauchte, war die Pistole! Fieberhaft überlegte er, wo sein Vater sie hingelegt haben könnte. Mit einem Mal glaubte Tommy, zu wissen, wo sie sich befand.

Seine Mutter lag zusammengekauert im Bett. Auf ihren Wangen lagen Spuren getrockneter Tränen. Auch auf Teilen des Kissens und dem Laken waren dunkle Flecken zu erkennen. Sie hatte sich in den Schlaf geweint. Sie sollte seinetwegen nicht noch mehr Leid erdulden! Er würde sie nicht wecken, auch, damit sie ihn nicht umstimmen konnte. Daher widerstand er dem Drang, sie ein letztes Mal in den Arm zu nehmen und sich von ihr zu verabschieden. Er umrundete das Bett und beugte sich über den Nachttisch seines Vaters. Er öffnete die Schublade – und da lag sie, die Pistole, achtlos, sträflich. Einzelne Patronen waren ihm entgegengerollt, aber er hatte ohnehin schon mehr als genug. Er schob das Magazin hinein. Die Pistole wog schwer in seiner Hand, ihr Griff war kalt. Er schaute in den schwarzen Lauf. So also sieht der Tod aus, dachte Tommy.

Er ließ sich Zeit, ein letztes Mal die Treppen hinunterzulaufen. Es war ohnehin noch zu früh, um direkt zur Schule zu gehen. Andächtig blickte er sich noch einmal um. Auf der vorletzten Stufe hielt er inne. Irgendetwas stimmte nicht! Er konnte den Fernseher nicht mehr hören!

Angestrengt lauschte er in das dunkle Haus hinein. Nichts. Auch das Schnarchen war verstummt. Tommys Herz raste. Unendlich langsam ging er weiter, bis er das Ende der Treppe erreichte. Ein Blick ins Wohnzimmer verriet ihm, dass der Fernseher auf stumm geschaltet war. Der Sessel war verwaist. Als er den Blick abwandte, entdeckte er den schwarzen Schatten vor der Haustür, den Umriss seines Vaters.

»Bist du endlich daheim«, begrüßte er ihn barsch. »Wo hast du dich rumgetrieben?« Er wirkte nicht mehr betrunken. Ganz und gar nicht. »Wo warst du so spät?«

»Das geht dich nichts an«, antwortete Tommy. »Nicht nach dem, was du getan hast, was du *ihr* angetan hast.«

»Was habe ich denn getan?«, fragte er provozierend, und seine Augen funkelten im Zwielicht. »Ich hab mir das genommen, was mir als Ehemann zusteht. Du hast mich doch letztens gefragt, erinnerst du dich? Ich habe es gekriegt.« Er grinste. Jetzt war er dem Betrunkenen wieder ähnlicher.

»Du bist ein Schwein«, flüsterte Tommy.

»Was? Sprich lauter!«

»Ich hasse dich.«

Das Grinsen verschwand aus dem Gesicht seines Vaters. Er ging auf ihn zu, und Tommy wusste, er würde ihn schlagen. Schon hatte er mit der Faust ausgeholt, da verharrte er abrupt. Sein Blick ging an ihm vorbei. »Was hast du im Keller zu suchen?«, blaffte er.

Tommy schaute erschrocken über die Schulter. Die Tür war nicht verschlossen!

»Ich war das nicht«, sagte er schnell.

»Und warum ist die Tür dann offen?«, schrie sein Vater und packte Tommy am Kragen. »Was hast du da unten zu suchen gehabt?« Er schleuderte ihn gegen die Haustür und stapfte ins Wohnzimmer.

Tommy rappelte sich auf.

Als sein Vater zurückkehrte, hatte er seinen Schlüsselbund in der Hand. »Du kleines Arschloch, du hast mir den Schlüssel geklaut!«

Er warf den Bund in die Ecke und beugte sich über ihn. Unbarmherzig legte er die Hände um Tommys Hals und drückte mit aller Kraft zu. Tommy wurde schwarz vor Augen. Er krallte sich in die Ärmel seines Vaters, aber er konnte nichts gegen ihn ausrichten. Er gab auf – er würde sich nicht befreien können.

»Tu ihm nichts! Er ist dein Sohn!«, rief seine Mutter.

Der Griff um Tommys Hals löste sich etwas. Er schnappte nach Luft.

»Bitte tu ihm nichts!«, wiederholte sie flehentlich, stellte sich schützend vor Tommy und hielt den Arm seines Vaters zurück. Sie trug immer noch das zerrissene Kleid.

»Fass mich nicht an!«, schrie sein Vater und riss sie von ihm weg.

»Lass ihn los! Bitte ...«

Sein Vater schlug ihr direkt ins Gesicht, dass sie zurück zur Treppe taumelte. »Geh wieder ins Bett, oder ich prügle dich hoch!«

Wimmernd schüttelte sie den Kopf und brach in Tränen aus. Zum zweiten Mal an diesem Tag. »Nein«, schluchzte sie.

»Anscheinend hattest du noch nicht genug. Keine Angst, ich kümmere mich später um dich«, sagte sein Vater. »Aber zuerst«, er wandte sich wieder Tommy zu, »bist du dran.«

»Nein, bitte! Lass ihn!«, hielt sie ihn verzweifelt zurück und umklammerte seinen Arm. »Wir hatten es doch so schön! Lass uns wieder hochgehen und uns ins Bett legen ...«

Sein Vater schlug ohne Vorwarnung zu, diesmal so hart, dass sie auf den Treppenstufen zusammenbrach.

Blut mischte sich in ihre Tränen, die ihr ohne Unterlass übers Gesicht liefen, aber sie ließ seinen Arm nicht los.

»Notgeile Schlampe! Hab ich nicht gesagt, du sollst mich nicht anfassen?«, rief er.

Als Antwort kam nur ein Wimmern, doch sie hörte nicht auf ihn. Er packte sie an den Haaren, riss ihren Kopf in den Nacken und holte zum Schlag aus.

»Lass sie in Ruhe, Tom!« Tommy schrie die Worte mit aller Kraft, die er aufbringen konnte. Sie verfehlten ihre Wirkung nicht.

»Was hast du gesagt?«

»Du hast schon verstanden, Tom.« Diesmal würde er nicht schweigen.

Sein Vater drehte sich langsam zu ihm um – und erstarrte. Tommy hatte die Pistole gezogen und zielte damit direkt auf seinen Kopf. Jetzt sah der Mann vor ihm in dasselbe schwarze Loch, in das auch er geblickt hatte. Und er glaubte, dass der Tod seinen Vater daraus anlächelte.

—22—

Tommys Stimme brach ab. Lea merkte, dass er nicht weitererzählen wollte, es vielleicht nicht mehr konnte. Der Junge wirkte abgekämpft, doch noch konnte sie ihm keine Pause gönnen. Sie musste es wissen.

»Hast du es getan?«, fragte sie.

»Was?«

Sie ahnte, dass ihr das Schlimmste noch bevorstand. »Ihn getötet – deinen Vater. Hast du es getan?«

»Ich konnte sie an diesem Tag schon einmal nicht beschützen«, sagte er so leise, dass sie ihn kaum verstand. »Wie er sie gepackt hat. Vor mir. Immer und immer wieder. Ihr Wimmern … Ich konnte es wieder hören, verstehen Sie?« Er atmete tief ein. »Was ich diesmal nicht konnte, war, es zu ertragen.«

Wer hätte das schon? Kein Kind sollte so etwas mit ansehen müssen.

»Sie trug immer noch dasselbe weiße Kleid. Es war zerrissen. Die Blutergüsse an ihren Oberschenkeln traten schon unter der Haut hervor. Dazu die roten Striemen an ihren Armen und an ihrer Schulter.« Er schluckte schwer. »Um ihn nicht zu reizen, hat sie sich vermutlich gleich hingelegt, nachdem er mit ihr fertig war. Sie hatte wohl Angst, er könnte es ihr übelnehmen, wenn sie duschen ging, und da weitermachen, wo er aufgehört hat«, schloss er. »Sein Verhalten war schon immer unberechenbar.«

Lange Zeit schaute Lea ihn nur an. Sie wusste, er wollte es hören, er *musste* es hören. »Ich könnte es verstehen«, sagte sie schließlich. »In dieser Situation, in diesem einen Moment ... Ich könnte es verstehen.« Sie hielt den Atem an.

»Er wird meine Mutter nie wieder schlagen«, flüsterte er. »Er wird sie nie wieder schlagen. Und mich auch nicht.«

Das konnte alles heißen, aber mehr würde sie nicht von ihm erfahren. Nicht über seinen Vater. Das akzeptierte sie, denn sie wusste, seine Erzählung war noch nicht zu Ende.

»Aber du hast die Waffe nicht deshalb gesucht, nicht wahr?«, fragte sie. »Du hast sie nicht wegen deines Vaters geholt.«

»In dieser Nacht hatte ich nicht vor, ihn zu wecken. Ich wollte ihm nie wieder begegnen«, meinte er. »Egal, was all die Jahre passiert ist. Egal, was er meiner Mutter angetan hat – die Kugeln waren nicht für ihn bestimmt gewesen.«

Lea atmete schwer. Auch das konnte alles heißen.

Wieder knackte der Lautsprecher. Lea schloss die Augen, sie kannte das Prozedere.

»Fragen Sie nicht weiter, Doktor Lindman?«, wollte Mayer wissen, nachdem sie wieder im Vorraum stand. »Interessiert es Sie nicht, was mit seiner Mutter geschehen ist? Und mit seinem Vater?«

Die Psychologin schüttelte den Kopf. »Ich nehme an, Sie wissen, was passiert ist.«

»Gewiss«, sagte Bachmann.

»Dann will ich es nicht wissen.« Sie schaute zu Beck. »Er hat es mir nicht gesagt, und da ich ihn verstehen kann, spielt es für mich keine Rolle. Geht das für Sie in Ordnung?«

»Natürlich.« Der Hauptkommissar nickte und ließ sie wieder zu Tommy hineingehen.

Lea wollte das Ende seiner Geschichte hören.

−23−

Der Tränensammler

Tommy, Mann. Warum gehst du nicht ran? Ich ... ich brauch dich jetzt, hörst du? Ich bin am Ende. Ich kann einfach nicht mehr. Bitte ... geh ran, ich brauche dich.

Tommy hatte sich auf einer Parkbank niedergelassen. Wie lange er schon dort saß, konnte er nicht sagen, doch es fühlte sich nur wie ein Augenblick an. Immer wieder drückte er auf die Wiederholungstaste der Sprachnachricht.

Er kannte sie längst auswendig, sie hatte sich in sein Gedächtnis gebrannt. Nie würde er sie vergessen. Und doch, er musste es hören, bevor er aufbrach. Bens Stimme, seinen Schmerz, der nun auch zu seinem geworden war.

Ich bin am Ende. Ich kann einfach nicht mehr. Bitte ...

Die Sprachnachricht verstummte, und das Handy schaltete sich ab. Der Akku war leer. Tommy blickte auf seine Uhr. Es war Zeit, zu gehen.

Der Unterricht hatte bereits begonnen.

»Guten Morgen, Tommy«, hörte er eine Stimme hinter sich in der Eingangshalle. Es war Helga, die Schulsekretärin. Tommy hätte nicht damit gerechnet, dass sie bei Hunderten von Schülern seinen Namen kannte. Ihr Blick war durch und durch freundlich, was ihn erleichterte.

»Guten Morgen«, grüßte er zurück und versuchte es seinerseits mit einem Lächeln.

»Du bist ein wenig spät dran heute, nicht wahr?«, meinte sie. »Hast du verschlafen?«

»Verschlafen?«, wiederholte er abwesend.

»Mein Gott«, entfuhr es ihr. »Wie siehst du denn aus? Du bist ja klitschnass!« Sie trat näher an ihn heran. »Bist du etwa durch den Regen gelaufen? Fahren dich deine Eltern nicht bei so einem Unwetter?« Statt seine Antwort abzuwarten, ging sie zur Abstellkammer neben dem Sekretariat und kehrte mit einem sauberen Handtuch zurück. »Nimm das hier.«

Tommy trocknete sich die Hände, wischte sich kurz übers Gesicht und reichte es ihr zurück.

»Und was ist mit deinen Haaren? Die sind noch immer ganz nass!«

»Ich muss in den Unterricht«, sagte er tonlos. Die Angelegenheit wurde ihm langsam lästig. »Herr Thomaser fragt sich bestimmt schon, wo ich bleibe.« Er drängte sich an ihr vorbei und zwang sich zu einem Lächeln. Helga war die gute Seele der Schule, sie verdiente eigentlich etwas Besseres.

»Kopf hoch, du hast das Jahr fast geschafft. Bald ist alles vorbei!«, rief sie hinter ihm her.

Das wird es tatsächlich sein, war alles, was er dachte.

Er lief die Treppen hoch in den zweiten Stock und wandte sich Richtung Toiletten. Dorthin, wo ihn Luka, Patrick und Daniel verprügelt und gedemütigt hatten. Und nach ihm auch Ben. Er zog die Pistole hervor und warf seine Schultasche unter das Waschbecken, denn er wusste, er würde sie nicht mehr brauchen. Die Beretta legte er neben den Hahn und drehte ihn voll auf, um sich eine Handvoll kaltes Wasser ins Gesicht zu spritzen.

Als er in den Spiegel sah, erkannte er sich kaum wieder. Dunkle Ringe lagen unter seinen Augen, seine Haut war fahl und erinnerte stark an die Farbe der Wand, die hinter dem Spiegel verlief. Tommy griff nach der Pistole und kontrollierte das Magazin. Er hatte genug Kugeln für das, was kam. Aber er glaubte nicht, dass er sie alle brauchen würde. Wieder sah er in den Spiegel, sah in seine kalten Augen.

Du kannst das nicht. Geh einfach raus aus der Schule. Niemand außer Helga hat dich gesehen. Geh und lass alles hinter dir!

Doch in seinem Innersten wusste Tommy, was geschehen musste. Er steckte die Pistole in den Hosenbund unter sein Shirt und trat hinaus.

So oft war Tommy den Weg bereits gegangen. Morgens, nach den Pausen, jeden Tag aufs Neue. Er war überzeugt, dass er die Tür zum Klassenzimmer selbst mit geschlossenen Augen finden würde. Als er schließlich davorstand, hielt er inne. Nicht aus Respekt oder Angst, es war der erlösende Gedanke daran, diese Tür ein allerletztes Mal öffnen zu müssen. Als wäre es nicht seine, verfolgte er, wie seine Hand zur Türklinke glitt.

Aus dem Klassenzimmer drang eine Stimme, er lauschte. Es war Herr Thomaser. Es gab einen Moment des Zögerns ...

»Ableitung zum Ersten und man hat die Steigung, Ableitung zum Zweiten und man hat die Extrema. Wann geht das endlich in deinen Schädel, Tobias? Bist du taub? Ich habe dich etwas gefragt! Mehr als eine fünf ist es wieder einmal nicht geworden. Du hast Glück, dass du die letzte Schularbeit nicht völlig in den Sand gesetzt hast. Hast wohl gemogelt, was? Das nächste Mal lasse ich dich durchfallen.«

Dann war der Moment vorbei.

Alle Augen richteten sich auf Tommy. Herr Thomaser verstummte. Wäre die Situation anders gewesen, hätte es Tommy vielleicht sogar komisch gefunden, wie er mit seiner nassen Kleidung stumm dastand und den Boden des Klassenzimmers volltropfte ... Unwillkürlich blickte er zu den einzig freien Plätzen. Es waren zwei: Bens Platz und seiner.

»Du kommst zu spät!«, schnauzte ihn der Lehrer an. Ohne es zu wissen, sprach er damit jenen Vorwurf aus, den sich Tommy seit Bens Fall machte.

Es sollten Herr Thomasers letzte Worte sein.

Tommy zog die Pistole hervor, richtete sie auf den Kopf des Lehrers und zielte genau zwischen seine Augen. Herr Thomaser erstarrte, doch kein Laut kam ihm über die Lippen. Tommy nahm die unterdrückten Angstschreie seiner Mitschüler wahr, auf die fassungslose Stille folgte. Darauf war Tommy vorbereitet gewesen. Auf die Überwindung, vor ihnen zu töten, nicht. Sollte er noch etwas sagen? Sollte er erklären, warum er seinem Lehrer gleich das Leben nahm? Sich vielleicht sogar dafür entschuldigen? Nein. Bens Platz war leer. Es gab nichts mehr zu sagen, weil bereits alles gesagt worden war. Er kam zu spät. Dann drückte er ab.

Der Schuss löste alles auf. Die Stille, die Ordnung – und seine Hemmungen. Sofort begann das Chaos. Die Mädchen kreischten schrill, die Jungen schrien auf, manche rutschten von ihren Stühlen unter die Tische und hielten panisch die Arme über die Köpfe. Aber sie mussten nicht in Deckung gehen, dachte er, jedenfalls nicht alle von ihnen. Und denjenigen, wegen denen er gekommen war, würde es nicht helfen.

Luka. Tommy blickte sich in der Klasse um. Michela war bei ihm. Sie suchte Schutz bei ihrem Freund. In Todesangst zerrte sie an seinem Arm und schrie, er solle ihr helfen.

»Hau ab!«, fuhr Luka sie an. Er riss sich von Michela los und stieß sie von sich weg, ausgerechnet in Tommys Richtung.

Hart schlug sie auf dem Boden auf. »Hilf mir doch!«, wimmerte sie ungläubig.

Doch Luka konzentrierte sich allein auf Tommy. Abschätzend sah er ihn an. Glaubte er nicht, dass Tommy es tun würde? Michela war unterdessen in unkontrolliertes Schluchzen verfallen. Schließlich hob sie den Kopf, und Tommy blickte in ihre tränennassen Augen. Für das, was er darin sah, hatte er Verständnis, nur Mitleid empfand er nicht. Zu laut hörte er noch ihr verächtliches Lachen in seinem Kopf. Er wollte es nie wieder hören.

Tommy drückte ab, das Schluchzen verstummte, und Lukas Gesicht verwandelte sich in eine Grimasse der

Angst. Gut. Bevor es so weit war, musste er verstehen, dass er nicht mehr der Tommy war, den er auf der Toilette verprügelt hatte. Er war jetzt ein anderer – und noch lange nicht fertig mit ihm. Tommy zielte auf sein Knie. Ein Schuss reichte, und Luka fiel zu Boden, neben die tote Freundin, die er eben noch von sich gestoßen hatte. Mit ihm sollte es enden. Den Flüchen, die ihm Luka hasserfüllt entgegenschleuderte, schenkte Tommy keine Beachtung.

Ein paar Schüler, die unter den Tischen Schutz gesucht hatten, nutzten die Gunst des Augenblicks und flüchteten durch die Fenster auf das Vordach. Die meisten ließ Tommy laufen, nur einem von ihnen wollte er es nicht erlauben.

Patrick.

Er war bereits auf dem Dach und im Begriff, auf das der benachbarten Klasse zu springen. Tommy brauchte drei Schüsse, um ihn zu treffen. Der erste war vorbeigegangen, der zweite war mit einem hellen Klang in die Regenrinne eingeschlagen. Erst der dritte hatte ihn mitten im Sprung am Hals getroffen. Patrick prallte gegen das Dach, fand keinen Halt und stürzte in die Tiefe. Wie Ben.

Tommy wollte den Aufprall nicht mit ansehen, er war gerade dabei, sich abzuwenden, als ihn etwas Hartes an der Brust traf. Ein Moment der Unachtsamkeit und Daniel hatte ihn genutzt und einen Stuhl nach ihm geworfen. Tommy taumelte und die Pistole entglitt seiner Hand.

»Er hat keine Waffe mehr!«, schrie Luka hysterisch. »Hol sie dir! Hol sie dir, und bring den Scheißkerl um!«

Doch Daniel hörte nicht auf ihn. Schnell schob er zwei Tische beiseite und sprintete zur Tür. Ohne einen Blick zurückzuwerfen, riss er sie auf und stürmte aus der Klasse. Einige Mitschüler folgten ihm, Tobi war unter ihnen. Von allen im Stich gelassen, versuchte Luka selbst, die Pistole zu erreichen. Auf allen vieren zog er sich zur Waffe.

Doch da er sein Bein nicht belasten konnte, war er schlicht zu langsam. Tommy hatte sie schon wieder in der Hand und rannte aus der Klasse, den anderen hinterher. Daniel war der Schnellste. Tobi aber konnte nicht mit ihnen mithalten und verschwand in der Jungentoilette. Daniel war nur noch wenige Schritte von der Treppe entfernt. Tommy war klar, dass er ihn nicht mehr einholen konnte, aber das musste er auch nicht – er musste nur gut zielen. Mit angehaltenem Atem hob er die Pistole, die linke Hand stützend unter der rechten. Eine Traube von Mitschülern lief hinter Daniel. Die ersten Schüsse gingen über ihre Köpfe hinweg. Die Menge stob auseinander. Ein weiterer streifte Daniel, dass er strauchelte. Schließlich traf er ihn in den Rücken, und Daniel fiel der Länge nach hin, als hätte ihn jemand mit einem unsichtbaren Hammer niedergestreckt. Seine Mitschüler ließen ihn liegen und rannten weiter.

Urplötzlich wurde die Tür der Parallelklasse aufgerissen, und Herr Dander, der Biologielehrer, machte einen Schritt in den Flur. »Was ist denn das da draußen für ein Lärm?«, begann er, aber seine Stimme erstarb, als er Tommy mit der Pistole in der Hand entdeckte. Mit angsterfüllten Augen warf er die Tür in die Angeln.

Tommy atmete flach, er hatte gehofft, dass er die Toilette nicht noch einmal betreten müsste, aber es ließ sich wohl nicht vermeiden. Gerade als er die Tür hinter sich schloss, schrillte der Feueralarm durch die Flure. Trotzdem hörte er das hektische Keuchen, das aus der hintersten Kabine drang. Jene Kabine, die Tommy nur allzu gut kennengelernt hatte. Sie war abgeschlossen. Mit dem Pistolenlauf klopfte er gegen die Tür. Das Keuchen verstummte schlagartig.

Tommy klopfte noch einmal, diesmal lauter. »Komm raus, Tobi! Ich weiß, dass du da drin bist.«

Ein erschrockenes Aufjapsen. »Bitte! Lass mich! Was willst du von mir?« Es klang erbärmlich.

»Ich will mit dir reden«, sagte Tommy ruhig.

»Warum?«, fragte Tobi schrill. »Wegen des Bildes? Sie haben mich dazu gezwungen!«

»Natürlich haben sie das ... Ich will nur mit dir reden, aber ich will dir dabei ins Gesicht sehen.«

»Und worüber?«

»Über Ben.«

»Und was willst du dann mit der Pistole?«

»Mach auf, oder ich schieße durch die Tür!« Tommy wurde langsam ungeduldig.

Die Verriegelung sprang von Rot auf Weiß. Mit einem Klacken öffnete sich die Tür, erst einen Spaltbreit, dann weit genug, dass er Tobi sehen konnte. In seinem Gesicht stand die pure Angst geschrieben. Sein Atem überschlug sich, seine Augen huschten panisch hin und her, und Schweißtropfen bildeten sich auf seiner Stirn.

»Tommy! Ich wollte das nicht, das mit Ben! Ich war nur dabei, ich habe nichts getan, das musst du mir glauben!«

»Was ist nach Bens Prüfung passiert?« Tommy zeigte auf die Toilette. »Habt ihr mit ihm das Gleiche getan wie mit mir? Und du hast wieder Schmiere gestanden?« Seine Stimme war eisern.

»Nein!«, keuchte Tobi schnell. »Ich habe nichts getan! Ich wusste nicht, was sie tun würden!« Jetzt weinte er Rotz und Wasser.

»Hast du es bei mir auch nicht gewusst?«, fragte Tommy leise.

»Bitte! Du musst mir glauben!«

Tommy nickte. »Schließ die Tür, und bleib hier, bis alles vorbei ist, in Ordnung?«

»Okay«, schluchzte Tobi und wischte sich die Tränen aus seinem rundlichen Gesicht. »Das mach ich, danke!«

Tommy trat einen Schritt zurück und ließ Tobi die Tür zuziehen.

Er hob die Pistole.

Das dünne Holz der Kabine konnte die Kugeln nicht aufhalten.

Zurück in der Klasse musste Tommy feststellen, dass Luka nicht mehr da war. Von ihm fehlte jede Spur. Dort, wo er ihn zurückgelassen hatte, hatte sich eine Blutlache gebildet, von der eine Spur roter Tropfen wegführte, manche kleiner, manche größer. Tommy fluchte und folgte der Blutspur nach draußen in den Flur. Sie führte in Richtung Treppe, vorbei an Daniel, der nur wenige Schritte vor den Stufen zusammengebrochen war. Es schimmerte in tiefem Rot neben seinem Körper. Tommy setzte gerade einen Fuß auf die erste Stufe, als sich Daniels Hand um seinen Knöchel legte und ohne Kraft zupackte. Er war noch am Leben!

»Bitte hilf mir«, röchelte er, ohne aufzublicken – und zu wissen, nach wessen Fuß er gerade gegriffen hatte. »Ich kann meine Beine nicht mehr spüren. Hilf mir, bitte!«

Tommy musste an die Rolle Klopapier zurückdenken, die ihm Daniel zugeworfen hatte.

Nein, schüttelte er den Gedanken ab. Daniel hätte einfach nur liegen bleiben sollen. Ein Fingerzucken genügte, und schließlich rührte er sich nicht mehr.

Tommy nahm die Verfolgung wieder auf, die ihn weiter in die erste Etage und in den Kunstflügel führte. Er zögerte kurz. Im Gang lag ein blutverschmierter Zettel, der ihm merkwürdig bekannt vorkam. Tommy hob ihn auf. Es war jener Zettel, den er damals vor der Kunststunde gelesen hatte.

Nichts trocknet leichter als Tränen.

Er besah sich das Blut, das nun darauf haftete. Vielleicht doch …

»Pst, Tommy! Hierher!«, hörte er plötzlich ein Flüstern hinter sich.

Tommy stockte der Atem. Es war Mia!

Sie spähte durch den Spalt einer Klassenzimmertür. Schnell steckte er die Pistole weg.

»Komm zu mir! Hier drin ist es sicher!«

Tommy rührte sich nicht. Was machte sie in der Schule? Ihr Bruder war tot. »Warum bist du nicht zu Hause geblieben?«, fragte er mit tonloser Stimme.

Ihre Antwort war eine Flut panischer Worte. »Ich war auf der Toilette, als der Feueralarm losgegangen ist. Dann hab ich die Schüsse gehört. Es war schrecklich!

Überall haben sie geschrien. Die anderen sind weggelaufen, aber ich hab mich hier versteckt. Ich bin so froh, dass du da bist!«

Das war nicht das, was Tommy wissen wollte. Er wiederholte seine Frage.

»Ich habe es nicht ausgehalten. Ich wollte, ich *musste* dich sehen!« Tommy blieb still. Also hatte sie keine Ahnung. »Warum hast du einfach aufgelegt?«, fragte sie leise. »Ich habe dich gebraucht!« Sie hielt inne. »Tommy, ist das Blut?«

Er erkannte die Angst in ihren Augen. Angst um ihn. »Nein, das ist …«, fing er an.

Doch schon stieß sie die Tür auf und machte hastig ein paar Schritte auf ihn zu. »Bist du verletzt? Tommy, bitte sag mir, dass das nicht dein Blut ist!«

Stille.

Sie war stehen geblieben, und er wusste, warum. Sie hatte die Pistole entdeckt. Er hob beschwichtigend die Hand.

»Warum hast du eine Waffe?« Ihre Stimme war kaum mehr als ein Flüstern, doch im nächsten Moment schrie sie ihn an. »Warum hast du eine *Waffe*, Tommy?« Sie klang hysterisch, und ihr ganzer Körper bebte.

Er sah sie lange genug an, dass sie verstand. Die Sorge um ihn verwandelte sich in blankes Entsetzen.

»Mia, lass es mich erklären! Ben …«

»Wage es nicht, Ben da hineinzuziehen!« Sie schluchzte auf. »Du tust das nicht für ihn! Er hätte das niemals gewollt!«

»Mia, du hast keine Ahnung, was dein Bruder wirklich durchgemacht hat …« *Was ich durchgemacht habe.*

»Und du schon? Denkst du, du kanntest meinen Bruder besser als alle anderen, besser als ich?«

Tommy wollte nicht mehr mit ihr diskutieren, zu sehr schmerzte ihn der Vorwurf. Außerdem lief ihm die Zeit davon. »Geh wieder rein, Mia«, sagte er kalt.

»Erschießt du mich sonst auch?«, fragte sie mit einer Stimme, die sein Herz zerspringen ließ. Sie machte keine Anstalten, ihre Tränen zu verbergen. »Wie kannst du nur so sein? Wie kannst du mir so etwas antun?«

»Geh wieder hinein«, war alles, was er Mia zum Abschied sagte.

Er wandte sich ab. Ihr schmerzvolles Weinen begleitete ihn bis in die Eingangshalle.

$$-24-$$

Der Regen peitschte Tommy ins Gesicht. Der Sturm, der sich seit über einer Woche angebahnt hatte, hatte die Stadt nun endgültig erreicht.

Blinzelnd starrte er vor sich, die Blutspur war im Gebäude gut zu erkennen gewesen, aber auf dem Hof wurde das Blut vom Sturzregen weggeschwemmt. Doch Luka war nicht weit gekommen. Er zog sich über das Pflaster in Richtung Schultor. Nur sie beide waren jetzt hier draußen. Nach wenigen Schritten hatte Tommy ihn eingeholt.

Luka erstarrte in der Bewegung. Keuchend rollte er sich auf den Rücken und blickte geschlagen in den Himmel. Seine Finger tasteten fahrig neben sich. »Warum lässt du mich nicht einfach in Ruhe?«

»Ist das dein Ernst?«, entgegnete Tommy. »Das fragst du noch?« Lukas Hand verharrte über einem losen Pflasterstein. Natürlich bemerkte es Tommy. »Lass es bleiben, Luka! Lass ihn liegen, es ist vorbei.«

»Fick dich!«, schleuderte ihm Luka zwischen den Zähnen entgegen und warf den Stein mit letzter Kraft.

Es war ein schlechter Wurf, die Wunde am Bein schränkte Luka zu sehr ein. Der Stein rauschte an Tommys Kopf vorbei und schlitterte übers Pflaster. Im strömenden Regen hob Tommy die Waffe und zielte auf Luka, dem das Entsetzen ins Gesicht geschrieben stand.

Nichts würde ihn jetzt noch retten. Doch dann hörte er ihre Stimme.

»Tommy …« Es war die Stimme von Frau S, die zu ihm durch den Regen brach. Sie hatte sich ihm von der Seite genähert und ging nun in einem leichten Bogen um ihn herum, bis sie schließlich zwischen ihm und Luka stand.

Was tat sie hier? Sie sollte nicht hier sein!

»Frau S.! Er …«, fing Luka an.

»Sei ruhig, Luka!« Sie sah ihn nicht an, ihr Blick galt allein Tommy. »Was hast du getan?«, flüsterte sie, und obwohl es stürmte, konnte er sie deutlich hören.

»Gehen Sie weg, Frau S.!«, flehte Tommy, er konnte ihre Anwesenheit kaum ertragen. So sollte sie ihn nicht sehen! Doch sie rührte sich nicht und versperrte ihm weiter die Sicht auf Luka.

»So viele Tote …« Vorsichtig machte sie einen Schritt auf ihn zu.

Er sah, dass es sie große Überwindung kostete. Die Pistole lag immer noch fest in seiner Hand. »Lassen Sie das! Kommen Sie nicht näher!«, rief er, und seine Hände zitterten. »Was tun Sie hier?«

»Nein, was tust *du*, Tommy?«, entgegnete sie. »Was versprichst du dir davon?«

»Denken Sie, es geht hier um mich?«, schrie er. Warum verstand sie nicht? »Das tut es nicht!«

»Dann erklär es mir. Leg die Waffe weg, und lass mich dir helfen! Wir finden eine Lösung.«

»Ich habe Ihnen schon gestern gesagt, dass mir niemand helfen kann. Auch Sie nicht!«

Ihre Lippen bebten. »Ich habe geglaubt, das hätte sich geändert, als du bei mir warst – ich habe es so sehr gehofft.«

»So einfach ist das nicht«, presste er hervor. »Können Sie das nicht verstehen? Sehen Sie das nicht?«

»Was ich sehe, ist ein Junge, der seinen Halt verloren hat. Bitte, lass mich dir helfen!«, sagte sie flehentlich.

Tommy schwieg. War es nicht offensichtlich? Zu viel war geschehen. Und auch für Ben kam jede Hilfe zu spät. Jahre zu spät. Tommy sah an seiner Lehrerin vorbei zu Luka, den er so sehr hasste.

»Verstehen Sie nicht, was sie getan haben?«, brach er sein Schweigen. »Er könnte noch leben, Ben könnte noch leben!« Er richtete die Pistole auf die Gestalt am Boden. »Wenn sie nicht gewesen wären, wenn sie ihn nicht zerstört hätten!« Tommy schnappte nach Luft. »Es ist seine Schuld!« Er spie die Worte förmlich aus.

»Tommy, Luka hat Ben nicht getötet«, sagte sie vorsichtig.

»Vielleicht hat er ihn nicht getötet, aber er ist seinetwegen gestorben!«, schrie er so laut, dass Frau S. zusammenzuckte.

Sie verstand es nicht. Wie könnte sie auch? Jene Folter und Qual, die Ben und er Tag für Tag, Woche für Woche und Jahr für Jahr erlitten hatten. Frau S. konnte es nicht verstehen, weil sie die Aussichtslosigkeit nicht kannte, der sie so oft ausgeliefert gewesen waren. Ben hatte keine Kraft mehr gehabt, und Tommy war nicht für ihn da gewesen.

»Was du hier tust, all das wird Ben nicht wieder lebendig machen«, sagte Frau S. mitfühlend. Ihre Stimme verlor immer mehr an Nachdruck. »Ich kenne dich, Tommy. Du willst das doch alles gar nicht.«

Wie sie dastand, haltlos und völlig durchnässt vom Regen – sie so zu sehen, ließ sein Herz bluten. »Es geht nicht darum, was ich will, sondern darum, was nötig ist! Sie alle sollen sehen, was sie getan haben. Was sie angerichtet haben!«

»Und wie viele müssen heute noch sterben, bevor du abschließen kannst?«

»Nur einer.«

»Tu es nicht!« Ihre blauen Augen schimmerten hell unter den dunklen Wolken. Eine Träne löste sich und rann ihr über die Wange. Trotz des Regens konnte er sie sehen, das Bild brannte sich ihm tief ins Innerste.

»Frau S., gehen Sie beiseite!«

Ein gequältes Lächeln breitete sich auf ihrem Gesicht aus »Du weißt, dass ich das nicht kann.« Nun ließ sie den Tränen freien Lauf. Sie schienen dichter zu fallen als der Regen.

»Bitte, zwingen Sie mich nicht!« Frau S. machte einen weiteren Schritt. »Bitte!« Das letzte Wort stieß er atemlos und unter großem Schmerz hervor.

Sie war nun ganz nah. So nah, dass er ihre Wärme an diesem kalten Ort spüren konnte. Langsam streckte sie die Hand aus und legte sie behutsam auf seine mit der Pistole.

Im schwarzen Wolkenmeer über ihnen löste sich ein Blitz, Donner rollte krachend über ihre Köpfe hinweg.

»Tommy«, hauchte sie – und fiel zu Boden.

»Nein!«, keuchte er. Seine Knie gaben nach. Was hatte er getan? Tommy schloss die Augen. Er sah sie noch vor sich, wie sie dastand, durchnässt vom Regen. Er dachte zurück an die letzten Stunden, sie legten sich über ihn wie ein bleierner Schleier und machten ihm das Atmen schwer. Er ahnte, dass bald alles vorbei sein würde. Wusste, was er eigentlich schon in dem Augenblick begriffen hatte, als er Mias Stimme im Handy gehört hatte.

Tommy öffnete langsam die Augen. Frau S. lag am Boden. Er stürzte zu ihr und nahm sie behutsam in den Arm. Er wollte noch etwas sagen, sie um Verzeihung bitten. Doch er wusste, kein Wort wäre ausreichend gewesen. Also blickte er ihr stumm in die Augen und verlor sich in ihnen. Im Blau ihrer Iris sah er den Glanz von Sternen, deren Licht langsam erlosch. Und schließlich hob und senkte sich ihre Brust in immer größeren Abständen. Tommy presste die Hand auf die Wunde, um die Blutung zu stoppen. Ihre Lider flatterten, und im nächsten Moment brach ihr Blick. Tommy schrie innerlich auf, und es hallte kein Laut über den Hof. Er schaute nach oben zu den Wolken. Es würde nicht zu regnen aufhören.

Blind vor Wut stand er auf, griff wieder zur Waffe und richtete sie ohne Zögern auf Luka, der die ganze Zeit über kein Wort gesagt hatte.

»Es ist deine Schuld«, brüllte Tommy. »Alles, was passiert ist!«

Lukas Gesicht war kreidebleich – vor Schmerz und vor Entsetzen. »Bitte töte mich nicht – bitte!« Auch er weinte jetzt.

Töte mich nicht. Tommy hätte nie geglaubt, dass jemals jemand diese Worte zu ihm sagen würde. Dafür hasste er sich. Luka redete weiter, aber Tommy hörte nicht hin. Er wollte es nicht, er wollte Luka nicht sehen, ihm nie wieder ins Gesicht blicken. Er wollte sich schon von ihm abwenden, als Luka ein letztes Mal den Mund öffnete und der Satz trotz des Regens deutlich an seine Ohren drang.

»Ich will nicht sterben, Tommy ...« Er blieb stehen. Tommy. So hatte ihn Luka nie genannt. Es klang nicht richtig. Nicht hier. Nicht jetzt.

Die Waffe wog schwer in seiner Hand, zu lange hatte er sie schon getragen. Diesmal löste sich kein Blitz von den Wolken. Dafür hallte der Donner umso lauter.

Schließlich trafen die Streifenwagen ein. Sie hatten lange gebraucht, so lange. Sie fuhren auf den Hof und hielten in einem Halbkreis hinter dem Schultor, dann schwärmten die Polizisten geordnet aus. Sie waren mit dunklen Westen und Helmen ausgerüstet und hielten sich dicht im Schutz ihrer Fahrzeuge. Es war nicht nötig, Tommy würde keinen Widerstand leisten. Er wünschte sich einzig, sie hätten ihn früher erreicht, ihn schon in der Schule gestellt. Jetzt aber war es zu spät, Frau S. war tot, und alles andere spielte keine Rolle mehr.

Tommy zog seine Jacke aus, faltete sie und legte sie ihr behutsam unter den Kopf. Langsam ging er den Polizeibeamten entgegen. Sie riefen ihm etwas zu, doch er konnte sie nicht verstehen. Vielleicht lag es am Regen, vielleicht auch daran, dass er mit allem abgeschlossen hatte. Instinktiv vermied er jede hektische Bewegung. Tommy wollte ihnen keinen Anlass geben, zu schießen und ihr Gewissen mit seinem Tod zu belasten. Er wollte nur noch eines ...

Tommy griff ein letztes Mal zur Waffe und richtete sie gegen sich selbst. Der Tod lächelte nicht für ihn. Tommy schloss die Augen, und die Welt um ihn herum hüllte sich in tiefes Schwarz.

–25–

Tommy beendete seine Erzählung. Die Stille, die folgte, schien ewig anzudauern. Er blickte Lea abwartend an. Sie musste an alles denken, was er ihr in den letzten Stunden erzählt hatte. Was ihm widerfahren war. Und was er getan hatte. Tommy hatte sich geöffnet, doch sie brachte nun kein Wort hervor.

»Was sagen Sie?«, brach er schließlich das Schweigen. Sie antwortete ihm nicht sofort. Tommy wurde unruhig. »Bitte«, flüsterte er, »sagen Sie etwas ...«

Die Psychologin wusste, sie musste etwas sagen. Aber zum ersten Mal, seit sie bei ihm saß, war sie sprachlos.

»Sie verurteilen mich«, sagte er. »Sie halten mich für ein Monster.«

Das tue ich nicht, wollte sie sagen, doch ihre Stimme brach ab, noch ehe sie den Mund aufmachte. Und es wäre eine Lüge gewesen. Sie wusste, sie hatte es ihm versprochen, aber auf solch ein Ausmaß war sie nicht vorbereitet gewesen.

»Sie müssen mich verstehen«, fuhr er flehentlich fort. »Bitte!«

Aber so einfach war das nicht. Er hatte getötet. Vor ihr saß ein Mörder.

»All die Jugendlichen, Tommy. Beinahe Kinder. Den Lehrer und ...«

»Frau S.«, schloss er und wirkte unendlich traurig. Seine Schultern hingen nach unten. »Wissen Sie, obwohl ich sie all die Jahre kannte, habe ich sie nie nach ihrem Vornamen gefragt. Ich wünschte, ich hätte es getan.« Er starrte auf seine Hände. »Ich kenne auch Ihren Vornamen nicht«, flüsterte er und sah zu ihr auf.

»Lea«, erwiderte sie. »Mein Name ist Lea.«

»Lea«, wiederholte er leise. Tommy schien erlöst. »Ich danke ...«, fing er an, aber das Ertönen des Lautsprechers unterbrach ihn.

»Doktor Lindman, kommen Sie raus!« Die Stimme des Hauptkommissars duldete keinen Widerspruch.

Lea schaltete das Diktiergerät aus und stand auf. Doch ehe sie die Tür öffnete, drehte sie sich noch einmal zu dem Jungen um. »Du hast abgedrückt, nicht wahr?«, fragte sie so leise, dass es nur Tommy verstehen konnte. »Bevor die Polizei kam, meine ich, du hast abgedrückt ...«

Tommy nickte wortlos.

»Und die Pistole?«

»Das Magazin war leer.«

»Jetzt wissen Sie also alles«, stellte Mayer fest, nachdem Lea die Tür hinter sich geschlossen hatte. Bachmann hielt die Arme verschränkt und lehnte neben seinem Partner an der Wand. »Und wir auch.«

Lea gesellte sich zum Hauptkommissar, der seinen Blick durch den Spiegel starr auf den Jungen gerichtet hielt. »Ich kann nicht behaupten, dass ich mich darüber freue«, erwiderte sie.

»Was denken Sie, ist er suizidgefährdet?«, fragte der Hauptkommissar.

»Ich denke, ...«, begann sie zögernd.

»Der Junge verdient den Tod!«, fiel ihr Bachmann ins Wort. »Es wäre besser gewesen, er hätte sich umgebracht!«

Klatsch. Die schallende Ohrfeige hinterließ einen hellroten Handabdruck auf der Wange des Kommissars – in ihrer Vorstellung hatte sie es getan, doch Lea wusste, sie konnte es sich nicht erlauben, einen Polizeibeamten zu schlagen, selbst wenn sie es noch so gerne getan hätte.

»Wie können Sie nur so herzlos sein?«, fuhr sie Bachmann stattdessen an, und ihre Stimme zitterte, sie konnte sich nicht dagegen wehren. »Nach allem, was Sie heute gehört haben, nach allem, was Tommy erzählt hat. Wie können Sie jetzt noch so grausam sein?«

»Der Junge ist ein Mörder, ein eiskalter Killer«, widersprach der Kommissar. »Das sind die Fakten. Alles andere spielt für mich keine Rolle. Sie können glauben, was Sie wollen, doch er wird seine Strafe dafür bekommen. Und er wird den Rest seines Lebens in einer kleinen Zelle verbringen.«

»Das wird er nicht ...«, flüsterte Lea.

»Wie bitte?«, fragte Mayer.

Lea würde es nicht aussprechen und es auch nicht in ihren Bericht schreiben: Tommy *hatte* abgedrückt ...

Und die Pistole? Das Magazin war leer.

Lea wusste, es würde viele Gelegenheiten geben.

»Egal«, meldete sich Beck zu Wort, als sie keine Anstalten machte, sich zu erklären. »Jetzt haben wir alles auf Band.« Er nickte ihr anerkennend zu. »Das haben Sie gut gemacht.«

»Nur fühle ich mich nicht so«, gab sie mit tonloser Stimme zurück. Ganz im Gegenteil. Lea fühlte sich miserabel. Ja, sie war innerlich zerrissen. Tommy hatte unschuldige Menschen getötet. Jugendliche, die noch nicht richtig gelebt hatten, Schüler, die ihr ganzes Leben noch vor sich gehabt hatten.

Unschuldig?, fragte sich Lea. Sind sie wirklich alle unschuldig gewesen? Sie wusste nicht mehr, was sie glauben sollte. Hier gab es mehr als Schwarz und Weiß – und ihre Gedanken waren grau.

Unvermittelt stand Tommy von seinem Stuhl auf und trat langsam vor den Spiegel. »Lea.«

Bachmann war im Begriff, zur Tür zu stürzen. Wahrscheinlich wollte er Tommy wieder auf den Stuhl zwingen, doch auf den vielsagenden Blick von Lea hin mahnte ihn der Hauptkommissar zur Ruhe.

»Möchten Sie wissen, warum ich Ihnen das alles erzählt habe?«, fragte der Junge.

Lea blickte zu Beck. »Geben Sie uns einen Moment?", fragte sie. Der Hauptkommissar nickte und bedeutete Mayer und Bachmann, den Raum zu verlassen. Er selbst blieb im Türrahmen stehen. »Bitte", flüsterte Lea. Es gab keinen Grund mehr, zu bleiben, die Ermittler hatten alles, was sie brauchten.

»In Ordnung, erwiderte Beck und zog die Tür hinter sich zu.

»Wir sind jetzt allein, Tommy«, sagte sie, nachdem sie auf den Knopf der Sprechanlage gedrückt hatte.

Er stand nun genau vor ihr, als könnte er fühlen, wo sie sich hinter dem Spiegel befand. »Ich habe es Ihnen nicht erzählt, weil Sie mir zugehört haben«, sprach er weiter. »Es gab einen anderen Grund.«

»Welchen?«, fragte sie.

»Es waren die Augen«, sagte er und schaffte es irgendwie trotz des Spiegels, direkt in ihre zu schauen. »Manchmal, als ich erzählt habe, sahen Sie Frau S. so ähnlich, dass ich das Gefühl hatte, ich sehe noch einmal in ihre Augen. Deshalb habe ich Ihnen vertraut.«

»Du kannst mir noch immer vertrauen ...«

»Ich wollte noch ein letztes Mal in diese Augen blicken. Dafür danke ich Ihnen.« Tommy senkte den Kopf. Er atmete schwer. Als er den Kopf hob, waren seine Augen rot unterlaufen. Dann lachte er bitter. »Umso grausamer ist es, dass ich nun in jene blicken muss, die der Person gehören, die sie umgebracht hat.« Er starrte vor sich.

Lea wusste, dass Tommy nur sich selbst sehen konnte. Alles, was er sah, war sein eigenes Gesicht.

»Tommy ...«, versuchte es Lea. Der Ausdruck auf seinem Gesicht war nur schwer auszuhalten – Schuld und Schmerz wechselten sich darauf ab.

»Aber es ist wohl nur fair. Ich sehe meinem Mörder in die Augen, genauso wie es Frau S. bei ihrem getan hat.« Tommy wandte sich halb ab. »Doktor Lindman, Lea.« Seine Stimme bebte. »Es war nicht gerecht. Alles, was passiert ist. Und auch das, was sie mit ihm gemacht haben. Mit Ben. Es war nicht gerecht.«

Und dann, ganz langsam und kaum zu erkennen, rann eine einzige Träne aus dem Augenwinkel seine Wange hinab. Ohne sie wegzuwischen, formten seine Lippen Worte.

»Meine Geschichte endet hier. Und alles andere auch.« Er wandte sich vollends von ihr ab.

Lea wusste, sie würde recht behalten. Tommy würde nichts mehr sagen. Der Dornenvogel hatte sein Lied zu Ende gesungen und würde nun für immer schweigen.

Lea hielt es nicht mehr aus. Zu viel hatte sie heute gehört, mehr als sie ertragen konnte. Aufgelöst stürmte sie hinaus. Sie wollte nur noch raus, raus aus dem Verhörraum, in dem der Junge war, raus aus dem verdammten Gebäude und weg von allem hier. Die junge Psychologin hastete den Korridor entlang, vorbei an Mayer und Bachmann. Sie beachtete die Kommissare nicht, ebenso wenig die Rufe von Beck, der sie aufhalten wollte. Nach Luft schnappend trat sie ins Freie und wandte sich von den Reportern ab, die sie mit Blitzlichtgewitter in Empfang nahmen.

»Hat er schon gestanden?«

»Was war sein Motiv?«

»Wie viele hat er getötet?«

Tommy. Lea rannte an allen vorbei und lief so lange, bis sie jeden Einzelnen hinter sich gelassen hatte. Sie zitterte. Den Zwang, Haltung zu bewahren, durfte sie jetzt endlich ablegen. Lea dachte an alles, was er ihr erzählt hatte, was ihm widerfahren war. *Hören Sie mich an und Sie werden verstehen.* Das waren seine Worte gewesen. Und er hatte recht. Sie verstand jetzt. *Tommy.*

Hier draußen, allein, konnte sie trauern. Hier durfte sie um ihn weinen. Und sie weinte. Sie weinte, wie sie noch nie zuvor in ihrem Leben geweint hatte. Links und rechts gingen Passanten an ihr vorbei. Es waren teilnahmslose Gesichter unbewegter Menschen.

Lea blickte hoch zu den Wolken. Es regnete noch immer, und das Salz ihrer Tränen vermischte sich mit den Tropfen, die vom Himmel fielen.

Danksagung

Diese Danksagung ist mehreren gewidmet ...
Meiner Mutter, die immer zu mir hielt.
Meinem Vater, der mich immer unterstützte.
Meinen Freunden, die ein offenes Ohr für meine Schrift hatten.
Meiner Erstlesern Aida, die mir mit Rat unt Tat zur Seite stand.
Meiner Agentin Susanna Montua, die an dieses Buch glaubte.
Meiner Lektorin Nadine Buranaseda, die ihre rechtschreibenden Hände über diesen Roman hielt.
Dem dp Verlag für meine Veröffentlichung.
Ohne euch wären diese Worte nie geschrieben worden.
Danke.